Andrea H. Japp

La Dame sans terre, II

LE SOUFFLE DE LA ROSE

roman

calmann-lévy

ISBN 2-7021-3420-3

Gentle Pye,
go to your brother,
with no pain.

Nota

Les noms et mots suivis d'un astérisque sont expliqués dans le glossaire et l'annexe historique en fin de volume.

Résumé du tome I

Les Chemins de la bête

Hiver 1294, comté du Perche. Agnès de Souarcy, veuve depuis peu, recueille Clément, le nouveau-né de sa suivante Sybille, qui meurt en couches.

1304, Chypre. Francesco de Leone, chevalier hospitalier, est envoyé en France. Sa mission officielle est de permettre à l'ordre de l'Hôpital d'anticiper la politique de Philippe le Bel, roi de France. Mais une quête personnelle guide Leone.

1304, Paris. Philippe le Bel veut s'affranchir de la tutelle de l'Église. Le pape Benoît XI meurt empoisonné, les ordres du Temple et de l'Hôpital, meute de garde du pape, sont menacés. Philippe le Bel – aidé de Guillaume de Nogaret, son plus influent conseiller – avance ses pions. Il lui faut un pape docile.

1304, domaine de Souarcy-en-Perche. Clément est devenu un jeune garçon à la vive intelligence. Il découvre dans l'abbaye des Clairets une bibliothèque secrète. Il y dévore tous ces textes anciens que l'Église prohibe ou ignore et tombe sur un carnet appartenant à un chevalier hospitalier, Eustache de Rioux. Y est fait référence à un mystérieux traité de Vallombroso, à deux thèmes astraux et à d'incompréhensibles runes... Y a-t-il un lien entre ces découvertes et la quête étrange du chevalier hospitalier Francesco de Leone ?

Dans la forêt de Souarcy, un cadavre. Un homme qui semble carbonisé, sans qu'aucune trace de feu ne l'entoure. Un émissaire du pape venu porter une missive secrète à l'abbesse Éleusie de Beaufort. Il y était fait mention du sang divin qui lave tous les péchés. Puis d'autres cadavres. Et autant d'indices qui pointent en direction du manoir de Souarcy. Agnès ?

Sur ses terres, Agnès doit aussi affronter le désir incestueux qui ronge son demi-frère, Eudes de Larnay, qui rêve de la soumettre et n'hésite pas à la jeter dans les griffes de l'Inquisition et du sanguinaire Nicolas Florin. Seul Artus, comte d'Authon, tombé sous le charme d'Agnès, pourrait lui venir en aide...

Les personnages

Agnès, bâtarde reconnue du baron de Larnay, veuve, dame de Souarcy, âgée de vingt-cinq ans.

Clément, dix ans, « fils » posthume de Sybille, la suivante qu'Agnès a accueillie sans se douter de son hérésie.

Mathilde, fille unique d'Agnès, onze ans, légère et coquette, que les duretés de sa vie à Souarcy exaspèrent.

Eudes de Larnay, demi-frère et suzerain direct d'Agnès.

Francesco de Leone, chevalier hospitalier replié à Chypre.

Artus, comte d'Authon, suzerain direct d'Eudes de Larnay, et arrière-suzerain d'Agnès.

Éleusie de Beaufort, abbesse de l'abbaye de femmes des Clairets et tante de Francesco de Leone.

Honorius Benedetti, camerlingue du pape.

Nicolas Florin, dominicain, seigneur inquisiteur pour le territoire d'Alençon.

Esquive d'Estouville, très jeune femme qui croise la route de Leone sans qu'il se doute qu'elle le protège.

Une silhouette, exécuteur des basses œuvres, mais de qui ?

Route d'Alençon, Perche, septembre 1304

Nicolas Florin avait tenu à ce que l'on installât Agnès de Souarcy dans le lourd fourgon de bois qui ressemblait à un sépulcre monté sur roues. De minces fentes ménagées au milieu de ses flancs et occultées par des rideaux de cuir permettaient aux occupants un coup d'œil difficile vers l'extérieur. En revanche, en cas d'attaque, nulle flèche ne pouvait se frayer un chemin par ces étroites meurtrières. Quatre chevaux perches étaient nécessaires à la traction du fardier.

Les cinq hommes d'armes requis par Nicolas s'étaient installés à côté du cocher, ou bringuebalaient dans le chariot qui les suivait. Le bagage d'Agnès se résumait à un petit coffre quand celui de Nicolas occupait une malle pleine, étonnante coquetterie pour un inquisiteur. Cinq hommes d'armes pour escorter une femme semblaient une précaution démesurée, mais le dominicain aimait cette surenchère. Il y voyait la vraie mesure de son récent pouvoir.

Il ne quittait pas Agnès de Souarcy des yeux, guettant le moindre de ses soupirs, la plus infime crispation de ses lèvres. C'était, au demeurant, la raison pour laquelle il avait ordonné qu'elle voyageât à ses côtés plutôt que dans le chariot. Y avait-elle vu une marque de respect pour son rang ? Florin n'en était pas certain et l'agacement ne le quittait pas depuis le début de leur périple. Les choses ne se déroulaient pas telles qu'il les avait prévues et cela depuis leur toute première rencontre, lorsqu'il était venu lui signifier le début de son temps de grâce. Quoi ? Que croyait-elle ? Qu'elle serait plus forte que lui ? Qu'il ferait preuve de mansuétude à son égard ? En ce cas, elle allait bientôt déchanter. Il souleva le panneau de cuir et plissa les yeux pour apercevoir un coin de ciel. Le soir tombait. Ils progressaient à l'allure lente et sûre des chevaux depuis sexte*. Elle n'avait pas levé une fois les yeux de ses mains jointes sur ses cuisses, ni prononcé un mot, ni même réclamé à boire ou une courte pause de dame que Nicolas eut été ravi de lui accorder sous la garde de l'un de ses rustres afin de l'humilier et qu'elle se pisse de nervosité sur les souliers ou le bas de la robe.

Une vague alarme se glissait dans l'exaspération du seigneur inquisiteur. Sa proie avait-elle reçu des assurances de protection ? Et en ce cas, de qui ? Du comte Artus d'Authon, de la mère abbesse des Clairets*, d'encore plus puissant ? Mais qui pouvait être plus puissant que le commanditaire de cette silhouette autoritaire qui lui avait rendu visite en la maison de l'inquisition d'Alençon ? Allons, il se faisait peur comme un petit garçon. La bâtarde avait adopté la morgue des dames dont elle briguait le rang, voilà tout.

Le regard bleu-gris quitta les mains entrelacées en prière et se riva à celui de Nicolas. Une sorte d'incommodante chaleur monta aux joues du jeune homme qui détourna aussitôt les yeux en se maudissant de ce réflexe. Il existait quelque chose d'étrange chez cette femme, une chose qu'il n'avait pas pris le temps de voir, ou peut-être qu'il avait refusé d'entrevoir. Il tenta de définir ce qu'il ressentait, sans y parvenir vraiment. Il avait eu, par instants, le sentiment grisant de la terroriser, à l'instar des autres. Puis soudain, une autre femme se dévoilait, comme la porte dérobée conduisant à un sombre souterrain. Et cette deuxième femme ne le redoutait pas. Étrangement, Florin avait la conviction diffuse qu'Agnès n'était pas maîtresse de ces métamorphoses. S'il avait été un benêt fanatique à l'image de certains de ses frères, il y aurait sans doute vu l'effet d'une possession démoniaque. Mais il ne croyait pas au diable. Quant à Dieu, ma foi, Il pouvait attendre. La vie et les plaisirs qu'elle destinait à qui savait les prendre préoccupaient davantage le seigneur inquisiteur. En dépit de ceux qu'il avait fait condamner et exécuter pour sorcellerie ou possession, Florin n'avait rencontré nulle indéniable preuve de l'existence des thaumaturges ou des jeteurs de maléfices.

L'énervement l'emporta sur la ruse et il lança :

– Vous savez bien sûr, madame, que la procédure inquisitoire* ne tolère nul avocat, si ce n'est l'accusé lui-même.

– En effet.

– En effet ?

– Je suis au fait de cette particularité, répondit-elle d'une voix dont l'assurance humilia l'inquisiteur.

Il jugula la fureur qu'il sentait monter en lui et qui lui donnait envie de la gifler. Il aurait dû se contraindre au silence, il le savait, pourtant l'envie de la voir blêmir fut la plus forte, et il persista d'un ton dont la douceur lui coûtait :

– L'habitude veut que nous ne communiquions pas l'identité de nos témoins à charge, pas plus que le contenu de leurs déclarations... Cependant, et puisque vous êtes une dame, je puis vous accorder ce privilège...

– Vous ferez, j'en suis sûr, comme il est juste et souhaitable, monsieur. Si vous le permettez, je vais m'assoupir un peu. La longueur des journées qui m'attendent m'encourage au repos.

Elle s'appuya contre le dossier de bois de sa banquette et ferma les paupières.

La rage amena les larmes aux yeux de Florin, qui serra les lèvres de crainte de se laisser aller à un écart de langage qui eût renseigné Agnès sur son état de nerfs. Une phrase le consola un peu, celle d'un des plus honorés canonistes : « La finalité des procès et des condamnations à mort n'est pas de sauver l'âme des accusés mais de maintenir le bien public et de terroriser le peuple... S'il est difficile de conduire un innocent au bûcher... je loue l'habitude de torturer les accusés[1]. »

Agnès n'avait nulle envie de dormir, elle réfléchissait. Venait-elle de marquer un point dans cette longue bataille qu'elle se préparait à mener ? Elle avait perçu l'inexplicable hostilité de cet homme vis-à-vis d'elle, son déplaisir aussi.

Clément, faut-il que ce soit ton âme encore enfante qui me protège toujours ? Grâce à lui, Agnès savait que Florin utilisait la première ruse des inquisiteurs, l'un de leurs multiples artifices.

Plusieurs mois auparavant, en juillet, à la presque nuit, Clément était rentré bouleversé de l'une de ses fréquentes équipées. Il était déjà tard et Agnès avait rejoint ses appartements. La fillette avait gratté à la porte, quémandant quelques minutes d'entrevue.

Non, ne jamais évoquer Clément autrement que comme un garçon, au risque de commettre une bévue qui mettrait leurs deux vies en péril. Conserver l'habitude de n'en parler qu'au masculin.

L'enfant avait gratté à la porte, quémandant quelques minutes d'entrevue. Il venait de découvrir un *Consultationes*

1. Francisco Peña*.

ad inquisitores haereticae pravitatis[1] rédigé par Gui Faucoi, qui deviendrait conseiller de saint Louis, puis pape sous le nom de Clément IV, accompagné d'un mince manuel pratique, ou plutôt d'un recueil d'épouvantables recettes. Il avait bafouillé :

– Madame, madame… si vous saviez… tout n'est que traquenards, menteries pour obtenir des aveux, même fallacieux.

Il était écrit en exergue du petit manuel : « Que tout soit fait pour que l'accusé ne puisse se proclamer innocent afin que nul ne puisse penser que la condamnation était injuste…[2] »

– Quelle monstruosité, avait-elle murmuré, incrédule. Mais il s'agit d'un jugement de Dieu… Comment peuvent-ils ? Où as-tu déniché ces ouvrages ?

L'explication de l'enfant avait été embrouillée. Il avait mentionné une bibliothèque puis fait habilement dévier l'insistance d'Agnès.

– J'y ai vu un signe de Dieu, madame. Connaître les roueries de ses ennemis, les anticiper, c'est ne pas tomber dans les pièges qu'ils sèment sous vos pas.

Il lui avait raconté les chausse-trapes, les procédés d'intimidation, d'humiliation destinés à briser les résistances les mieux trempées, les machinations, les manipulations de témoignages. On interrogeait de pauvres gens sur des points de doctrine chrétienne. Qu'ils ne sachent répondre n'aurait dû surprendre personne, pourtant, leur ignorance devenait la preuve de leur hérésie. Clément avait également passé en revue les rares recours des accusés. Fort peu d'entre eux les sollicitaient, ne les connaissant pas. Ainsi l'appel au pape,

1. Consultations à l'usage des inquisiteurs.
2. Francisco Peña.

lequel avait toute chance d'être égaré, bien souvent à dessein, sauf lorsqu'un puissant s'en faisait le messager jusqu'à Rome. On pouvait également requérir la récusation de l'inquisiteur, au prétexte qu'il vouait une animosité particulière à l'accusé. Cependant, la procédure était à double tranchant puisqu'elle faisait l'objet d'un arbitrage et que fort peu des arbitres nommés souhaitaient se mettre à dos un inquisiteur ou l'évêque associé à la procédure.

Clément avait achevé de lui ôter ce qu'il restait à sa dame d'illusions en précisant que les inquisiteurs pouvaient percevoir un salaire mais que la plupart d'entre eux se rémunéraient sur la confiscation des biens des condamnés. Ils n'avaient donc nul intérêt pécuniaire à ce que ces derniers soient innocentés et les proies aisées, bien que plus difficiles à abattre, étaient un gibier convoité.

Cette connaissance, qu'il avait acquise elle ne savait trop où, avait permis à Agnès de forger ce qu'elle espérait être ses armes les plus fiables pour aujourd'hui affronter Florin.

La première fourberie consistait donc à intervertir les noms et les déclarations des témoins. On attribuait la dénonciation du premier au cinquième, celle du deuxième au quatrième, celle du troisième au premier... Ainsi l'accusé se défendait-il maladroitement contre chacun de ses accusateurs. Plus efficace encore, on ajoutait aux noms des véritables délateurs ceux de gens n'ayant jamais témoigné contre eux. Toutefois, la méthode la plus subtile, la plus imparable et la plus prisée revenait à demander à l'accusé, au détour d'une conversation, s'il se connaissait des ennemis mortels capables de se parjurer pour le faire tomber. S'il ne citait pas les noms de ses accusateurs les plus acharnés, on considérait alors que leurs témoignages étaient au-dessus de tous soupçons de menterie... de l'aveu même de l'accusé. Dans tous les cas, il convenait avant tout de préserver les témoins à l'excellente raison que « sans cette précaution, nul n'oserait jamais témoigner ».

Étrangement ces révélations, qui l'avaient tant ébranlée cette nuit-là, venaient aujourd'hui à son secours. Sa force eut été diminuée si elle avait cru être traînée devant des juges impartiaux, soucieux de vérité et de foi. Elle aurait cherché en elle la faille lui valant une si terrible punition. Grâce à Clément, elle avait pris la mesure de l'iniquité de cette parodie de jugement. On ne se doit de combattre avec honneur que contre des ennemis honorables.

Elle vaguait ainsi dans ses pensées depuis un moment lorsque la voix de Florin la fit presque sursauter. Il crut l'avoir réveillée et en conçut une nouvelle inquiétude. Comment pouvait-elle dormir en un pareil moment ?

– En raison de l'exiguïté de la maison d'Alençon, vous serez soumise au *murus strictus* durant votre détention préventive, sauf... grossesse en cours qui serait attestée par la matrone jurée[1].

– Auriez-vous oublié que je suis veuve depuis de nombreuses années ? Le *murus strictus* ? Il s'agit là d'une peine sévère, pas d'un... hébergement temporaire.

Il parut surpris qu'elle soit au fait de ce détail, les secrets de l'Inquisition* étant jalousement gardés pour impressionner davantage les accusés. Ce « mur étroit » n'était autre qu'un cachot de la taille d'un réduit, obscur et humide, dans lequel on pouvait enchaîner les condamnés au mur.

– Madame... nous ne sommes pas des monstres ! s'exclama-t-il avec une feinte indignation. Vous pourrez recevoir quelques brèves visites, votre famille directe, du moins avant les débuts de... l'interrogatoire à proprement parler.

1. Sage-femme habilitée à témoigner devant les tribunaux.

La Question, songea-t-elle. Elle se contraignit à répondre d'un ton plat :

– C'est fort charitable à vous, messire.

Agnès ferma de nouveau les yeux pour mettre un terme à cette conversation qui n'avait d'autre but que de l'effrayer. Son cœur battait à se rompre et elle fournissait un effort surhumain pour maîtriser le rythme de sa respiration. Le seul remède qu'elle trouva à la terreur qu'elle sentait monter en elle, l'étouffer, était la certitude qu'elle était parvenue à mettre Mathilde et Clément en sécurité.

Une demi-heure s'écoula avant que Florin ne hurle « halte ! », faisant tressaillir Agnès.

– Notre pause sera de courte durée, madame. Souhaitez-vous la mettre à profit afin de dégourdir vos membres ?

Elle n'hésita qu'une seconde. En dépit de son désir de ne pas céder, elle avait besoin de quelques instants d'intimité.

– Volontiers.

Il sauta lestement à terre et ne lui tendit pas la main pour l'aider à descendre à son tour. Un garde se précipita vers lui pour lui tendre un ballot de toile, sans doute de quoi se restaurer et se désaltérer. L'inquisiteur la détailla quelques secondes et demanda :

– Désirez-vous quelque éloignement, madame ?

Elle réprima un soupir de soulagement et accepta :

– En effet, messire inquisiteur.

– Je crois que nous sommes tous dans ce cas. Holà, toi, accompagne madame.

Une grande bête d'homme à la face aplatie s'approcha. Agnès faillit se raviser et déclarer qu'elle préférait attendre Alençon. Le mince sourire de Florin l'en dissuada, la douleur qui lui sciait le ventre depuis des heures également. Elle repéra un épais bosquet de buissons et s'avança dans leur direction. La brute lui emboîta le pas.

Enfin protégée du regard des autres, elle attendit que l'homme se tourne. Il ne la quittait pas des yeux. Un sourire concupiscent humidifia ses lèvres lorsqu'elle releva le bas de sa robe. La colère annihila toute gêne. Agnès s'accroupit, fixant son escorte droit dans les yeux. Le sourire mourut et l'homme baissa les paupières. Cette minuscule victoire dédommagea la jeune femme. Il s'agissait d'un signe : elle pouvait vaincre.

Elle remonta aussitôt dans le lourd fourgon sans profiter de quelques minutes supplémentaires d'air frais, humant par la portière entrouverte l'odeur aigrelette des fougères et celle, apaisante et lourde d'humidité, des bois.

Florin détailla le bas de sa robe lorsqu'il se réinstalla en face d'elle. Agnès retint le commentaire qui lui venait aux lèvres. Non, elle ne s'était pas pissé dessus. Elle avait remonté son vêtement, et si son gens d'armes avait eu l'occasion d'apercevoir un mollet ou un genou, ou pire, grand bien lui fasse. Elle était maintenant au-delà de ces ridicules vexations qui, en d'autres temps, en d'autres lieux, lui eussent paru d'une gravité inouïe.

Lorsqu'ils parvinrent enfin à Alençon, la soif desséchait les lèvres d'Agnès.

Le fardier cahota sur les pavés irréguliers de la cour de la maison de l'Inquisition. Florin annonça d'une voix suave :

– Nous sommes rendus, madame. Ce long voyage vous aura exténuée. Aussi vais-je vous conduire sans tarder vers... votre résidence pour les semaines à venir.

Agnès n'eut aucun doute sur ses mobiles. Il voulait voir son visage se décomposer et elle se prépara au pire. Du moins le crut-elle.

Malgré l'obscurité qui les environnait, l'inquisiteur

avança d'un pas sûr vers les quelques marches qui menaient à une lourde porte renforcée de traverses. Elle le suivit, consciente de la présence de deux gardes à trois mètres derrière elle.

Un froid glacial régnait dans l'ouvroir[1]. Florin fit allumer quelques chandelles et dans la clarté tremblotante qu'elles dispensaient, Agnès songea qu'il ressemblait à une belle apparition malfaisante.

– Allons, la pressa-t-il d'un ton que l'agitation gagnait.

Ils traversèrent la salle basse, vide de meubles à l'exception d'une grande table de bois noir flanquée de ses bancs. Florin se dirigea vers une porte qui ouvrait à droite de l'un des murs de la grande pièce.

Un très jeune homme sembla se matérialiser à côté d'Agnès.

Florin déclara d'une voix à la douceur inquiétante :

– Agnan... tu m'as l'air tout endormi. Je ne peux croire que tu reposais pendant que je courais la campagne pour la plus grande gloire de l'Église.

Nicolas avait distingué Agnan des autres clercs afin de le charger de son secrétariat. La laideur sans charme du jeune homme le comblait. Quelle magnifique injustice que la laideur. Cet Agnan-là était un être doux et affable, intègre et pieux, et pourtant ces petits yeux rapprochés, ce grand nez mince et ce menton fuyant qui le défiguraient inspiraient la défiance dès que le regard les frôlait. En revanche qui aurait cru que la longue silhouette gracieuse de Nicolas, ses yeux tendres, étirés vers les tempes, sa bouche pleine dissimulaient une âme dont la noirceur eut fait frissonner les bourreaux séculiers ? Agnan comblait donc Nicolas puisque, de surcroît, il le terrorisait sans effort.

1. Pièce donnant sur l'extérieur.

– Certes, non, messire inquisiteur. Je collationnais les diverses pièces du prochain procès afin de vous avancer dans votre tâche, se justifia l'autre d'une voix mal assurée.

– Bien. (Sans se tourner, Nicolas désigna Agnès d'un revers de main avant d'ajouter :) Madame de Souarcy est rendue en nos murs.

Agnan jeta un regard craintif à la jeune femme puis baissa bien vite la tête. Pourtant, elle aurait juré qu'une ombre de pitié était passée dans les yeux du secrétaire.

– Eh bien, va… continue donc de m'avancer.

L'autre s'inclina en bafouillant une approbation et se retira dans le seul murmure de sa robe de triste bure.

Un des gens d'armes se précipita pour ouvrir la porte basse. Un escalier de pierre en colimaçon plongeait vers les ténèbres épaisses. Le garde les précéda dans la descente afin d'éclairer les marches. L'odeur âcre de moisissure prit Agnès à la gorge à mesure qu'ils s'enfonçaient vers les caves. D'autres relents s'y mêlèrent bien vite, ceux de la crasse et des excréments, ceux de la sanie et de la charogne.

L'escalier débouchait sur un sol de terre battue, boueuse des premières montées de la Sarthe. Agnès respirait par la bouche dans l'espoir de dissiper sa nausée. Florin déclara d'un ton léger :

– On s'y accoutume. Au bout de quelques jours, la puanteur devient telle que plus personne ne la distingue.

La salle souterraine semblait immense et Agnès songea qu'elle devait dépasser la surface au sol de la maison de l'Inquisition. Des grilles reliaient les piliers de soutènement, délimitant des cachots. Ils longèrent ces petites cages dans lesquelles un homme ne pouvait se tenir debout. Parfois, la lumière tremblotante de la chandelle que brandissait Florin éclairait brièvement une forme tassée dans un coin, inerte, peut-être endormie, peut-être morte.

– Nous n'avons que peu l'habitude des dames de votre qualité, ironisa Florin. Néanmoins, bien que moine, je reste homme du monde. Nous vous avons donc réservé l'une des trois cellules de secret.

Nulle courtoisie n'avait présidé à ce choix, Agnès en fut convaincue. Il souhaitait la priver de tous contacts, même avec des codétenus qui n'étaient certes pas en position de la réconforter. Pour la première fois, elle se demanda s'il ne la craignait pas. Sottises. Que pourrait-il redouter de sa part ?

Le sol s'inclinait en pente douce et ils progressèrent sous les voûtes, dépassant les cachots et les pauvres créatures malmenées et terrorisées qu'ils retenaient. Les souliers d'Agnès s'enfonçaient maintenant dans une vase épaisse. Sans doute s'approchaient-ils de la rivière. Un froid humide et malsain la faisait grelotter et l'idée qu'elle allait bientôt se trouver seule, enfermée dans cette pestilence, entamait sa volonté de ne rien laisser transparaître de sa peur. Étrange. La présence maléfique de Florin commençait à lui sembler préférable au vide peuplé de terreurs qui l'attendait. Quelque chose de gluant enserra soudain sa cheville et elle hurla. Un garde se rua vers elle, la tirant sans ménagement, puis asséna sa grosse chaussure à semelle de bois sur une main... Une main ensanglantée qui pendait entre les barreaux d'une des cages. Un gémissement s'éleva. Un murmure se termina en sanglot :

– Madame... il n'est nul salut en ce lieu. Mourez, madame, mourez vite.

– Quel enfantillage, pesta Florin. (Puis, d'un ton redevenu guilleret, il conseilla à l'homme dont on ne distinguait qu'une forme avachie contre la grille :) Prie... mais prie en silence, tu nous as assez malmené les oreilles de tes cris !

Elle demeura figée à deux pas de la cage, tentant de percer la pénombre contre laquelle les chandelles luttaient inefficacement. Étaient-ce des yeux, ces deux trouées bleues dans ce qui ressemblait à une bouillie rougeâtre ? Était-ce une bouche, cette plaie à vif ?

– Mon Dieu... gémit-elle.

– Il nous a abandonnés, répondit le murmure souffrant.

– Blasphème ! glapit Florin en la tirant par la manche de son manteau. Et ça jure de son innocence !

Quelques mètres encore, puis une porte si basse qu'on ne pouvait la franchir que plié en deux. Nul judas. Un des gardes tira le gros verrou et s'effaça. L'inquisiteur précéda Agnès et annonça, enjoué :

– Votre appartement, madame. (Puis, soudain empli d'une tristesse aimante, il ajouta :) Croyez-moi, ma fille, rien ne vaut la paix du silence pour mettre son esprit en ordre. Vous aurez ici le loisir de réfléchir, de vous amender, je l'espère. Mon vœu le plus cher est de vous aider à rejoindre la lumière du Seigneur. Je donnerais ma vie pour sauver votre âme égarée.

La porte claqua, le verrou protesta. Elle était seule, debout dans une obscurité totale. Elle progressa lentement, glissant un pied après l'autre pour rejoindre l'espèce de bat-flanc qu'elle avait eu le temps d'apercevoir. Elle s'y laissa tomber lorsque son mollet le heurta.

Une vague de panique la secoua. Elle bagarra contre l'envie de hurler, de se ruer vers la porte pour la cogner de toutes ses forces en suppliant que l'on revienne la chercher.

Et s'ils prétendaient l'oublier ? Et s'ils la laissaient mourir de soif et de faim ? Et s'ils patientaient jusqu'à ce qu'elle devienne folle pour la déclarer possédée ?

Cet homme, cette victime qui avait emprisonné sa cheville pour la conjurer de mourir très vite. Lui savait. Il savait les années d'emprisonnement préalable qui pouvaient s'éterniser une vie durant sous prétexte de compléments d'enquête. Il connaissait les privations, les humiliations, les semaines de tortures. Il avait appris la peur et la certitude que l'on ne ressortait presque jamais d'entre les mains de l'Inquisition.

Tais-toi ! Il attend de toi que tu renonces. Il attend que tu permettes à ta vie de fuir de toi. Résiste, c'est un ordre ! La baronne de Larnay, madame Clémence aurait tenu tête. Tiens tête !

Si tu avoues, tu pourriras ici jusqu'à ce que mort s'ensuive et Mathilde et Clément t'y suivront. Il se débrouillera pour te déclarer relaps, le pire des crimes à leurs yeux.

N'oublie pas : il n'y aura nulle pitié. La grâce ne l'atteindra pas, il n'en veut pas. Résiste.

Au moment où elle formulait cette admonestation, une certitude ahurissante lui traversa l'esprit : Florin s'amusait. Aussi aberrante que l'idée paraisse, ce n'était pas l'argent et certainement pas la foi qui menaient Florin. C'était le goût du supplice. Il aimait déchirer, lacérer, éventrer. Il aimait faire hurler ses proies. Elle était son nouveau jouet.

Un flot de bile lui envahit la gorge et un sanglot la plia.

Clémence... Clémence, mon ange, bénis-moi d'un miracle.

Mérite le miracle. Résiste !

Château d'Authon-du-Perche, septembre 1304

Joseph réprima sa satisfaction. Ce jeune Clément apprenait avec une facilité rare et manifestait ses émerveillements avec tant de naturel que le vieux médecin juif d'Artus d'Authon en était flatté.

Pourtant, il avait fallu toute la persuasion de l'enfant et l'insistance du comte pour qu'il l'acceptât en apprentissage. L'idée de devoir expliquer, seriner, faire entrer la beauté de la science dans ce jeune crâne le fatiguait d'avance.

Joseph avait été vite surpris par l'étendue des connaissances que Clément avait d'ores et déjà assimilées. Il s'était même emporté, lui intimant l'ordre de faire silence, lorsqu'il énonçait des vérités médicales connues d'un nombre restreint de savants et qu'il valait mieux taire si l'on souhaitait éviter les représailles religieuses.

– Et pourquoi faudrait-il mentir lorsque l'on connaît une vérité si bonne qu'elle pourrait éviter souffrances et mort ?

– Parce que la connaissance, c'est le pouvoir, mon enfant, et que ceux qui la détiennent n'entendent pas la partager.

– La détiendront-ils toujours ?

– Non. Vois-tu, la connaissance, c'est comme de l'eau. Ferme les doigts sur elle aussi fort que tu le peux, elle s'évadera toujours goutte à goutte.

Les semaines avaient passé et Joseph s'était laissé séduire par cet esprit vivace, peut-être aussi par l'envie, l'espoir de transmettre un savoir immense qu'il craignait de voir disparaître avec lui.

Pourquoi avait-il quitté Bologne, sa prestigieuse université ? Il était assez honnête pour admettre qu'une sotte arrogance l'avait poussé. Salerne et Bologne avaient été à l'origine de la traduction des œuvres des grands médecins grecs, juifs, arabes. En dépit de l'afflux colossal de connaissances que ces textes enfin compréhensibles avaient généré, le reste de l'Occident persistait dans des pratiques qui devaient davantage à la superstition qu'à la science. Joseph s'était peu à peu convaincu qu'il serait le messager de cette révolution médicale. Il se trompait. Il s'était installé à Paris en 1289. Il avait cru que son art, son vœu de le répandre pour le bien de tous le protégeraient de l'antisémitisme généralisé qui sévissait en France. Il se trompait encore. Un an plus tard, l'affaire du Juif Jonathas[1], accusé d'avoir craché sur une hostie consacrée – bien que les prétendus témoins du crime fussent incapables de préciser les conditions dans lesquelles ladite abomination s'était déroulée –, rallumait le brasier. Les Juifs redevenaient les ennemis de la foi, au même titre que les Cathares. Aux humiliations de rues, aux mesures discriminatoires du pouvoir s'était ajoutée la peur d'être lapidé par une foule hostile,

1. À Paris, en 1290.

prête à les mettre en pièces en toute impunité. Abandonnant ses biens, il avait pris comme tant d'autres les chemins de l'exil. Il pensait rejoindre la Provence et sa tolérance, où les siens profitaient enfin d'une tranquillité qu'ils espéraient, à tort, durable. Mais l'âge avait rattrapé Joseph et son périple s'était arrêté en Perche. Il avait posé quelques années son maigre bagage dans un petit bourg non loin d'Authon-du-Perche, se rendant aussi transparent que possible, soignant parfois – sans utiliser tout son savoir de crainte d'éveiller les soupçons – tellement mieux que les mires et médecins locaux que sa réputation était parvenue jusqu'au château. Artus l'avait fait mander. Joseph s'était exécuté, non sans appréhension. Le grand homme taciturne et dévasté qui se tenait devant lui l'avait considéré en silence durant quelques minutes avant de déclarer :

– Mon fils unique est décédé il y a quelques mois. Auriez-vous su le guérir, messire médecin ?

– Je l'ignore, monseigneur, car j'ignore quels étaient les symptômes du mal qu'il présentait, bien qu'ayant été informé de votre terrible perte. (Les larmes étaient montées aux yeux du vieux médecin qui avait secoué la tête en murmurant :) Ah, les petits, les petits... Ils ne devraient jamais mourir avant nous.

– Et pourtant... Il était de constitution fragile comme sa mère, souvent malade et fiévreux, pâle de peau et saignait abondamment à la moindre blessure. Il se plaignait souvent de fatigue, de maux de tête, d'inexplicables douleurs dans les os.

– Était-il frileux ?

– Au point que sa chambre était chauffée jusqu'à l'été.

Artus avait marqué un arrêt avant de poursuivre :

– Comment se fait-il qu'un Juif ait choisi notre coin de terre pour exercer ?

Joseph s'était contenté de hocher la tête. Artus avait poursuivi :

– Être Juif est une bien redoutable condition en ce moment dans le royaume de France.

– C'est une bien redoutable condition de longtemps et dans tant de royaumes, avait rectifié le médecin dans un pâle sourire.

– Vous passez pour les meilleurs médecins du monde avec les Arabes. Votre réputation est-elle fondée ?

– C'est à nos patients d'en témoigner.

Artus, auquel la tristesse ne laissait aucune trêve depuis la mort de Gauzelin, s'était autorisé une boutade que de longs mois de deuil et de souffrance rendaient pénible :

– S'ils en témoignent, c'est donc que vous les avez guéris, ce qui est bien mieux que ce que parviennent à réussir la plupart des nôtres. (Il avait inspiré afin de formuler la question qui le hantait et lui faisait trembler la voix :) Il... Mon médecin a pratiqué moult saignées. Elles m'inquiétaient mais il semblait si sûr de sa science.

– Ah... Qu'ils aiment donc les saignées ! Elles étaient absurdes dans le cas de votre fils, mais, si j'en juge par votre description, le petit garçon serait mort quand même.

– Quelle était sa maladie selon vous ?

– Une faiblesse de sang que l'on rencontre surtout chez les jeunes enfants ou les vieillards de plus de soixante ans. Il n'est pas exclu que la même maladie, sous une forme moins aiguë, vous ait ravi madame votre épouse. Elle est incurable.

Étrangement, ce diagnostic avait un peu allégé le terrible chagrin du comte. Ce n'était pas une insuffisance de ses médecins, donc de lui-même, qui se trouvait à l'origine de la mort de Gauzelin, mais une sorte de fatalité contre laquelle nul n'aurait pu lutter.

Joseph avait ensuite trouvé refuge au château. La bibliothèque et la totale liberté que lui accordait le comte le rassuraient, son influence également. Peu à peu, la reconnaissance avait cédé place à l'estime, car Artus d'Authon n'était pas de ces hommes bavards qui disent pour ne pas faire. Ainsi, lorsqu'il avait lancé au détour d'une conversation :

– Si la situation des vôtres devait encore s'aggraver, et je le redoute, je ne saurais trop vous encourager à une conversion de forme. Mon chapelain y veillera. Dans l'éventualité où celle-ci vous paraîtrait abjecte, Charles II d'Anjou, le cousin du roi Philippe*, qui imite sa rigueur vis-à-vis de votre peuple en Anjou, est beaucoup plus généreux lorsqu'il s'agit de son comté de Provence ou de son royaume de Naples. C'est un homme prudent mais avisé : les Juifs l'enrichissent. Naples me semble assez loin pour être plus sûr. Je vous aiderai à vous y rendre.

Joseph avait su au regard sombre qui le détaillait que cet homme-là ne renierait pas sa parole, quoi qu'il lui en coûtât.

Joseph soignait donc depuis les petites misères des habitants du château – car le comte jouissait d'une santé propre à désespérer n'importe quel médecin soucieux d'exercer son art – ou les affections plus sérieuses de ses paysans, la plupart dues à des carences ou à des manquements à l'hygiène. Le vieux médecin avait cessé de s'interroger sur l'incohérence de l'homme, convaincu qu'il s'agissait là d'une insoluble recherche. Ses patients lui manifestaient leur reconnaissance par force petits cadeaux et le saluaient bas dans les rues, le prenant pour un savant – ou mieux un puissant mage – italien requis par leur maître afin d'assurer leur bien-être. Des petits enfants couraient derrière lui, s'accrochant à sa robe comme à un talisman. Des femmes l'arrêtaient timidement, chuchotaient à son oreille les progrès d'une guérison ou d'une grossesse, fourraient dans ses mains un panier d'œufs, une bouteille de cidre ou un pain de lait et de miel. Des hommes découvraient un bras ou une jambe afin qu'il puisse constater la disparition de l'ulcère de peau qu'il avait guéri. Joseph évitait maintenant de chercher dans ces sourires, ces phrases malhabiles et ces visages ceux qui l'auraient livré au bras séculier s'ils l'avaient su Juif.

Il s'avança vers le grand lutrin sur lequel était ouverte la traduction latine que Clément dévorait des yeux, bouche entrouverte de stupéfaction.

– Que lis-tu qui provoque si intense surprise ?

– Ce traité des fraudes pharmaceutiques, mon maître.

– Ah, celui rédigé par Al-Chayzarî il y a deux siècles.

– Rendez-vous compte : pour augmenter leurs gains, les pharmaciens falsifient l'opium égyptien en le coupant avec du suc de chélidoine ou du suc de feuilles de laitue sauvage, voire avec de la gomme arabique. Afin de le détecter, on mélangera la poudre ainsi obtenue à de l'eau. La chélidoine lui donne une odeur de safran, la laitue une odeur presque imperceptible et fade, quant à la gomme arabique, elle rend le liquide très amer.

– Il y a toujours eu des fraudes et je doute qu'elles disparaissent un jour. Tant d'argent se gagne à être malhonnête. Un bon médecin ou un bon pharmacien doit être capable de les reconnaître afin d'être certain de l'efficacité de ce qu'il prescrit à son malade.

Clément leva la tête et n'y tenant plus, posa la question qu'il retenait depuis sa rencontre avec le médecin :

– Maître... Votre science est si vaste, si multiple... Connaîtriez-vous un savant du nom de Vallombroso ?

Joseph fronça ses épais sourcils gris et répondit :

– Vallombroso n'est pas un homme. Il s'agit d'un monastère italien. J'ai entendu dire qu'on y menait de remarquables études mathématiques et astronomiques, en plus de l'excellence des moines en médecine.

– Ah...

La déception se peignit sur le visage de l'enfant. Comment parviendrait-il alors à comprendre les réflexions tracées dans le grand carnet ?

– Pourquoi t'intéresse-t-il ?

– C'est que... bafouilla Clément.

– Est-ce si grave ? insista gentiment Joseph.

– Euh... C'est que... j'ai lu... quelque part... surtout, ne pensez pas que j'ajoute foi à ces billevesées, mais... Vallombroso était cité dans une théorie selon laquelle la Terre ne serait pas immobile dans le ciel...

Le sang se retira du visage du médecin qui ordonna d'un ton impérieux :

– Tais-toi ! Que nul ne t'entende jamais rapporter ce genre de choses.

Joseph jeta un coup d'œil inquiet autour de lui. La grande salle lumineuse, véritable glacière en hiver, dans laquelle ils étudiaient, était déserte.

Se rapprochant encore de l'enfant, il se baissa pour murmurer à son oreille :

– Le temps n'est pas encore venu. Les hommes ne sont pas prêts à recevoir et à accepter la vérité... Elle n'est pas immobile. Elle tourne sur elle-même, expliquant le jour et la nuit. Elle tourne également autour du soleil, toujours selon la même trajectoire, engendrant la périodicité des saisons.

C'était si parfaitement logique que Clément en resta bouche bée.

– C'est un secret, comprends-tu Clément ? Il pourrait

nous coûter la vie si l'on venait à découvrir que nous le partageons.

L'enfant acquiesça d'un mouvement saccadé de tête, avant de murmurer à son tour :

– Mais alors les astrologues se trompent ?

– Tous. D'autant qu'il paraît raisonnable de penser que d'autres astres existent, que nous ne connaissons pas encore. C'est également pour cette raison que tu ne dois pas te fier aux enseignements de la médecine astrologique telle qu'elle se pratique communément. (Joseph marqua une courte pause avant de demander :) À mon tour d'exiger que tu dévoiles un secret... jeune fille.

La déglutition pénible de Clément résonna dans le silence.

– Car tu es une fille, n'est-ce pas ? poursuivit Joseph dans un souffle.

À nouveau, Clément ne put qu'acquiescer d'un signe de tête.

– Et tu auras bientôt onze ans... T'a-t-on renseignée sur les... particularités physiologiques qui surviennent chez la douce gent ?

– Je ne sais... Je n'aurai jamais de barbe et il existe une différence anatomique majeure qui permet de reconnaître une fille d'un garçon, proposa l'enfant.

– C'est bien ce que je craignais. Eh bien, commençons par cela... la cosmogonie peut attendre !

La panique avait remplacé le saisissement. Les larmes aux yeux, Clément supplia d'un ton presque inaudible :

– Nul ne doit l'apprendre, maître. Nul.

– J'avais bien compris. Ne t'inquiète. Nous sommes maintenant liés par de dangereux secrets en plus de notre inextinguible soif de savoir.

L'oreille aux aguets, ils se tournèrent en même temps vers

la porte qui s'entrouvrait. Ronan avança de quelques pas et s'excusa :

– J'espère ne pas vous interrompre dans quelque expérience, messire médecin.

– Non pas. Tout juste une démonstration que nous venions d'achever.

– Monseigneur Artus mande le jeune Clément.

– Eh bien, mon garçon, va. Le comte requiert ta présence. Ne le fais point attendre.

– Merci, maître.

– Tu me reviendras dès que notre seigneur le jugera souhaitable. Nous n'en avons pas terminé pour aujourd'hui.

– Bien, messire.

Le comte travaillait dans la bibliothèque en rotonde qu'il affectionnait tant. À l'entrée de Clément, il leva la tête des registres qu'il consultait et remercia Ronan d'un geste amical.

– Tudieu... ce travail d'intendant me gâche l'humeur, marmonna-t-il. Et pourtant, je devrais être satisfait et reconnaissant : nous avons évité le pire, les moissons ont été bonnes, et le vêlement plus propice que l'année précédente.

Il termina sa ligne et Clément remarqua l'élégance de sa cursive[1]. C'est alors qu'un détail lui revint : l'écriture carrée du carnet. Il s'agissait de *rotunda,* lettres de somme réservées aux traités scientifiques, juridiques ou théologiques, bref aux connaissances transcrites en latin. Si ce graphisme appartenait bien au chevalier de Rioux ainsi qu'il l'avait toujours soupçonné, celui-ci était-il un des théologiens de son ordre ? En quoi ce détail pouvait-il faire avancer Clément ? Il l'ignorait et pourtant, un instinct le prévenait de son importance.

1. Autrement nommée bâtarde gothique, réservée aux actes, lettres, registres et tous manuscrits en langue vernaculaire.

Le comte reposa sa plume sur le bel encrier d'argent en forme de coque de navire posé en face de lui. Son visage déjà sombre se crispa et l'appréhension assaillit l'enfant. Quelle nouvelle retenait-il pour hésiter de la sorte ? D'une voix altérée qu'il tentait sans grand succès de maîtriser, le comte lâcha :

– Madame de Souarcy est arrivée en la maison de l'Inquisition d'Alençon. Elle y est détenue en *murus strictus.*

Clément se laissa aller contre le rayonnage d'un meuble de bibliothèque, incapable de respirer. Il lui sembla qu'un tremblement l'agitait de la tête aux pieds. Peut-être n'était-ce que son imagination. Une main ferme l'agrippa par la tunique au moment où il se sentait glisser vers le sol. Il se retrouva assis, sans trop savoir comment, dans l'un des petits fauteuils qui ponctuaient la circonférence de la pièce.

– Pardon, monseigneur, bafouilla-t-il en se remettant de son étourdissement.

– Non, pardon à toi. À force de ne vivre qu'avec des hommes et des fermiers, la douceur et la diplomatie me font défaut, je le crains. Demeure assis, conseilla-t-il comme Clément tentait de se lever. Tu es encore jeune, mon garçon... Pourtant, tu n'ignores pas que certains êtres doivent quitter l'enfance plus prématurément que d'autres. Je te demande de réfléchir et de fouiller ton souvenir. C'est vital. Tu m'as expliqué que ce vaurien d'Eudes de Larnay et sa servante acolyte étaient derrière la machination qui a permis à l'Inquisition d'arrêter madame Agnès. Elle aurait hébergé une hérétique sans le savoir, cette...

– Sybille.

– C'est cela.

Clément se mordit la lèvre et avoua soudain :

– Il s'agissait de ma mère.

Le comte le dévisagea avant de murmurer :

– Voici donc pourquoi madame Agnès tenait tant à t'éloigner de son entourage.

Une douceur incongrue se fraya un chemin dans la peur qui habitait Artus depuis des jours. Il avait connu des hommes, des soldats, qui auraient remis l'enfant aux mains des inquisiteurs pour s'épargner un dangereux procès. Mais elle, une femme, sans appui – du moins le croyait-elle – leur tenait tête. Elle ne pouvait pas méconnaître la lutte furieuse qui se livrait dans l'esprit de nombre de ces moines. Écartelés entre leurs désirs de chair et leurs vœux, ils craignaient ou détestaient les femmes et leur séduction. Mettre au compte du diable la faiblesse qu'ils se sentaient en leur présence les absolvait. Cela étant, pour l'avoir rencontré, Artus ne croyait pas que Florin fut de la race à s'embarrasser d'abstinence. Mais justement, la haine des femmes, l'envie d'exercer sur elles un pouvoir délétère passait également par la chair.

L'écœurement le disputait chez le comte à la colère. Depuis qu'il avait vu Agnès récoltant le miel en braies de paysan, calmant les abeilles, il rêvait de ce long cou pâle au petit matin. Il rêvait de le humer, d'y poser ses lèvres encore endormies. Il rêvait de ses longues mains fines qui tenaient les rênes avec une tendre fermeté, celle des vrais cavaliers. Il les rêvait sur son ventre, contre ses reins. L'évocation devenait si précise, si malvenue aussi, qu'il la chassa de son esprit, conscient qu'elle s'imposerait à nouveau à la moindre trêve de sa volonté.

– Dans la missive qui t'accompagnait, madame de Souarcy évoquait une influence occulte infiniment plus puissante que celle de son fourbe de demi-frère.

– C'est, en effet, la conclusion à laquelle nous en étions rendus, monseigneur. Eudes de Larnay pouvait rémunérer l'inquisiteur. En revanche, il ne pouvait pas lui garantir de soutien d'importance. Son influence se limite à son petit domaine et est bien moindre que la vôtre. Quelqu'un d'autre est donc intervenu, confortant Nicolas Florin dans sa position.

Artus se dirigea vers l'une des fenêtres à petits carreaux irréguliers sertis de plomb, si rares en cette époque. Bras croisés dans le dos, il se planta face aux jardins que ce milieu d'automne enflammait de roux et d'ocres. À quelque distance, un couple de cygnes glissait sur l'étang, éternellement élégants sur leur élément et si patauds dès qu'ils rejoignaient la terre. Un jour, il la conduirait, la soutenant de son bras. Il lui présenterait les cygnes difficiles, les paons arrogants et les daims albinos dont les grands yeux de velours suivraient timidement leur approche. Un jour, il lui réciterait : « J'aime marcher parmi ces odeurs, poser mes yeux sur ces merveilles de fleurs[1] », et elle lui répondrait, rendant toute sa force et sa douceur à cette œuvre de monsieur Chrétien de Troyes*: « Je vous ai mis à l'épreuve. Ne soyez plus attristé, car je vous aime encore davantage, tout comme je sais que vous m'aimez du plus profond de vous[2]. » Un jour. Bientôt.

Défaire Florin. Le tuer si nécessaire.

Il se surprit à répondre à l'enfant comme s'il s'agissait d'un interlocuteur d'âge comparable :

– Or, Florin n'est pas sans ignorer mes liens d'enfance et d'affection avec le roi de France. Son impudence, son... immunité, lui viennent donc de Rome. Ajoute à cela que nous sommes sans pape et que nous ignorons qui sera le suivant. Il s'agit donc de quelqu'un d'une grande influence au Vatican, quelqu'un qui n'est pas le souverain pontife. Nulle surprise à cela. Feu Benoît* était un être de miséricorde, un réfor-

1. Lais de Marie de France*.

2. « Bien vos ai de tot essaiee. Or ne soiez plus esmaiee, c'or vos aim plus qu'ainz mes ne fis, et je resui certains et fis que vos m'amez parfitemant. » Chrétien de Troyes.

mateur. Il aurait pu incliner notre histoire vers la compassion et la clémence. Ils ne lui en ont pas laissé le temps. Huit mois de règne… Je suis convaincu qu'on a veillé à sa brièveté. Et vois-tu… Je subodore que ses ennemis sont aussi les nôtres.

– Mais qui ? interrogea Clément.

– Nous allons le découvrir, mon garçon, je t'en fais serment. Retire-toi maintenant.

Commanderie templière d'Arville,
Perche-Gouet, octobre 1304

Située en plein cœur de l'ancien territoire des Carnutes, sur le chemin de Saint-Jacques-de-Compostelle, la commanderie templière d'Arville avait été l'une des premières créées, grâce à la générosité d'un seigneur de Mondoubleau, Geoffroy III, qui avait offert au Temple mille hectares de forêt. Un mince groupe de chevaliers, accompagnés d'écuyers et de frères de métier[1] – pour la plupart bouviers et bergers – s'y était installé dès 1130.

La commanderie avait triple vocation. Domaine agricole puisqu'elle devait fournir viande, grains, bois et chevaux pour soutenir l'effort de conquête en Terre sainte, elle servait également de centre de recrutement et de base de formation militaire aux templiers en attente de départ vers la croisade. Enfin, elle restituait au triangle formé par Arville, Saint-Agil et Oigny la vie religieuse qui leur faisait défaut depuis que

1. Bien que n'ayant pas prononcé les vœux de pauvreté, de chasteté, d'obéissance, ils bénéficiaient des privilèges de l'ordre et s'acquittaient des tâches agricoles, artisanales ou domestiques au sein d'une commanderie.

l'envahisseur romain avait rasé cette jadis florissante ville gauloise.

Les dons en forêts, terres arables, bois, et les privilèges de four à pain ou de marché avaient ensuite afflué, qu'ils émanassent des vicomtes de Châteaudun ou des comtes de Chartres et de Blois, voire des comtes de Nevers, faisant de la commanderie une des plus riches du royaume de France. L'inquiétude croissante des seigneurs de Mondoubleau, vicomtes de Châteaudun, avait remis en cause cet état de grâce en 1205, en dépit de leur générosité passée. Ils avaient pris ombrage de la puissance et de la richesse croissante des chevaliers. La querelle devait s'envenimer au point que le pape Honorius III avait excommunié en 1216 le comte Geoffroy IV, lequel entendait interdire aux templiers d'Arville de conduire leurs convois hors la châtellenie de Mondoubleau, de posséder un four à pain, d'étaler dans les halles leurs marchandises afin de les vendre, ou de cueillir la fougère qui nourrissait leurs bêtes. À l'issue d'une courte rébellion, Geoffroy IV avait fini par plier devant l'autorité papale.

Les activités de la commanderie avaient vite attiré une population plus nombreuse, puisque les chevaliers offraient le pain et de petites tenures[1] avec maison contre un cens[2] modeste et des services. En cette année 1304, sept cents âmes vivaient autour de l'épaisse enceinte.

Lorsque Francesco de Leone sortit de la forêt de Mondoubleau, qui prolongeait celle de Montmirail, le soleil était haut. La vieille jument qu'il avait louée à la Ferté-Bernard

1. Exploitation agricole concédée par le seigneur à un tenancier à charge de redevances et/ou de services.

2. Redevance payée au seigneur.

avançait à pas lents. La pauvre bête avait tant porté, tant marché qu'il n'avait pas eu le cœur de la pousser pour arriver plus vite. Son estomac, vide depuis la veille au matin, le rappelait à l'ordre par des crispations de plus en plus fréquentes en dépit du sac de victuailles offert par sa tante, Éleusie de Beaufort, peu avant son départ furtif de l'abbaye des Clairets. Pourtant Leone s'interdisait de jamais prononcer le mot « faim » par décence et souvenir des ravages de la vraie faim. Nul doute qu'il serait nourri une fois parvenu à sa destination. C'était là geste de charité chrétienne qu'aucun moine-soldat ne pouvait ignorer, malgré les relations difficiles – pour ne pas dire conflictuelles – existant entre l'Hôpital et le Temple*.

Leone ne pouvait certes pas requérir l'aide des templiers pour avancer dans la quête qui l'obsédait depuis tant d'années, une quête menée jusqu'à lui dans les souterrains d'Acre, juste avant la sanglante défaite qui signait la chute de l'Orient chrétien. Pressentant l'imminence du massacre, un chevalier templier avait tendu à Eustache de Rioux, le parrain de Leone, un carnet résumant ses années de recherche, de questions, d'impénétrables mystères. Avant de rejoindre le carnage qui faisait rage au-dessus d'eux, il avait mentionné un rouleau de papyrus rédigé en araméen, un des textes les plus sacrés de l'humanité, précisant qu'il était maintenant caché en lieu sûr, en l'une des commanderies templières.

Le commandeur d'Arville ne devait à aucun prix soupçonner les véritables mobiles de Leone. Quant à l'hospitalité qu'il lui offrirait, le chevalier ne doutait pas qu'elle serait brève et circonspecte. Avant même de commencer ce voyage, Francesco de Leone prévoyait que sa démarche serait un échec. Un vain espoir n'expliquait pas son entêtement à l'entreprendre quand même. Il voulait humer les lieux, convaincu qu'il sentirait, une fois dans cette église, la présence du secret, de la clef, qui y était dissimulé. Peut-être le papyrus.

Il remonta la sente de caillasse vers le haut mur d'enceinte qui défendait les divers bâtiments. Le pont-levis du porche était abaissé sur les douves qui l'encerclaient et qu'inondaient les eaux d'un cours d'eau voisin, le Coëtron. À gauche se trouvaient les écuries dont on affirmait qu'elles pouvaient héberger plus de cinquante chevaux. Les animaux seraient ensuite acheminés, sanglés sur des huissières[1], jusqu'en Terre sainte. Au bout des écuries, le jardin potager et médicinal qui apportait quelques légumes et fournissait la plupart des médicaments de la communauté templière. À droite du porche, ce modeste édifice coincé entre l'église et les bâtiments utilitaires, ouvert de quelques minces meurtrières, devait être le logis du *praeceptor*[2]. Un peu plus loin, la tour de guet ronde qui défendait l'église construite de grison, conglomérat naturel noirâtre de silex, de quartz, d'argile et de minerai de fer. Ce temple Notre-Dame – ainsi consacré pour rappeler la dévotion templière à la Vierge – avait été détaché de la muraille afin de permettre aux villageois d'assister aux offices sans traverser la commanderie et de respecter ainsi la clôture des moines templiers. Une autre porte, plus petite, permettait aux frères de pénétrer par l'un de ses flancs sans jamais sortir de l'enceinte. Son clocher à deux niveaux était porté par un arc brisé, avec ses trois arcades en plein cintre symbolisant la Trinité. Au centre de l'enceinte s'élevait la grange dîmière dans laquelle était stocké un dixième de toutes les récoltes avoisinantes, perçu à titre d'impôts. Derrière elle, une autre tour de guet large et ronde surveillait ces

1. Large bateau dont la poupe s'ouvre d'une grande porte afin de permettre le chargement des chevaux qui voyageaient sanglés pour éviter les chutes.

2. Précepteur, nom donné dans les textes latins au commandeur.

richesses. Non loin, le four à pain – enjeu de tant d'aigreurs – narguait les vicomtes de Châteaudun de sa permanence.

Leone se dirigea vers ce qu'il pensait être la demeure du commandeur.

Son manteau noir orné d'une croix blanche à huit pointes ne passa pas inaperçu. Un jeune écuyer leva la tête et vira au blême comme s'il venait d'apercevoir un revenant. Il tourna la tête de tous côtés, cherchant peut-être une aide, et Leone se demanda s'il n'allait pas prendre ses jambes à son cou. Un sourire triste lui vint : ils avaient tant combattu côte à côte, s'aidant, se sacrifiant mutuellement pour sauver l'autre, quelle que fut la couleur de leur croix. Templiers et hospitaliers étaient morts ensemble par milliers, leurs sangs se mêlant pour être aspirés par une terre étrangère. Pourquoi fallait-il que la paix leur fasse ensuite oublier la fraternité des jours de carnage ?

Il héla le jeune homme :

– Mène-moi, je te prie, à Archambaud d'Arville, votre commandeur.

– C'est que... messire... bafouilla l'adolescent.

Compatissant à son embarras, Leone précisa :

– Annonce Francesco de Leone, chevalier de grâce et de justice de l'ordre de Saint-Jean de Jérusalem. Va. Ma monture et moi sommes également fourbus.

L'écuyer disparut en courant et Francesco démonta. Il s'écoula une petite demi-heure durant laquelle Leone se demanda si le précepteur accepterait de le recevoir. Sans doute. Le faire éconduire eut été fort maladroit de sa part en cette période de délicatesse politique.

L'homme qui émergea de sous le porche était d'impressionnante stature, soulignée par son mantel blanc orné de la croix rouge pattée de gueules et son bliaud[1] long. L'épée

1. Tunique.

pendue à un large baudrier de cuir battait contre sa jambe. Archambaud d'Arville avança vers le chevalier. Son visage buriné, encadré d'une belle chevelure et d'une barbe grise, rendait l'évaluation de son âge incertaine. Quarante ans, quarante-cinq, peut-être davantage. Un sourire de circonstance étira ses lèvres lorsqu'il attendit les présentations de Leone. Il sembla à ce dernier qu'une lueur s'allumait dans le regard du commandeur à leur énoncé. De fait, il remarqua :

– Le Francesco de Leone pressenti pour devenir pilier de la langue d'Italie de votre ordre ?

Qu'un commandeur templier fut au courant de remaniements internes à l'Hôpital n'étonna pas Leone outre mesure. Chaque ordre soldat se renseignait aussi discrètement que possible sur les autres. En revanche, qu'il l'admette si volontiers était plus surprenant.

– Un honneur et une charge dont je ne me croyais pas encore digne, aussi les ai-je déclinés.

– Prouvant que vous êtes homme de sagesse en plus de votre réputation de piété et de bravoure. À quoi devons-nous le bonheur de votre visite, mon frère ?

Leone avait opté pour un prétexte anodin, de façon à ne pas éveiller la méfiance. Il ne pouvait requérir l'hospitalité pour la nuit dans une commanderie templière, aussi devrait-il se contenter d'une courte visite.

– Au besoin de prier, et... à la fatigue de ma monture tout autant qu'aux plaintes de mon estomac, je l'avoue. Je me rends à Céton et n'y parviendrai pas avant la nuit, inventa-t-il.

Archambaud d'Arville fut-il dupe ? Leone n'aurait su l'affirmer. Toujours est-il qu'il proposa :

– Soyez notre hôte bienvenu. Un de nos gens s'occupera de votre monture. Quant à nous, commençons donc par nous restaurer.

– Il me faudra partir peu après none*, si je veux trouver

une auberge en arrivant à Céton. Je m'annoncerai en l'abbaye demain matin.

– Votre visite sera donc d'une brièveté que je déplore, affirma l'autre d'un ton trop léger pour être convaincant. Mais suivez-moi, je manque à tous mes devoirs.

Leone lui emboîta le pas vers l'édifice qui flanquait le porche à droite. Ainsi, il s'agissait bien du logis du précepteur.

Deux écuyers se trouvaient déjà attablés dans la grande salle. Ils plongèrent le nez dans leur soupe et avalèrent leur repas avec une précipitation qui montrait assez leur désir de quitter la salle commune au plus vite.

Sans être luxueuse, la table des templiers était réputée moins fruste que celle à laquelle étaient accoutumés les chevaliers hospitaliers. Le Temple, contrairement à l'Hôpital, avait de tout temps été un ordre guerrier. L'abstinence alimentaire que pratiquaient ses membres s'en était trouvée allégée puisqu'il faut nourrir les soldats si l'on souhaite qu'ils se battent comme des lions.

Un frère de métier les servit rapidement, posant devant Leone un verre d'hypocras et devant Archambaud d'Arville une épaisse tranche de pain du pauvre[1] fait de méteil – un mélange de blé et de seigle – et d'orge à peine tamisés. Après avoir tracé une croix sur la mie marron du bout de son couteau, le commandeur rompit la tranche pour en offrir la moitié au chevalier hospitalier. Tous deux remercièrent Dieu de ce bienfait.

Le frère de métier posa ensuite sur ce tranchoir une part de tourte d'espinoches[2] au lard qui fut suivie d'une langue de bœuf rôtie au verjus.

1. Le pain servait à indiquer les castes. Il y avait le pain du riche, le pain du chevalier, de l'écuyer, du valet... le pain du pauvre et le pain de famine.

2. Épinards.

La vague surprise qu'avait ressentie le chevalier dès son arrivée se métamorphosait progressivement en alarme. Arville semblait si peu curieux de sa venue, de son itinéraire, si indifférent en somme, alors qu'il aurait dû tenter de glaner des informations, le sachant hiérarchiquement important au sein de l'Hôpital.

Leur repas se déroula dans un étrange silence, seulement coupé par quelques commentaires sur les mets qu'ils dégustaient, sur les récoltes de l'année, sur l'improbabilité d'une proche croisade.

Arville approuva les réserves de Leone en la matière d'un :

– Nous en sommes à vendre nos chevaux sur les marchés. Nous ne pouvons entretenir plus de cinquante bêtes.

Ce bavardage d'intendant troublait Leone. Cette benoîte surface de civilité dissimulait autre chose. Or, il eut été insensé de croire que le commandeur était au courant de sa visite et encore moins de sa quête. L'autre perçut-il son malaise, toujours est-il qu'il changea aussitôt d'attitude, ajoutant à la méfiance de son hôte de quelques heures. Forçant sa jovialité, Archambaud d'Arville lui conta les mésaventures de son installation en Perche-Gouet quatre ans auparavant. Il relata par le menu son départ d'Italie – pays qu'il avait regretté –, son arrivée ici, le laisser-aller dans lequel il avait trouvé la commanderie. Il avait alors été contraint de distribuer avertissements et punitions ordinaires, alternant les pénitences de pain et d'eau, les jeûnes de deux jours et l'obligation pour les plus fautifs de manger à même le sol. À l'entendre, le commandeur était ainsi parvenu à rappeler à l'ordre certains frères coupables de péchés véniels et qui, ma foi, s'en accommodaient fort bien. Il s'esclaffa en relatant l'anecdote de ce sergent templier si gourmand qu'il sortait à la nuit pour plonger des deux mains dans les barriques de miel. On l'avait retrouvé au matin gavé, endormi et surtout couvert de fourmis au point qu'il était resté quatre jours tuméfié de morsures. De cet autre qui avait un penchant marqué pour la dive bouteille au point qu'il se saoulait avant le premier office du jour et restait appuyé à l'un des piliers du temple Notre-Dame pour ne pas s'écrouler au sol, marmonnant « *Salve, Regina, Mater misericordiae ; vita, dulcedo et spes nostra*[1] » en hoquetant sur chaque mot. De ceux qui avaient parfois tendance à oublier leurs tâches au profit de la salle de tripot[2] aménagée pour la détente dans le grand grenier qui courait au-dessus des écuries. Leone conservait un sourire de commande, cherchant la vérité derrière la verbosité du précepteur. Que se passait-il ? En dépit de la fraîcheur de la journée, l'autre transpirait et attaquait son troisième verre d'hypocras.

L'heure avançait. Leone fit taire ses questions et mit un terme affable à l'insignifiante mais interminable narration d'Archambaud d'Arville :

– En dépit du plaisir que j'éprouve à me trouver en votre compagnie, il me va falloir repartir bientôt, mon frère. Ma route étant encore longue, j'aimerais prier avant mon départ.

– Certes... certes...

Pourtant, Leone eut le sentiment que cette « certitude » ne le réjouissait pas. Approchait-il du but, ou se leurrait-il d'impressions sans conséquence ?

Il lui sembla qu'un voile de véritable tristesse assombrissait d'un coup l'enjouement forcé du commandeur lorsqu'il proposa :

– Je ne peux vous laisser aller sans vous avoir supplié de goûter de notre cidre. Il est célèbre dans toute la région.

1. Salut, Ô Reine, Mère de miséricorde ; notre vie, notre douceur et notre espérance.

2. Jeu de paume.

Leone accepta de bonne grâce.

Ils sortirent peu après du petit édifice pour rejoindre le temple. Ils passèrent la porte en arc brisé soutenue de quatre contreforts saillants. L'église, à l'austérité inspirée des constructions cisterciennes, n'était qu'une simple nef de quatre travées, terminée par une abside semi-circulaire. De hautes fenêtres en plein cintre permettaient à la lumière d'y pénétrer. Un autel, nul banc, rien d'autre. Pourtant, dès que Leone avança entre ses piliers, il sut qu'il était arrivé. Une sorte de vertige délicieux le déséquilibra et il soupira de soulagement. Le commandeur parut se méprendre sur son état et agrippa son bras pour le soutenir.

– Votre fatigue est grande, mon frère.

– En effet, mentit-il. Votre générosité me concéderait-elle une dernière faveur ? Je souhaiterais me recueillir seul, quelques instants. Je reprendrai ensuite mon chemin après vous avoir assuré de ma reconnaissance.

Le templier haussa les épaules et sortit vers la lumière de l'après-midi en précisant :

– Je m'en vais faire préparer votre monture. Rejoignez-moi devant les écuries.

Une mer. Une mer douce et tiède. Un berceau de lumière accueillante, apaisante. Il avait tant espéré caresser de la main ces lourdes pierres noir et brun qu'il osait maintenant à peine les frôler. Il ne chercherait pas, il ne s'affolerait pas en vaines spéculations. Pas aujourd'hui. Le temps n'était pas venu. Une langueur inattendue lui donnait envie de se coucher sur les larges dalles sombres, de dormir. Aujourd'hui, il se laisserait baigner, bercer. Aujourd'hui, il prendrait la pleine mesure de son privilège : se trouver là, environné de la clef. Leone n'était pas certain de sa véritable nature, pas plus que ne l'avait été Eustache de Rioux avant lui. S'agissait-il, ainsi qu'ils l'avaient parfois présumé, d'une sorte de labyrinthe initiatique tracé dans les pierres, invisible sauf d'un angle précis ? D'un manuscrit ramené par un moine ou un soldat d'un pillage de bibliothèque ? De ce papyrus araméen acheté à un Bédouin dans les souks de Jérusalem, celui qu'avait évoqué le templier dans le souterrain d'Acre ? D'une croix, d'une statue semée de symboles révélateurs ? S'agissait-il seulement d'un objet ?

Pas aujourd'hui. Archambaud d'Arville reviendrait vite le quérir s'il tardait trop. Pourtant, Leone avait obtenu ce qu'il était venu chercher : la certitude que sa quête recommençait en ces lieux.

Demain, il s'interrogerait sur les moyens de revenir, de rester.

Lorsqu'il passa la porte pour rejoindre le commandeur, la lumière du soleil le glaça. Un vide déplaisant se fit sous son sternum. Il songea que l'intenable séparation d'avec son but le rongeait à nouveau.

Archambaud d'Arville l'attendait devant les écuries. Un jeune frère de métier tenait son cheval par la bride. À la nervosité soudaine du commandeur, Leone comprit qu'il avait hâte de le voir partir. Il le remercia à nouveau et monta en selle.

Alentours de la commanderie templière d'Arville,
forêt de Mondoubleau, octobre 1304

Francesco de Leone n'était pas si fâché de sa rencontre, d'abord tant redoutée. Certes, l'étrange attitude du commandeur l'avait intrigué. Quant à sa cordialité bavarde, elle ne l'avait pas leurré. Cela étant, Leone n'avait jamais compté sur l'aide spontanée de l'ordre du Temple, d'autant qu'Archambaud d'Arville ne pouvait avoir nulle connaissance de l'existence d'une clef – quelle qu'elle fût – dans le temple Notre-Dame, sans quoi il ne l'y eut jamais laissé seul.

Leone allait devoir définir une stratégie pour parvenir à ses fins : investir la commanderie assez longtemps et assez librement afin de découvrir le mystère.

Il flatta l'encolure de la haridelle de louage qui le portait. L'animal, peu accoutumé à ces marques d'affection, hennit et redressa la tête d'appréhension.

– Tout doux, ma jolie. Nous repartons en paix.

La rouerie de sa démarche l'avait-elle fatigué à ce point ? Il éprouvait un mal fou à se redresser. Sa monture répondit à la légère pression de ses mollets et allongea le pas.

Il sembla à Francesco de Leone qu'il venait à peine de quitter l'enceinte de la commanderie lorsqu'il se rendit compte que la forêt l'environnait et que le soir commençait de tomber. Il était en nage et grelottait. Une soif déplaisante lui collait la langue au palais et des vertiges le déséquilibraient par instants. Le ciel et les cimes des arbres tournoyaient au-dessus de lui. Il tenta de se ressaisir, se cramponnant aux rênes, et comprit au moment où il glissait de selle qu'il avait été drogué. Le bol de cidre de la fraternité. L'espace d'un fugace instant, il se demanda si la drogue devait le tuer ou juste l'anesthésier. Il sourit à cette pensée et s'écroula sur le lit de feuilles mortes qui recouvrait l'humus.

Archambaud d'Arville mit pied à terre à une dizaine de toises* de là. Le dégoût le disputait chez lui à l'alarme. Tuer un frère, un homme de Dieu qui avait risqué sans hésitation sa vie pour leur foi, lui semblait un intolérable péché. Cependant, il n'avait pas le choix. L'avenir de la commanderie, peut-être même de la présence de leur ordre en France, dépendait de cette félonie qu'il ne se pardonnerait jamais. Cette abjecte silhouette, venue lui rendre visite deux jours plus tôt, avait été formelle. Leone devait mourir, et il fallait qu'on le crût tombé sous les coups d'une bande de détrousseurs. Arville ignorait les raisons de cette sentence, mais la missive qui exigeait son accomplissement, et que lui avait tendue le spectre, portait le large sceau-sans-pape légitimant les actes et messages dans l'attente d'un nouveau souverain pontife. Le templier avait déjà tué. Néanmoins, il avait tué avec honneur, face à face, guerroyant parfois à cinq contre un, en soldat. Si sa chair avait été lacérée, brûlée, son âme était restée intacte. Avoir dû droguer Leone pour être certain de dominer cette lame redoutable lui donnait la nausée et pour la première fois de sa vie, il se méprisait. Il devenait un vil exécuteur, et la certitude que la papauté était son donneur d'ordre n'allégeait pas sa culpabilité.

Il tira sa dague et s'approcha du corps inerte de son frère.

Repassèrent dans son esprit d'effroyables souvenirs de mêlées humaines, d'épouvantables visions de champ de bataille devenus charniers. Il entendit pour la millième fois le hurlement des mourants, les cris bestiaux des vainqueurs que l'odeur du sang enivrait, que la curée rendait fous. Tant de morts. Tant de morts au nom de l'amour infini. Leurs âmes en sortaient-elles grandies ainsi qu'on l'assurait ? N'existait-il nulle autre alternative à ces massacres ? Mais s'il se prenait à douter, l'enfer s'ouvrait sous ses pas.

Le mouvement derrière lui fut rapide et si silencieux qu'il ne l'alerta pas. Une douleur explosa dans sa poitrine. Il plaqua la main sur son torse et se meurtrit à la pointe d'une courte épée. Il sentit nettement le métal fuir de lui pour replonger aussitôt dans ses chairs.

Il tomba à genoux, vomissant son sang. Une voix fraîche, claire comme une source, une voix de très jeune fille implora :

– Pardon, chevalier. De grâce, offrez-moi le pardon. Je devais le sauver, il est si précieux, tellement plus que nous. Je n'étais pas certaine d'être de taille contre vous. Je ne pouvais vous attaquer de face. Chevalier, je jure que je sauve votre âme. Pardonnez-moi, je vous en supplie.

Archambaud d'Arville n'eut aucun doute qu'elle disait la vérité et lui évitait ainsi le cauchemar de l'interminable remords. Elle avait choisi pour lui, le dispensant de désobéir au spectre, à la missive romaine dont il était porteur, lui épargnant d'y obéir.

– Je... vous pardonne... ma sœur... Merci.

Esquive d'Estouville accompagna le dernier soupir du mourant, les larmes ruisselant de ses yeux ambre clair sur son surcot de cuir. Elle s'accroupit à ses côtés afin de l'allonger et de croiser ses mains sur sa poitrine ensanglantée, et contempla le beau gisant apaisé. Combien de temps resta-t-elle là, pleurant des prières pour le salut de l'âme du templier, de la sienne aussi ? Elle n'aurait su le dire.

Lorsqu'elle se releva enfin, la lune était pleine. Elle se dirigea vers le corps assoupi de Leone et se coucha contre lui. Elle l'enveloppa de ses bras, effleurant son front d'un baiser. Elle rabattit sa cape sur lui pour le préserver de la fraîcheur humide de la nuit en murmurant :

– Dors, mon doux archange. Dors, je veille. Ensuite, je disparaîtrai à nouveau.

Esquive d'Estouville ferma les yeux sous l'émotion qui la faisait trembler contre ce grand corps inconscient de sa présence. Péchait-elle ? Sans doute, mais ce péché-là compensait toutes ces années d'attente, tous ces rêves malvenus mais si bouleversants contre lesquels elle ne luttait plus puisqu'ils remplissaient à eux seuls ses heures d'éveil. Depuis Chypre, depuis qu'elle s'était présentée à lui sous le déguisement d'une petite mendiante crasseuse capable de l'éclairer sur la signification d'un oracle de runes, elle n'avait pensé qu'à lui. Elle avait offert sa vie et son âme à leur quête, mais son cœur appartenait à cet homme qui était presque un ange. Il l'ignorait et c'était aussi bien. La seule pensée d'un amour qui ne fut pas de mère, de sœur ou d'amie le remplirait de tristesse puisqu'il n'y souhaitait, n'y pouvait pas répondre. Quelle importance ? Elle l'aimait par-delà elle-même et cet amour la tendait d'une joie et d'une force qu'elle avait découvertes grâce à lui.

Lorsque Leone revint à la conscience, le soleil commençait à poindre. Une épouvantable migraine lui serrait les tempes et une salive amère s'accumulait dans sa bouche. Il parvint à s'asseoir. La tête lui tournait. Il lutta contre la panique que faisait monter en lui le vide de son cerveau. Où se trouvait-il au juste ? Que faisait-il allongé au beau milieu de la forêt, au petit matin ? Il combattit l'amnésie qui obscurcissait ses souvenirs en recherchant le fil de ses actions de la veille. Peu à peu, des visages, des paroles émergèrent du brouillard confus de son esprit. Il s'était donc rendu en la commanderie templière afin d'y rencontrer Archambaud d'Arville, qui l'avait saoulé de sa faconde faussement bonhomme. Pourtant, à un moment, Leone avait senti qu'il se dissimulait une sorte de crainte, de désespoir derrière sa jovialité fraternelle. Le commandeur lui avait offert une bolée de cidre pour accompagner son départ.

Un fol espoir tendait Leone lorsqu'il avait pénétré dans la nef de Notre-Dame. Celui de recevoir un signe confirmant que ces pierres, ces dalles et ces piliers dissimulaient le secret qu'il poursuivait depuis des années. Le vertige qui l'avait saisi dans le temple, l'apaisement magnifique qui l'avait soudain envahi étaient-ils la confirmation de ce signe ou les premières manifestations de l'effet de la drogue ?

Où était passée sa jument fatiguée ? Il se leva, titubant un peu, et regardant autour de lui. Attachée au tronc d'un bouleau à quelques toises de lui, elle le considérait, revigorée par sa nuit sans charge ni course. Il s'était effondré, glissant à terre. Qui avait attaché le cheval ? C'est alors qu'il remarqua la nappe rouge brun qui avait coulé de sous un monticule de feuilles mortes. Il tira son épée du fourreau et s'approcha. Il repoussa les feuilles du bout de la lame, déjà certain de ce qu'il allait découvrir. Il lâcha l'épée et tomba à genoux à côté d'Archambaud d'Arville, puis balaya de la main le mince tombeau végétal. Les deux blessures jumelles qui entaillaient sa poitrine et avaient ensanglanté son manteau blanc renseignèrent Leone, tout comme la compassion et le respect avec lesquels le meurtrier avait souhaité que le défunt reposât. Le chevalier du Temple l'avait suivi, sans doute dans le but de l'achever dès que la drogue aurait produit ses effets. Pourquoi ? Quelqu'un se trouvait là qui avait défendu la vie de Leone en n'hésitant pas à prendre celle d'un commandeur templier. Un protecteur, pas un vaurien ni un vil détrousseur. Qui ? Pourquoi ? Ce défenseur était-il ensuite reparti avec la monture du templier ? Il sembla à Francesco qu'un souvenir fugace se refusait à lui. Il tenta vainement de le capturer et passa un doigt hésitant sur son front.

Une immense compassion le suffoqua lorsqu'il imagina le cauchemar enduré par cet homme de Dieu et de guerre. Empoisonner un frère, l'abattre comme le ferait un lâche nervi. Qui ? Qui pouvait posséder un pouvoir suffisant pour contraindre un commandeur du Temple à une telle scélératesse ?

Même si l'ordre qu'avait reçu Arville émanait de son grand maître ou de son chapitre, il devait avoir été approuvé par le pape lui-même. Or, le pape était mort, et Benoît n'eut jamais commandé un acte d'ignominie. Leone l'avait assez connu, respecté, aimé aussi pour parier sa vie sur cette affirmation.

En l'absence de souverain pontife, qui possédait assez de pouvoir pour organiser le meurtre d'un hospitalier ? La réponse était si évidente qu'elle s'imposa dans sa plate monstruosité.

Palais du Louvre, Paris, octobre 1304

L'étonnement avait cédé place à l'inquiétude, puis bien vite à la colère en Guillaume de Nogaret*, conseiller et confident du roi. Où donc avait disparu ce Francesco Capella en qui il avait commencé de placer sa confiance ? Le lendemain de son incompréhensible départ, Nogaret avait dépêché un messager chez Giotto Capella, l'oncle de son nouveau secrétaire. La missive qu'il lui avait fait parvenir était lapidaire et semée de menaces. Une soudaine maladie clouait-elle Francesco dans son lit ? Nulle autre raison ne pouvait, aux yeux de Nogaret, excuser son absence, et il détesterait en vouloir à Giotto Capella de l'avoir si mal conseillé en lui vantant les qualités d'un neveu qui s'avérait peu serviable et encore moins fidèle.

Affolé par cette lettre, Giotto Capella avait d'abord pensé fuir la France sur-le-champ. Il s'était ensuite tassé sous les courtepointes empilées sur son lit, songeant que si le conseiller du roi venait à comprendre son rôle dans cette supercherie, sa vie ne tiendrait plus qu'à un fil ténu. Il avait pleurniché des heures, grelottant et pourtant suant sous les couches de couvertures, s'octroyant toutes les excuses qu'il pouvait trouver. Que pouvait un pauvre banquier lombard comme lui contre le chantage que brandissait ce Francesco de Leone ? Leone, les hospitaliers connaissaient sa responsabilité dans la traîtrise qui avait permis aux Mamelouks d'enfoncer les dernières défenses de la forteresse de Saint-Jean-d'Acre. Qu'aurait-il pu tenter si ce n'était obéir à Leone et lui fournir l'identité fallacieuse de neveu, identité qui lui avait permis de se faire engager par messire de Nogaret ? Certes, l'usurier se doutait que le but du chevalier était d'espionner le conseiller du roi. Mais à quoi aurait servi de l'avouer ? À rien de bon, du moins pour lui. Épuisé de peur, Capella s'était ensuite décidé à ramper hors de sa couche pour rédiger une réponse ampoulée. Il y relatait une soudaine histoire de demoiselle qui aurait attiré son neveu dans ses rets, lui faisant quitter Paris sur un coup de tête afin de la suivre jusqu'en Italie. Il évoquait le désespoir de l'oncle atterré d'avoir mécontenté monsieur de Nogaret et terminait par une virulente diatribe contre la jeunesse et ses folies. Elle n'avait pas convaincu monsieur de Nogaret qui n'y avait vu qu'une bien pâle excuse.

Lorsqu'il avait lâché la page noircie de pattes de mouche incertaines, une rage calme avait envahi le conseiller du roi. Au fond, il ne se pardonnait pas d'avoir pu éprouver une sorte de communauté d'esprit avec ce Francesco Capella, de lui avoir trouvé de l'intelligence et de s'être peut-être laissé aller à de menues confidences. Il avait ensuite longuement réfléchi aux informations qu'il avait divulguées, puis s'était rassuré. Il n'y avait pas là de quoi fouetter un chat, en revanche, le sournois Giotto se mordrait les doigts de ses recommandations familiales. Nogaret veillerait personnellement à ce qu'il n'obtienne jamais le poste de capitaine des Lombards que ce vaurien briguait depuis si longtemps.

Guillaume de Nogaret ressassait toujours sa mauvaise humeur ce matin-là. Outre un secrétaire zélé, il avait perdu une compagnie agréable. Il se plongea dans ses écritures comptables. Une moue de déplaisir étira ses lèvres minces lorsqu'il dressa l'inventaire des dernières ponctions opérées par le frère du roi dans le Trésor. Comment mettre un terme à la frénésie dispendieuse de Charles de Valois* sans courroucer le souverain ? Valois rêvait de batailles, de reconquête, bref de lever des armées qu'il commanderait. Francesco Capella avait eu raison de s'en inquiéter. À l'instant précis où son secrétaire volatilisé lui revenait à l'esprit, un aboiement péremptoire lui parvint des appartements royaux. Un des chiens de lièvre[1] de Philippe. Nogaret se tourna d'un bloc vers la tapisserie suspendue derrière son dos, vers les gueules rouges tissées sur fond indigo. Il se leva et souleva la tenture. Et si Francesco était un espion ? Mais à la solde de qui ? Certainement pas de Giotto Capella. Il examina le verrou qui condamnait le coffre creusé dans la muraille sans rien détecter de suspect. Pourtant, le doute l'assaillait. Il tira de son cou la chaîne qui soutenait la clef et dont il ne se séparait pas même pour dormir, puis l'introduisit dans la mince serrure. Il lui sembla que le mécanisme résistait un peu. Peut-être l'effet de son imagination. Enfin il fouilla le contenu de la cache. Rien n'y manquait. Cependant, pourquoi le carnet relié de veau noir se trouvait-il au-dessus des lettres ? Il avait reçu ou écrit ces dernières après l'avoir consulté pour la dernière fois. En toute logique, le carnet aurait donc dû se retrouver au-dessous ou coincé au milieu d'elles. En était-il certain ? Après tout, le cadenas n'avait pas été forcé. L'habitude du pouvoir avait aiguisé la méfiance de Nogaret. La disparition soudaine de Francesco, si gauchement expliquée par son oncle, ajoutait à son alarme. Puisqu'il ne pouvait plus interroger le neveu, l'oncle rendrait gorge. Nogaret se dirigea vers la porte de son

1. Lévriers : utilisés pour chasser le lièvre.

bureau afin de héler un huissier mais se ravisa, la main sur la poignée. Admettre qu'il avait peut-être manqué de prudence en ces temps si sombres et si troublés n'était-il pas une erreur qu'il risquait de payer fort cher ? Enguerran de Marigny, déjà chambellan du roi, manœuvrait pour conquérir les bonnes grâces du souverain, aidé en cela par l'épouse aimée de ce dernier, la reine Jeanne de Navarre, dont il était le confident et l'homme de confiance. Nogaret l'inquiet, le silencieux et le bileux enviait l'aisance de son rival. Marigny parlait, évoquait, spéculait avec des accents si émouvants ou si passionnés que ses interlocuteurs prenaient chacun de ses mots comme parole d'Évangile. Guillaume de Nogaret se savait incapable de lutter contre cette prestesse de langue et d'attitude. S'il avouait au roi avoir été victime d'un espion qu'il avait lui-même recruté, Marigny se servirait de cette faiblesse pour le discréditer. Que Giotto Capella soit livré aux bourreaux le vengerait peut-être, mais n'affermirait certes pas sa position en cour.

Après tout, rien de ce coffre secret ne semblait avoir été déplacé. Nul doute qu'il se racontait des fables à faire peur.

Mais pourquoi diantre ce carnet se retrouvait-il au sommet de lettres secrètes entassées postérieurement ?

Nogaret se réinstalla à sa table de travail et examina quelques instants sa plume taillée. Non. L'ombre dont il louait les services n'était pas assez mobile pour lui être d'un quelconque secours en la matière. Le conseiller du roi détestait ce sycophante encapuchonné qui pourtant l'avait bien secondé jusque-là. Pourtant, il y avait chez ce sbire une haine, une rancœur, un désir de vengeance si perceptibles qu'ils donnaient froid dans le dos. Porter préjudice semblait apaiser son âme tourmentée. Nogaret n'était pas homme de gredinerie. S'il s'était rendu coupable de dols ou pis, la grandeur du royaume en avait toujours été la cause et peut-être l'excuse.

Non, l'ombre ne pourrait pas fouiner afin de découvrir la vérité sur Francesco Capella. Quant aux espions habituels, ils étaient avant tout ceux du roi, et la plupart rendaient compte contre avantages à Marigny. La moindre des requêtes du conseiller Nogaret risquait d'échouer entre les mains de son principal rival, qui ne manquerait pas d'en user contre lui lorsqu'il penserait le moment venu.

Le mieux, pour l'instant, était de prétendre que rien ne s'était produit.

Nogaret soupira d'exaspération. Il lui fallait un espion. Un espion intelligent que la jalousie ou le fanatisme ne guiderait pas. Son isolement au Louvre le fragilisait. Il avait obtenu l'estime du roi, peut-être même sa gratitude, sans parvenir à conquérir son amitié. Nogaret, que les sentiments avaient toujours plongé dans la stupéfaction, avait toutefois tiré une leçon de leur observation : les sentiments, même les plus sots, les plus inadaptés, dominent le monde. L'intelligence ne sert qu'à les justifier ou à les absoudre a posteriori. En témoignait la faiblesse du souverain pour son frère de plein sang, ce va-t-en-guerre de monsieur de Valois.

Un espion. Il lui fallait trouver un espion qui soit habile et ne rende compte qu'à lui. Comment s'y prendre quand il savait le moindre de ses gestes épié par ses adversaires ?

Abbaye de femmes des Clairets,
Perche, octobre 1304

Éleusie de Beaufort, abbesse des Clairets, frissonna en dépit de la chaleur diffusée par la flambée qui crépitait dans la cheminée de son bureau. Un froid persistant rampait sous sa peau depuis qu'elle avait aperçu l'inquisiteur Nicolas Florin pour la première fois. Ses visions de cauchemar avaient retrouvé le chemin de son esprit et la harcelaient au point qu'elle redoutait cette période d'endormissement qui précède le sommeil.

Si la mère abbesse avait un jour douté de la pureté de la quête qui l'unissait à son neveu Francesco ainsi qu'à feu le doux Benoît XI, la venue de cet être de ténèbres avait à jamais dissipé son hésitation. Toutefois, cette porte qu'ils entendaient entrouvrir afin de restituer au monde sa lumière suffirait-elle à défaire les Nicolas Florin qui hantaient les siècles depuis la nuit des temps ? Francesco, qu'elle avait élevé comme son fils, en était certain, mais il était si peu un homme, si terriblement un ange déplacé d'on ne savait trop où. Que peuvent comprendre les anges à la fureur, à la terreur et à la souffrance de la chair humaine ?

Un flot de larmes lui noya le regard.

Votre fils vous ressemble tant ma Claire, ma sœur. Pourtant, il est si peu de nous. Nous avançons à tâtons dans un labyrinthe sans fin. Nous tournons en vain, cherchant le fil qui nous guidera. Tant de questions me harcèlent sans qu'aucune réponse ne se présente. Pourquoi fallait-il que vous mouriez à Saint-Jean-d'Acre ? Pourquoi n'avez-vous pas senti le massacre qui se préparait, fui ? Que saviez-vous que j'ignorais ?

Mes nuits se sont transformées en cimetière. Je vous y rencontre tous, aimant peuple de fantômes. Henri, mon doux amour, mon époux. Philippine, dont le sang précieux vibre en nous. Benoît, mon cher Benoît. Clémence, Claire, mes sœurs, mes guerrières.

Et elle qui est de nous. Que pressent-elle vraiment de sa destinée ?

Claire, l'angoisse m'étreint. Et si nous nous étions fourvoyés ? Et si tout ceci n'était qu'un conte ? Et si aucune clef, aucune porte n'existait ?

Nous sommes comme ce jeu de tarot que des bohémiens ont récemment rapporté d'Égypte, à moins que ce ne soit de Chine. Les lames se sont échangées entre nous sans que nous en comprenions la signification. Au demeurant, qui peut prétendre la connaître vraiment ?

Claire, j'ai si peur sans parvenir à définir les raisons de mes frayeurs. Ces murs épais, ces voûtes austères entre lesquelles j'avais cru pouvoir trouver la paix sécrètent une menace que je renifle dans chaque couloir, devant chaque marche. Une bête malfaisante s'y déplace maintenant. Nul ne la voit, nul ne l'entend, et nous ne sommes que quelques-unes à percevoir sa présence. Il aurait fallu pour en venir à bout la témérité de Clémence, ou vos presciences, ma Claire. Il aurait fallu l'obstination conquérante de Philippine. Je ne suis qu'une vieille femme timorée qui s'est satisfaite de son érudition en se convainquant qu'elle savait tout de l'âme. Et me voilà, seule, percluse de douleurs de membres, rongée de visions que je suis incapable de déchiffrer, effarée par la profondeur du gouffre que je découvre. Je grelotte d'une glace intérieure qui m'avertit que le mal est là. Il est entré, escortant ce Florin. Il s'est glissé parmi nous, il nous observe depuis. Je le sens qui épie nos conversations, qui s'infiltre jusque dans nos prières. Il attend. J'ignore quoi.

Vous souvenez-vous ? Nous étions enfantes et traversions à la suite de notre famille cette bourgade de Toscane. Vous souvenez-vous de ce diable de chiffon vivement coloré que des petits paysans brandissaient et qui m'avait terrorisée ? Je criais, je sanglotais, refusant d'avancer d'un autre pas. Vous courûtes vers eux pour leur arracher des mains et vous le jetâtes à terre pour le piétiner. Lorsque vous revîntes vers moi, sous l'œil dépité des enfants, vous me dîtes en souriant : sa force naît de ta foi en lui. Le diable a large dos, il est le bouc émissaire de tous nos péchés et nous en décharge à faible prix.

Vous aviez raison, ma sœur, et cette certitude me vaudrait l'excommunication si l'on venait à l'apprendre. Le diable n'existe pas. L'homme est l'éternel et l'unique champ de bataille du mal. J'ai vu l'une de ses complaisantes conquêtes, je l'ai frôlée. Il m'a souri et il était si beau.

J'ai peur, ma Claire.

Adélaïde Condeau, sœur organisatrice des cuisines et des repas de l'abbaye des Clairets, inventoria le contenu de l'armoire de l'herbarium dans laquelle s'entassait une profusion de fioles, de sachets de jute, de bouteilles de terre et de récipients divers. Elle se sentait presque coupable de se trouver là, sans en avoir sollicité la permission auprès de l'abbesse ou de la sœur apothicaire Annelette Beaupré, dont l'herbarium était le fief. Annelette le défendait jalousement et avec une hargne qui surprenait parfois. La grande femme impressionnait Adélaïde, encore jeune et vite intimidée. La rumeur courait qu'Annelette, fille et petite-fille de médecins, ne s'était jamais remise de ne pouvoir exercer à son tour leur art. Elle avait rejoint la seule société qui le lui permît : l'abbaye. Adélaïde n'aurait pu jurer de la véracité de ces affirmations, qui expliquaient peut-être pour partie l'arrogance et l'acrimonie de la sœur apothicaire. Quoi qu'il en fût, il manquait à Adélaïde de la sauge pour accommoder ces magnifiques lièvres qu'un mercier[1] de Nogent-le-Rotrou leur avait fait porter la veille et qu'elle comptait agrémenter d'une purée de prunes ridées aux premiers froids.

La sauge était un remède commun, recommandé contre les maux de tête et d'estomac, la paralysie, l'épilepsie, la jaunisse, les contusions, les lourdeurs de jambes, les pâmoisons et tant d'autres maladies que la sœur apothicaire devait en avoir fait provision durant l'été, d'autant que cette plante médicinale entrait également – en compagnie de vin blanc, de clous de girofle, de gingembre et de poivre – dans la composition d'une sauce très goûteuse : le saugé. Adélaïde chercha du regard un grand sac sur lequel devaient être brodés les mots *salvia officinalis*, sans succès. Elle repéra la pulicaire dysentérique, la salicaire, l'iris fétide, la grande ortie, la bourrache et la bétoine, mais point de sauge. Agacée, elle se demanda si la sœur apothicaire n'avait pas eu le peu de bon sens de ranger le sac sur l'une des étagères situées en hauteur. Après tout, elle était grande de taille et charpentée comme un

1. Riche corporation de marchands qui vendaient, sans les fabriquer, tous les tissus, vêtements, objets et même travaux d'orfèvrerie aux classes les plus riches de la société. Ils teignaient également la soie, contrairement aux teinturiers qui se chargeaient des étoffes moins précieuses. Ils prirent rang parmi les métiers les plus considérés de la société.

homme. La jeune sœur tira un tabouret et s'y hissa. À l'évidence, pas de sauge. Tendant le bras, elle fouilla derrière la première rangée de poches et de fioles et sentit le sachet de jute qui s'était glissé derrière. Elle l'extirpa de sa cachette.

Sautant de son perchoir, Adélaïde étala sur la table de pesée et de préparation le contenu du petit sac qu'elle venait de découvrir. La farine bistre à l'odeur aigrelette ne pouvait être que du seigle. En revanche, quel était cet abondant dépôt noirâtre ? Elle se pencha pour le humer. L'odeur âcre de la moisissure la fit reculer.

– Sœur Adélaïde ! claqua une voix derrière elle.

La jeune moniale sauta en l'air et plaqua sa main sur sa poitrine de surprise. Elle se tourna d'un bloc vers la sœur apothicaire dont les vastes et précieuses connaissances médicales ne rachetaient pas le caractère ombrageux, du moins selon elle.

– Que faites-vous ici ? reprit l'autre d'un ton accusateur.

– C'est que... C'est que...

– C'est que quoi, vous prié-je ?

S'embourbant dans ses explications, la jeune organisatrice des repas parvint enfin à justifier sa présence dans le sanctuaire jalousement gardé de la sœur Annelette.

– Bref, je cherchais de la sauge pour ma sauce.

– Vous eussiez pu me la demander.

– Certes, certes. Mais je ne vous ai point trouvée. J'ai cherché, je suis même grimpée sur un tabouret et...

– Un peu de bon sens n'aurait pas nui, ma sœur, commenta l'autre d'un ton supérieur. Pourquoi irais-je remiser un remède dont je me sers chaque jour en un endroit peu accessible ? La sauge est...

Annelette n'acheva pas sa phrase. Son regard venait de tomber sur la farine étalée sur la table. Elle s'en approcha en fronçant les sourcils et demanda :

– Qu'est ceci ?

– Eh bien, justement, je l'ignore, avoua Adélaïde. J'ai repêché ce sac sur l'étagère supérieure. Il avait glissé derrière les autres.

Courroucée, Annelette rectifia d'un ton peu amène :

– Mes sacs et fioles ne « glissent » pas. Ils sont parfaitement alignés après avoir été pesés et répertoriés dans mon registre. Vous n'ignorez pas que certaines préparations sont fort dangereuses et qu'il me faut pouvoir vérifier leur composition et leurs utilisations à tout moment.

La sœur apothicaire se pencha à son tour sur le petit tas de poudre, séparant les amas noirâtres du bout de l'index. Lorsqu'elle releva le visage, elle était livide. Perdant toute morgue, elle balbutia :

– Seigneur Dieu !

– Quoi ?

– Il s'agit d'ergot.

– D'ergot ?

– D'ergot de seigle, ainsi nommé parce qu'il forme des sortes de petites griffes noires sur les épis. D'anciens textes le rendent responsable de gangrènes... les membres noircissent et se dessèchent, prenant un aspect de cuir brûlé. On pourrait croire que les cadavres ont été carbonisés. Certains savants lui attribuent aussi ce « mal des ardents[1] » dont on parle tant, ce délire agité peuplé d'hallucinations[2] que nombre d'ignorants certifient être la preuve d'une visitation ou d'une possession, selon les cas. Ce poison violent aurait décimé des villages entiers[3].

1. En 994, Raoul le Glabre le décrit comme « un mal qui lorsqu'il atteint un membre le détache du tronc après l'avoir consumé ».

2. Dues au diéthylamide de l'acide lysergique, ou LSD.

3. Il faudra attendre le XVIIe siècle pour que cette responsabilité soit admise de tous.

– Mais à quoi peut-il vous servir ? demanda Adélaïde que l'affolement gagnait.

– Auriez-vous perdu l'esprit, sœur Adélaïde, pour croire que je prépare de cette substance en cette quantité ? Elle a certes de merveilleuses propriétés, calme les maux de tête[1], l'incontinence d'urine et les hémorragies des vieillissantes[2]. Toutefois, elle est d'un maniement redoutable. J'en conserve toujours un petit sachet, mais certes pas un tel monticule.

– Je ne sais... Ne vous énervez pas contre moi, je vous en prie, bafouilla la jeune femme que les larmes gagnaient.

– Ah non... Calmez-vous ! Ne m'infligez pas un de vos coutumiers torrents de pleurs. L'heure est grave et je ne me sens pas d'humeur à vous consoler.

Il n'en fallut pas davantage pour qu'Adélaïde se rue vers le jardin afin d'y suffoquer dans ses sanglots.

Annelette, le regard rivé vers la poudre de seigle contaminée, entendait à peine le chagrin de sa jeune sœur. Qui avait préparé cette farine ? À quels desseins la destinait-on ? Qui l'avait dissimulée dans l'herbarium ? Pourquoi ? La faire incriminer en cas de découverte ? Surtout, qui autour d'elle était assez versé dans le *veneficium*[3] pour connaître les effroyables propriétés de cet ergot ?

Devait-elle s'en ouvrir à l'abbesse ? À n'en point douter. Éleusie de Beaufort était une des rares en cette abbaye à laquelle Annelette concédât une intelligence digne de ce nom et pour laquelle elle éprouvât donc une tendresse mêlée d'estime. L'idée de la contrarier davantage lui pesait. Ces derniers mois avaient été éprouvants pour leur mère, et la venue de cet inquisiteur semblait avoir aspiré sa vitalité d'antan.

1. L'ergotamine est toujours utilisée dans le traitement des crises de migraine et des céphalées vasomotrices apparentées.

2. Hémorragies dues aux fibromes.

3. Toxicologie.

Auparavant, il lui fallait réfléchir. Cacher un poison dans une armoire d'apothicaire était avisé. De surcroît, il était concevable qu'un intrus soit parvenu à se faufiler dans l'enceinte de l'abbaye et jusqu'à l'herborium. En revanche, l'hypothèse selon laquelle il reviendrait périodiquement pour y chercher ce qu'il y avait dissimulé était aberrante. En d'autres termes l'enherbeur appartenait à l'abbaye. Le frère chapelain qui disait les offices était un candidat peu vraisemblable en raison de son âge, de sa presque cécité et de son penchant de plus en plus marqué pour la sieste. En conclusion, l'enherbeur était une enherbeuse.

Durant la demi-heure qui suivit, Annelette passa en revue toutes les sœurs. Elle élimina d'emblée les servantes laïques données à Dieu : aucune ne savait lire, ni n'aurait pu préparer ce poison connu d'un nombre restreint de scientifiques. Elle s'interdit toute sympathie, ou toute antipathie, se forçant à l'objectivité et à l'impartialité, une prouesse dans son cas dès lors que des êtres humains étaient concernés.

Elle biffa pourtant le nom d'Éleusie de Beaufort de sa liste mentale. Éleusie était une érudite, certes, mais son absence de goût pour les sciences en faisait une piètre candidate. Et puis, la foi d'Éleusie était si exigeante qu'elle ne tolérait aucune faille. Malgré sa rancœur contre Jeanne d'Amblin – rancœur dont elle était assez honnête pour admettre qu'elle naissait de la plus grande liberté de la sœur tourière à laquelle sa charge évitait la clôture –, Annelette l'écarta pour les mêmes raisons. Elle doutait fort que Jeanne connût l'existence de l'ergot de seigle. Quant à Adélaïde, cette gentille sossotte qui lui tapait le plus souvent sur les nerfs, elle était perdue dès que la situation relevait d'autre chose que plumer la volaille, dépouiller les lièvres ou échauder les porcelets pour les débarrasser de leurs soies. Blanche de Blinot, la doyenne qui secondait l'abbesse et faisait office de prieure, était si âgée qu'on avait le sentiment qu'elle allait s'émietter. Sa surdité, qui faisait parfois sourire les plus jeunes, agaçait Annelette au point qu'elle évitait maintenant de lui adresser la parole de peur de devoir répéter cinq fois la même phrase. En revanche, Berthe de Marchiennes, la cellérière, avec sa perpétuelle mine confite en dévotions, faisait une suspecte de taille. Elle était érudite, dernière fille d'une belle famille désargentée qui avait jugé que ce onzième rejeton – femelle de surcroît – était excessif. Berthe était de ces femmes que l'âge mûr pare d'une certaine élégance. Cependant, elle avait dû être fort laide dans sa jeunesse. Sans dot et sans attrait, la vie monacale se présentait comme son ultime recours. Annelette se figea. Ne venait-elle pas de décrire sa propre vie ? La vie monacale avait été sa seule possibilité d'exercer ses talents. Un autre visage se substitua à celui, toujours chagrin, de la sœur cellérière. Yolande de Fleury, la sœur grainetière. Qui mieux qu'elle, dont la tâche consistait à surveiller le bon ensemencement des terres, aurait pu connaître cette maladie du seigle et se procurer des épis contaminés ? Dans le même ordre d'idées, la sœur gardienne des grains, Adèle de Vigneux, devenait à son tour une candidate de choix. Et la sœur chevécière, et la sœur hospitalière, et la gardienne des viviers et... L'opportunité ne pouvait rendre compte à elle seule d'une abomination telle que l'enherbement. Il fallait un mobile et surtout, il fallait l'essence d'une tueuse. En dépit du peu d'estime qu'Annelette éprouvait pour ses semblables, force lui était d'admettre que ladite essence épargnait le plus grand nombre.

Lorsqu'elle sortit de l'herbarium après avoir débarrassé la table de son encombrante farine, le soir tombait. Il ne lui restait que deux ou trois noms, deux ou trois visages, deux ou trois histoires. Cependant, Annelette Beaupré était assez subtile pour reconnaître que bien peu d'éléments étayaient ses soupçons. Elle n'avait procédé que par élimination, écartant celles qui selon elle se révélaient de trop improbables meurtrières.

Remise de sa peur et de son chagrin, Adélaïde Condeau venait de prendre une décision qu'elle jugeait pertinente : elle se passerait de sauge, ce qui lui éviterait une nouvelle confrontation avec cette mégère d'Annelette. Qu'elle était donc détestable lorsqu'elle s'y attelait, cette grande membrue ! Adélaïde s'en voulut immédiatement de ses pensées peu charitables. Elle termina le gobelet de tisane de miel, de lavande et de cannelle si gentiment offert par Blanche de Blinot, leur doyenne, en fronçant le nez. Fâcheuse habitude que de tant ajouter de miel. Le breuvage en devenait écœurant, surtout refroidi. Elle sourit aussitôt : Blanche était fort âgée et l'on sait comme les vieillardes se prennent de goût pour les douceurs qui leur demeurent.

Du romarin. Voilà une herbe parfaite et qui flattait admirablement le gibier. Surtout, elle en détenait une provision suffisante dans les cuisines pour éviter de retourner à l'herbarium. Trois novices avaient passé la matinée à dépecer et à éviscérer les lièvres qui gisaient en tas macabre sur une grande table à tréteaux. C'était l'heure que préférait Adélaïde. Vêpres* allait commencer. Les jeunes moniales qui, comme elle, en étaient dispensées afin de préparer le souper, s'affairaient dans la vaste salle commune, dressant le couvert sous la surveillance sans faille de la sœur réfectoriste. Un calme transitoire régnait dans la grande cuisine voûtée, seulement troublé par le ronflement du feu dans la profonde cheminée ou parfois l'écho de la course d'une sœur rejoignant le scriptorium, le chauffoir ou les étuves.

Le titre d'organisatrice des cuisines et des repas avait d'abord alarmé Adélaïde tant il impliquait d'écritures, d'inventaires, et si peu de marmites et de pots. L'abbesse et Berthe de Marchiennes, la sœur cellérière dont elle dépendait directement, attendries par son désarroi, lui avaient assuré qu'elle resterait avant tout leur sœur nourricière. Car Adélaïde aimait découper, mélanger, accommoder, passer, mijoter, braiser, lier, épicer. Elle aimait tant nourrir les autres, offrir à manger. Nul plaisir terrestre ne pouvait selon elle se comparer aux tortures d'esprit qu'elle s'infligeait périodiquement pour inventer de nouvelles variantes de porées ou de confits de fruits. Peut-être ses débuts difficiles dans la vie en étaient-ils la cause ? Elle était presque morte d'inanition lorsque ce tonnelier l'avait découverte bébé à l'orée du bois de Condeau.

La longue cuiller de bois qu'elle tenait lui échappa des mains et rebondit avec un son creux sur les dalles. Le pain. Ce pain de seigle qu'elle avait porté à la hâte au messager du pape afin qu'il se sustentât durant son voyage. D'où venait cette miche de seigle, car elle n'en avait pas commandé cette semaine-là à Sylvine Taulier, la sœur fournière[1] ? Un vertige soudain la déséquilibra et elle se retint de justesse à la longue table. Que lui arrivait-il ? Des milliers de fourmis semblaient grimper le long de ses mains et de ses pieds, prendre d'assaut sa bouche et ses lèvres. Elle tenta de fermer les doigts en poing mais l'engourdissement les gagnait. Une brûlure intense lui ravagea l'abdomen. Une suée glaciale dévala de son front, trempant le col de sa robe. Sa respiration se fit pénible. S'aidant du rebord de la grande planche montée sur tréteaux, elle tenta de progresser vers la porte, vers les autres. Elle voulut hurler à l'aide mais sa voix se perdit dans sa gorge.

Elle se sentit glisser vers le sol et plaqua sa main sur sa poitrine. Son cœur. Où avait fui son cœur ? Battait-il encore ? Elle ouvrit la bouche, tentant d'aspirer l'air qui se refusait à elle.

1. Fournier : boulanger cuisant son pain.

Pourquoi avait-elle été sauvée par cet homme, si c'était pour mourir empoisonnée quelques années plus tard ? Quel était le sens de tout ceci ?

Une dernière prière. Que la mort la prenne vite. Elle ne fut pas exaucée.

Adélaïde erra plus d'une demi-heure entre souffrance et incompréhension. Consciente, elle vit au travers de la sueur qui lui trempait le visage les autres déferler en marée dans l'immense cuisine, s'affoler, crier, pleurer. Elle vit Hedwige du Thilay se signer et embrasser son crucifix en fermant les yeux. Elle vit le visage de Jeanne d'Amblin se décomposer. Elle la vit plaquer la main sur ses lèvres pour étouffer un cri. Elle vit Annelette se pencher au-dessus d'elle, renifler ses lèvres, humer son haleine. Elle sentit le baiser léger d'Éleusie sur son front et ses larmes tremper sa main. Annelette passa un doigt humide de salive sur sa langue et le goûta.

La grande femme se releva et la jeune organisatrice des cuisines songea pour la première fois que sa sœur cachait sa tendresse dans ses façons bourrues. Elle l'entendit marmonner :

– Ma pauvre petite.

L'apothicaire s'éloigna avec l'abbesse et Adélaïde perdit leur conversation :

– Ma mère... Notre sœur a été enherbée avec de l'aconit. Elle va mourir de suffocation. Malheureusement, le privilège de l'inconscience lui sera refusé. Il ne nous reste rien à tenter, si ce n'est l'entourer et prier pour elle.

Adélaïde Condeau luttait de toutes ses forces contre la paralysie qui l'immobilisait, remontait progressivement jusqu'à ses joues, coinçait sa voix au fond de sa gorge. Elle tentait de prononcer un mot, un seul : pain.

Pendant que les moniales s'agenouillaient autour d'elle,

pendant que l'absolution lui était dispensée, elle ressassait dans sa tête une syllabe unique et sacrée : pain.

Lorsque le souffle se refusa à elle, lorsqu'elle ouvrit grand la bouche pour aspirer l'air qui fuyait, elle crut enfin pouvoir l'expulser. Le mot.

Sa tête retomba dans les bras d'Éleusie.

Château de Larnay, Perche, octobre 1304

Mathilde de Souarcy se pavanait dans une ravissante robe azur ourlée de vair et brodée aussi richement que celle d'une princesse. Elle s'inventait une cour de damoiseaux et de damoiselles, plongeant en révérence devant les uns, aguichant d'une moue les autres.

Se jugeant désormais assez femme, elle avait exigé que sa servante relevât ses cheveux en tresses autour de sa tête.

Elle gloussa de délice. Elle s'était tant ennuyée entre les murs austères de l'abbaye des Clairets, où sa mère avait jugé bon de la conduire lorsque le début de son délai de grâce lui avait été signifié par ce seigneur inquisiteur venu d'Alençon. Quelle plaie de devoir se lever si tôt pour rejoindre l'église, d'être contrainte d'aider au repli des lits ou au rangement du linge au prétexte d'amour de son prochain ! Il ne manquait pourtant pas de petites servantes laïques pour décharger des corvées les filles bien nées. Durant les quelques jours qu'avait duré ce qu'elle considérait comme un scandaleux emprisonnement, Mathilde avait redouté plus que tout de devoir finir ses jours dans la tristesse et l'affairement sans fin des Clairets. C'était compter sans la tendresse que lui portait son bel oncle

Eudes. Dieu qu'elle avait été soulagée lorsqu'elle avait appris son arrivée à l'abbaye. Il avait exigé de l'abbesse qu'elle lui remît sa nièce sur l'instant. Éleusie de Beaufort n'avait pu résister très longtemps à cette mise en demeure. Eudes était l'oncle de sang de Mathilde, son tuteur de droit en l'absence de sa mère. En vérité, quelles magnifiques semaines elle venait de passer grâce à la générosité de son oncle. La chambre qu'il lui avait offerte, celle de feue madame Apolline, était spacieuse et fort bien chauffée grâce à une grande cheminée dont, comble de raffinement, chaque flanc s'ouvrait d'une petite lucarne permettant à la chaleur de se répandre plus efficacement. Des tapisseries de couleurs vives, représentant des scènes de dame à sa toilette, étaient suspendues aux murs de pierres brutes, préservant les occupants de l'humidité. Un grand lit l'accueillait chaque soir, et elle était un peu troublée d'imaginer les émois qu'il avait abrités jadis, car nul doute que madame Apolline y avait reçu son mari. Que se passait-il donc au creux de ces draps ? Elle avait cherché, posant parfois des questions à Adeline ou à Mabile. Ces deux sottes avaient pouffé sans jamais l'éclairer. Une frêle table de parure aux pieds sculptés soutenait un miroir. Deux grands coffres à vêtements flanquaient la cheminée. Ils avaient d'abord protégé ses hardes de pauvresse, jusqu'à l'agacement de son oncle, qui avait exigé qu'on les brûlât et qu'on habillât sa nièce comme son rang le méritait. Sans doute certains des magnifiques atours qu'il lui avait offerts appartenaient-ils à feue sa tante Apolline. Après tout, elle ne pouvait en vouloir à son oncle de les avoir fait mettre à taille. C'eut été un impardonnable gâchis que de les jeter. D'autant que la pauvre Apolline manquait d'élégance naturelle. De multiples grossesses n'avaient pas arrangé son affligeante pataudérie. Elle avait toujours semblé empêtrée dans ses robes et ses voiles, se tenant à deux mains les reins, que ses gros ventres fatiguaient, à la manière d'une manante.

En revanche, Mathilde faisait virevolter le lin et la soie comme de charmants nuages.

Une ombre tempéra sa bonne humeur. Sa mère était aux mains de l'Inquisition. Bien qu'ignorant la tâche exacte de ces moines, Mathilde les savait très sévères. On entrait en leur maison, et il était ensuite peu probable qu'on en ressortît jamais. Cependant, ils étaient hommes de Dieu et envoyés du pape. Si sa mère avait mérité leur courroux, il fallait y voir la punition d'une lourde faute commise par elle. En y réfléchissant bien, Mathilde faisait acte de mansuétude en ne lui en voulant pas davantage, car, si Agnès de Souarcy était reconnue coupable, le scandale risquait de retomber sur sa fille et de compromettre son avenir.

Du moins était-elle débarrassée de ce gueux de Clément. La faiblesse d'Agnès vis-à-vis de ce petit valet de ferme, fils de suivante, avait ulcéré Mathilde bien des fois. Et avec quelle arrogance il traitait l'unique héritière du nom ! Car s'il s'était imaginé qu'elle ne sentait pas l'espèce de compassion attristée avec laquelle il l'écoutait parfois, eh bien, il se trompait. L'imbécile ! Qui tenait son éclatante revanche, maintenant ? Elle ! Lui avait fui du manoir comme un voleur, prouvant, selon Mathilde, que sa conscience n'était pas claire. Adeline lui avait raconté que hormis le cheval de hersage que lui avait concédé leur maîtresse, il n'avait emporté que peu de choses : quelques provisions de bouche et une couverture. Il avait dû abandonner son cranequin, les serfs n'ayant pas le droit de porter armes. Encore une sotte idée de sa mère que d'équiper ce vilain garnement d'une petite arbalète ! Une pensée séduisante traversa la tête de la jeune fille. Les bois étaient peu sûrs. Y vagabondaient nombre de prédateurs, qu'ils fussent à deux ou à quatre pattes. Peut-être l'odieux garnement s'était-il fait mettre en pièces ?

L'entrée timide de Barbe, la servante que venait de lui offrir son oncle, interrompit le cours prometteur de ses spéculations :

– Eh bien, que veux-tu ? pesta Mathilde.

– Messire Eudes souhaite l'honneur de vous visiter, damoiselle.

Le visage de Mathilde s'illumina à la mention du nom de son cher oncle.

– L'honneur est mien. Qu'attends-tu pour le lui transmettre ?

La fille n'avait pas quitté la chambre que Mathilde se précipitait pour vérifier dans son miroir l'état de sa coiffure et le tombé de sa robe.

Eudes éclata de rire lorsqu'elle écarta les bras pour tournoyer devant lui afin qu'il constate comme son présent soulignait sa jolie silhouette.

– Vous êtes délicieuse, ma nièce, et vous enchantez de votre présence ma demeure, déclara-t-il d'une voix dont il força la tension.

Le compliment flatta la jeune fille, et elle tomba dans le piège grossier qu'il lui tendait :

– Je vous vois bien sombre d'humeur, mon oncle.

Eudes n'était pas mécontent de l'avoir menée si vite où il le souhaitait.

– C'est que, ma princesse, votre mère... que j'aime comme ma sœur, vous le savez... eh bien... ce procès qui s'annonce aura de très fâcheuses conséquences pour nous tous. Si elle venait à être convaincue d'hérésie, ainsi que je le redoute, la honte en rejaillirait sur vous et sur moi. Vous êtes, je le sais, agile d'esprit. Vous comprendrez donc qu'une condamnation de madame Agnès n'arrangerait pas nos affaires auprès du roi de France, sans même parler de cette marque d'infamie qui ternirait à jamais notre nom. Oh certes… ma vie est faite, mais la vôtre débute à peine, et ce serait grande injustice que de…, termina-t-il dans un soupir catastrophé.

Consternée, Mathilde baissa la tête. Ainsi, son oncle confirmait son inquiétude des dernières semaines. Au bord des larmes, elle murmura :

– Quelle injustice en effet de nous associer tous deux aux erreurs de ma mère. Mon cher oncle… que pouvons-nous tenter…

– J'ai échafaudé bien des plans de défense au cours des dernières nuits, durant lesquelles le sommeil m'a fui. Un seul me semble solide… mais il me répugne de vous le découvrir.

– Faites, mon doux oncle, je vous en conjure. L'heure est grave.

– C'est que… Quelle peine je m'apprête à vous causer, quand votre bonheur est le joyau le plus précieux à mon cœur…

Mathilde n'en doutait pas. Loin des tristes murs glacés de Souarcy, vêtue d'étoffes précieuses, coiffée chaque matin par une domestique, baignée deux fois par semaine dans une eau coupée de lait et parfumée de romarin et de mauves, saluée comme une jeune dame par tous, Mathilde avait enfin découvert la vie dont elle rêvait. Ah non ! L'entêtement de sa mère l'en avait privée jusque-là, mais elle ne tolérerait pas qu'on lui arrachât ce qui lui revenait de sang ! D'autant qu'elle devait également s'appliquer à protéger son oncle bienfaiteur.

– Je vous en prie… Nulle peine ne saurait être plus terrible à mes yeux que de vous voir couvert d'opprobre par les errements de ma mère, envers qui vous fûtes si bon. Trop bon.

Magnifique. La jolie bécasse lui tombait toute rôtie dans le bec !

– Vous êtes si brave, ma radieuse princesse. Quel

réconfort dans cette tourmente. Ce douloureux plan apparaît donc comme le seul qui nous demeure. Un témoignage.

Mathilde ne fut pas surprise, elle y avait déjà pensé. Le pape Honorius III n'avait-il pas recommandé dans une encyclique : « Que chacun de vous ceigne son épée et n'épargne ni son frère, ni son plus proche parent » ? Elle se contenterait d'obéir aux ordres d'un représentant de Dieu sur terre.

– Ainsi que vous le savez, ma nièce, aux yeux de l'Inquisition, la non-dénonciation d'un hérétique équivaut à une complicité... Je m'en veux tant de tracasser votre jolie âme d'une telle décision.

– Non pas, mon oncle. Si ma mère n'avait commis la stupidité d'accueillir cette... renégate de Sybille, grosse de surcroît, nous n'en serions pas là, vous et moi. Et après tout... qui dit que ce suppôt satanique, ce succube, n'a pas semé les germes de l'hérésie dans l'esprit de ma mère, la condamnant à la damnation éternelle, bien plus effroyable qu'un procès ? J'en frémis.

Maison de l'Inquisition, Alençon,
Perche, novembre 1304

Les premiers jours du mois avaient été doux et fort pluvieux. Une boue malodorante dévalait dans les ruelles à la faveur de la moindre averse, mais Nicolas Florin ne regrettait pas son beau soleil de Carcassonne. Il avait, ainsi qu'il se plaisait à le nommer pour lui-même, « engrangé » d'autres affaires, fort lucratives, qui suivraient le procès d'Agnès de Souarcy. Il attendait d'ailleurs d'un instant à l'autre l'arrivée de l'une de ses futures bailleresses de fonds.

Nicolas Florin avait ordonné que l'on abandonnât Agnès de Souarcy une semaine dans son cachot des caves de la maison de l'Inquisition. Nulle toilette ne lui était permise et son vase d'aisance n'était nettoyé que tous les trois jours. En plus de l'eau, son ordinaire se limitait à trois écuelles de soupe de lait aux racines[1] et un quart de pain de

1. Poussant sous la terre, les légumes-racines (carottes, navets, céleri-rave, etc.) étaient réservés aux paysans, la noblesse privilégiant les légumes aériens.

famine[1]. Agnan, son secrétaire, le commandait chez un fournier. L'homme, surpris, avait mis cette excentricité en année de bonnes moissons au compte d'une pénitence.

Florin avait été un peu déçu. Il avait pensé qu'elle refuserait si vile nourriture, mais elle en consommait chaque miette avec une belle application. Il en avait compris la raison : Agnès de Souarcy s'apprêtait à résister le plus longtemps possible. Bien... Le jeu n'en serait que plus savoureux. Une semaine, c'est long lorsqu'on est seule, dans une pénombre humide, avec pour uniques compagnes des pensées qui tournent en rond pour finir par inventer le pire. Le plan de Nicolas Florin était simple et avait fait ses preuves. Maintenir dans une terrible solitude, affoler durant quelques jours, interroger, puis permettre quelques visites qui apporteraient à l'inculpé le supplice de ce qui lui manquait : la liberté, les visages aimés, l'idée que la vie du dehors est douce même lorsqu'elle est pénible. À la vérité, il s'agissait là d'une stratégie destinée à briser les résistances et à faire avouer les plus coriaces. Certes, il n'attendait pas d'aveux de la belle Agnès, puisqu'elle n'était coupable que de s'être refusée à la lubricité de son demi-frère. Mais l'application de ces brimades coutumières conférait des allures de vrai procès à cette affaire, et il s'était délecté des heures entières en imaginant la panique qui devait commencer de défigurer sa victime.

Il soupira de bien-être en contemplant la pièce exiguë qui lui servait de bureau. Sa petite table de travail, faite d'un bois médiocre qui se fissurait, disparaissait sous l'amoncellement de ses carnets d'enquête. Leur usage était impératif, et l'inquisiteur devait y consigner le moindre détail de ses démarches, de ses rencontres, des témoignages recueillis, des punitions

1. Mélange de paille, d'argile, d'écorces d'arbres, de farine de gland et d'herbes pilées.

distribuées, des tortures requises. L'objet n'était pas tant de vérifier la rigueur de la procédure que d'être certain qu'aucune accusation ne se perdrait jamais. Ainsi, si un accusé finissait par être reconnu innocent, qui disait qu'on ne pourrait pas le rejuger ensuite pour un autre motif ?

Agnan, son clerc secrétaire, entra avec discrétion et attendit tête basse l'autorisation d'interrompre Florin.

– Eh bien, Agnan, j'attends. Presse-toi.

– Seigneur inquisiteur, votre entrevue est arrivée.

– Mène-la moi.

L'autre se retira comme une ombre.

Marguerite Galée était femme d'un riche bourgeois nogentais faisant commerce de navires, lesquels avaient probablement valu son nom à la famille[1]. Nicolas Florin avait vérifié avec prudence l'état de leur fortune.

La dame avait fière allure dans son manteau de vair trop chaud pour la saison. Elle devait avoir vingt-deux ou vingt-quatre ans, tout au plus. Un voile à la luxueuse transparence encadrait le bel ovale de son visage. Un rien de vulgarité allumait son regard et démentait l'humilité et l'élégance avec laquelle elle se mouvait, le torse légèrement incliné vers l'arrière afin de ne pas fouler la traîne d'une demi-main qui allongeait sur le devant la robe des dames de qualité. De petits souliers de soie, maculés de boue, apparaissaient à chacun de ses pas, preuve supplémentaire de sa richesse, car la fange des rues les aurait irrémédiablement déformés au soir.

Nicolas vint à sa rencontre. Il lui tendit la main pour l'ai-

1. Galéage ou galéasse, grand vaisseau de bas bord à rames et à voiles, à l'origine du mot « galère ».

der à s'installer sur le fauteuil qui faisait face à sa table. Elle soupira en haussant joliment les épaules et hésita :

– Un mien parent éloigné s'est extasié à votre sujet, seigneur inquisiteur. Le baron de Larnay. Je me trouve dans une situation fort délicate que je ne sais comment aborder. L'objet de ma visite est... de recueillir votre conseil, seigneur inquisiteur. Votre sagesse, qui n'a d'égale que votre mansuétude, commence à faire parler d'elle dans un... cercle restreint et discret.

Que la vie était donc grisante. Cette ravissante et très riche jeune femme baissait les yeux devant lui, lui donnant son titre de « seigneur inquisiteur » à chaque phrase. Quant au petit baron de Larnay, il s'avérait plus intéressant qu'il ne l'avait d'abord cru.

– Vous me flattez, madame.

– Que nenni, messire inquisiteur. Fort au contraire. Je... Que tout ceci est donc délicat...

Tâtant le terrain, Marguerite Galée avançait à pas comptés depuis un moment. Il tergiversa. La prudence eut voulu qu'il continuât à feindre la vigilance impartiale de l'inquisiteur. Cela étant, il craignait que la dame ne prît peur et ne se ravise en renonçant à son projet. Du coup, il risquait de voir s'envoler de grasses livres* de rétribution. La lueur rapace qu'il avait perçue dans son regard lorsqu'elle était entrée l'encouragea à brûler les étapes :

– Allons, madame, ce bureau est comme un confessionnal. J'y ai entendu tant de choses, et fort peu m'ont surpris. Il est parfois des justices qui tardent à se faire sentir. N'est-ce pas également mon rôle que d'y remédier... et ma récompense que de pures âmes comme la vôtre m'en soient reconnaissantes ?

Elle leva le visage et un sourire d'entendement flotta sur ses lèvres tentantes comme un fruit rare.

– Quel soulagement, seigneur inquisiteur... Je n'ai, malheureusement, pu encore concevoir. C'est là le premier motif de mes inquiétudes. S'y ajoute le second : mon époux est bien malade... les médecins craignent que la douleur de poitrine qui l'essouffle depuis des semaines ne s'aggrave...

Elle s'interrompit et se mordit les lèvres. Florin l'encouragea d'un geste affectueux de la main.

– Étrangement, le père de mon époux, fort âgé, fait preuve d'une santé que je finis par trouver suspecte.

Ah, voilà donc qui expliquait la venue de la dame. Le beau-père devait être très riche. Étant sans enfant, si son mari décédait avant son père, la fortune du vieux échappait à la jolie cupide. Un doute s'immisça dans l'esprit de Florin. Les venins ne manquaient pas pour faire rapidement lâcher prise à un vieillard cramponné à la vie, et une telle femme devait être capable de se les procurer. Pourtant, il l'avait déjà maintes fois constaté : tuer de sa propre main est infiniment plus difficile qu'ourdir un meurtre par exécuteur interposé. Elle le décevait un peu. Mais après tout, une procédure inquisitoire était au-dessus de tous soupçons, pas un empoisonnement dont la bénéficiaire était toute désignée.

– Suspecte, avez-vous dit ?

– En effet, tout comme mon inexplicable stérilité. Voyez-vous, mon beau-père... Eh bien, le moins que l'on puisse dire est qu'il ne me chérit pas.

– Le soupçonneriez-vous d'avoir recours à des pratiques inacceptables ?

– C'est ma conviction.

– De magie ? Je veux dire de magie *venefica* ? Maléfique ? L'utilisation d'incantations et d'invocations d'esprits impurs, c'est de cela dont nous parlons, n'est-ce pas ?

– Certes. J'en viens même à voir sa main dans la maladie de mon cher époux.

Que tu feras passer de vie à trépas dès que le vieux aura crevé, songea Nicolas en affectant un air de grande consternation.

– Il s'agit là d'une grave accusation, madame. En effet, le sorcier s'apparente aux hérétiques en ce qu'il adore des idoles démoniaques. En auriez-vous des preuves ?

– Eh bien... (Elle sembla perdre pied mais lança :) Il mange gras les jours maigres...

Homme avisé, rien n'est plus affligeant que le maigre, commenta Nicolas en son for intérieur. Il allait falloir aider la belle Marguerite, qui n'avait de toute évidence pas assez préparé cette étape de son attaque.

– Il s'agit là d'un précieux indice. D'autres existent, encore plus dénonciateurs. Ainsi, pensez-vous que votre beau-père ait eu recours à de petites figurines de cire pour affaiblir la santé de votre époux ou vous empêcher de concevoir ? suggéra-t-il.

Elle hocha la tête en signe d'approbation.

– Bien. Selon vous, invoque-t-il les démons dans une cave, ou une chapelle incendiée ?

– Il y en a une non loin de sa résidence.

– On y trouve souvent des traces de messes infâmes, des croix renversées, des cierges teintés de suie noire. Il faudra vérifier, madame. En compagnie d'un notaire. Croyez-vous qu'il se soit livré à des turpitudes sexuelles contre nature ?

– J'en suis convaincue... il a tenté de me...

Et homme de goût de surcroît, approuva mentalement Florin, si tant était que cette accusation fût fondée.

– Fichtre, le scélérat ! Cela étant, j'imaginais plutôt des actes répugnants, bestiaux.

Elle leva les sourcils et il comprit qu'elle ne voyait pas où il voulait la conduire.

– Avec des animaux, des boucs par exemple...

Durant la demi-heure qui suivit, Nicolas Florin énuméra toutes les preuves que Marguerite devrait se débrouiller pour semer afin que les gens d'armes et le notaire requis par les inquisiteurs les trouvassent sans trop de peine.

Lorsqu'elle prit congé, elle était radieuse. Elle s'approcha de sa table, mains tendues vers lui en remerciement. Il les saisit et porta l'une de ses paumes vers ses lèvres pour y tracer un sillon de sa langue. Elle ferma les yeux de plaisir et murmura :

– Je sens que cette aventure va m'enivrer, messire.

– J'attends vite de vos nouvelles, madame, et me tiens prêt à intervenir.

Elle disparut sur une moue tentatrice, et il ouvrit le petit billet qu'elle avait abandonné dans sa main. Une somme s'y lisait : cinq cents livres. Nul n'était besoin d'un contrat à Nicolas. Qui aurait eu la stupidité de ne pas honorer les dettes qui le liaient à un inquisiteur ? Dettes d'argent ou dettes de peau.

La prétendue Marguerite Galée avança du pas mesuré d'une dame. Ce n'est que lorsqu'elle tourna au coin de la maison de l'Inquisition qu'elle sentit ses jambes se dérober sous elle. Elle s'appuya quelques instants contre le mur d'enceinte et inspira profondément. Une voix grave l'apaisa aussitôt. La voix qui un jour avait été pour elle celle du miracle.

– Viens, il y a une taverne non loin. Tu es livide. Viens te reposer un peu, mon amie.

La haute silhouette encapuchonnée passa son bras autour de la taille de la fausse Marguerite Galée et la remorqua quelques ruelles plus loin. La jeune femme tremblait tant qu'elle fut incapable de prononcer un mot avant qu'ils ne soient installés à une table, dans un coin de l'établissement presque désert à cette heure. Elle faillit renverser le gobelet de vin qu'elle portait à ses lèvres sur son beau manteau de louage. Pourtant, la brûlure de l'alcool calma un peu sa nausée. Francesco de Leone se défit de sa lourde cape et demanda :

– Comment vas-tu, Hermine ?

– J'ai eu très peur.

– Tu es si vaillante. Bois encore quelques gorgées. Reprends ton souffle.

Hermine s'exécuta. Étrange comme cet homme magnifique – le seul qui se soit jamais refusé à elle lorsqu'elle n'avait que sa chair à lui offrir en guise de reconnaissance – l'apaisait d'un regard, d'un de ses sourires qui naissait on ne savait trop d'où. Étrange comme lui seul était parvenu à la réconcilier avec son âme. Avec celles des autres aussi, parfois.

Le souvenir de cet après-midi d'effroi lui revint aussi net, aussi blessant, aussi précieux que s'il s'était agi d'hier.

Il n'avait pas jugé, il n'avait presque rien dit, le bel archange. Il s'était interposé sans un mot entre elle qu'il ne connaissait pas et la grêle de pierres violentes. Le sang avait dégouliné de son front, de sa pommette. Il n'avait pas protesté, pas reculé, pas tiré l'épée dont le fourreau lui battait le mollet. Il s'était contenté de les fixer. Et son regard si bleu, cette croix qui couvrait son cœur, avaient fait baisser la tête aux plus acharnés de ses tortionnaires.

Lapidée. Ils voulaient la détruire à coups de pierres. Hermine faisait partie des bagages d'un seigneur chypriote, achetée au même titre que les soieries, les chiens de chasse et les encensoirs. À la mort de ce dernier, la veuve hystérique avait hurlé qu'elle avait envoûté son mari, lui faisant déserter la couche conjugale pour l'assassiner ensuite à coups de caresses et de philtres. L'idiotie de ces accusations n'avait arrêté personne : on leur donnait l'excuse de tuer. Une meute humaine, des hommes, des femmes, des enfants aussi, l'avait pourchassée des heures durant le long des falaises, criant, s'apostrophant gaiement, se passant des bouteilles de vin. Ils avaient fini par la coincer dans une crique. Exténuée, Hermine s'était tassée comme un animal affolé, protégeant sa tête de ses bras. Elle l'avait lue dans leurs yeux. La jouissance du meurtre permis. Une grêle de pierres s'était abattue sur elle. Et soudain, il avait été là, la poussant derrière son dos. Et ils avaient reculé, les crabes malfaisants qu'un minuscule pouvoir grisait au point de les transformer en assassins.

Étrange. Elle aurait été au bout du monde pour son chevalier, mais il ne lui avait demandé que de pousser jusqu'au bout de la rue. Jusqu'à la maison de l'Inquisition.

Hermine tendit la main vers Francesco de Leone et il la serra entre les siennes. Ce simple contact fit fermer les yeux à la jeune femme. Il lâcha sa main et elle murmura :

– Pardon.

– Non. Pardon à toi. Je t'ai entraînée dans un acte périlleux.

– Tu m'avais prévenue. Il est si doux de te plaire. (Elle eut un sourire d'excuse avant d'ajouter :) J'aime avoir une interminable dette envers toi. Je te dois la vie et tu ne peux pas m'oublier, car les vies que l'on sauve vous appartiennent. Nul ne peut s'en défaire, même s'il le souhaite.

Il sourit à son tour. Hermine, comme Éleusie, comme sa mère et sa sœur avant, lui restituait sans le vouloir sa tendresse. Il abandonnait le calcul. Il pouvait s'endormir sans crisper sa main autour de la garde de son épée. Hermine et les autres femmes qui peuplaient sa mémoire le lavaient pour quelques minutes des Giotto Capella et de ses semblables, de la multitude de vilaines mâchoires qu'il croisait.

– Qu'as-tu perçu de lui ?

– Il ne s'agit pas de perception mais de faits, mon chevalier. C'est une vermine de la pire espèce. Non, vermine ne convient pas. Il est infect, souillé, sans réparation possible.

– Je vois. C'est d'autant plus confortable pour lui que le pape[1] a autorisé les inquisiteurs à s'absoudre mutuellement de leurs fautes et de leurs irrégularités. Cette générosité leur permet maintenant de présider aux séances de torture, ce qui leur était interdit avant. Je gage qu'on ne pouvait faire plus appétissant cadeau à Florin.

– Ils me terrorisent, murmura Hermine.

– Ils terrorisent tout le monde. La peur qu'ils inspirent est leur arme maîtresse. Raconte-moi.

Elle lui relata dans le moindre détail son entrevue avec Nicolas Florin, n'omettant pas la caresse humide qu'il avait abandonnée dans sa paume. Il se contenta de hocher la tête.

– Je ne comprends pas, Francesco, reprit-elle. Ta tante, ce que tu as compris du marché qu'a passé Larnay avec Florin, auraient dû te renseigner.

– Sans doute, d'autant que... (Il hésita puis se ravisa avant d'expliquer :) Vois-tu, gentille Hermine, il s'agit de la condamnation d'un homme. Il me faut savoir si sa cruauté naît d'une maladie d'âme ou d'esprit. Je viens d'apprendre grâce à toi que son cerveau fonctionne bien puisqu'il vend des procès contre profit personnel. Je veux lui offrir... un dernier appel. S'il n'en profite pas, son temps de grâce sera écoulé.

Elle hésita avant de poser la terrible question :

– Il mourra ?

– Je l'ignore. Je... n'organise jamais la mort d'un ennemi. Elle survient ou pas. (Il marqua une pause puis expliqua :) Le tavernier accepte que tu te changes à l'étage. Douce amie,

1. Accordé par Alexandre IV en 1256, confirmé par Urbain IV en 1264.

il est temps de rentrer à Chartres. J'ai loué un attelage qui te conduira. Je ne sais... Je ne sais comment te remercier.

– En ne me remerciant pas. Je te l'ai dit : on est responsable de ses dettes, que l'on soit l'emprunteur ou l'emprunté. Tu ne te débarrasseras jamais de moi, de mon souvenir, beau chevalier.

Il la considéra en silence quelques instants puis ferma les paupières en souriant :

– Je ne le souhaite pas, Hermine. À te revoir, ma valeureuse.

Elle tenta de dissimuler l'émotion qui lui faisait monter les larmes aux yeux en déclarant d'un ton vif :

– N'oublie pas de restituer le manteau de vair au loueur et surtout, réclame la caution, elle était scandaleuse. Ces gens vous suceraient le sang si on les laissait faire ! En revanche, les souliers sont en piteux état. Il en exigera le prix.

– Je savais que Florin les remarquerait.

Maison de l'Inquisition, Alençon,
Perche, novembre 1304

La crasse collante qui maculait ses mains et ses jambes la répugnait. Le crâne la démangeait et l'odeur de sa robe, tachée de sueur et du lait tourné de la soupe qu'elle avalait au soir sans pouvoir distinguer sa cuiller, lui soulevait le cœur. Elle avait défait son voile pour s'en débarbouiller comme elle le pouvait en le trempant dans l'eau de son broc. Depuis quand était-elle là ? Elle avait perdu la notion du temps. Trois jours, cinq, huit, dix ? Elle n'aurait su le dire, se cramponnant à l'idée que l'inquisiteur finirait bien par l'interroger. Ensuite... Ensuite ne surtout pas imaginer ce qui suivrait. Florin comptait sur ses craintes pour la briser et faciliter ainsi son ouvrage. Rien n'est plus destructeur que le désespoir, sauf, peut-être, l'espoir.

Avait-elle dormi le jour, la nuit, elle n'en était pas certaine. Les cauchemars s'étaient succédé. Pourtant, elle avait trouvé l'antidote à la terreur dans ses heures d'éveil. Elle avait fait le tour des plus jolis moments de sa vie. Ils étaient fort peu nombreux, aussi avait-elle dû les ressasser. Elle s'était contrainte à revivre encore et encore une cueillette de fleurs, une récolte de miel, l'accouchement d'une jument, le sourire futé de Clément. Elle avait récité des heures entières les lais de madame Marie de France, reprenant au début lorsqu'elle butait sur un vers. Elle avait réinventé des dialogues entiers, des menus riens : les fables que lui contait madame Clémence, les ordres qu'elle donnait pour un dîner, ses consolations pour apaiser Mathilde, une discussion de théologie avec le frère chapelain. Si peu de choses en vérité. Sa vie se résumait à si peu de choses.

Agnès sursauta. Un écho de pas lourds descendant l'escalier de pierre qu'elle avait emprunté elle ne savait plus quand, suivie de Florin qui tenait à lui présenter son lieu de détention. Elle se redressa, guettant les bruits, tentant de les interpréter. Venait-il l'interroger ?

Les pas s'arrêtèrent bien avant sa cellule. Une sorte de glissement suivi d'un piétinement. Quelque chose de lourd que l'on traînait. Elle se précipita, collant son oreille au panneau de bois, attendant, épiant le silence.

Un hurlement, suivi d'un sanglot. Qui ? L'homme qui l'avait suppliée de mourir vite ?

Le hurlement reprit, encore et encore, pour ce qui lui sembla une éternité de douleur.

La salle de Question était voisine des cellules.

Des images se succédèrent dans son esprit, rouges, sombres, hurlantes.

Agnès tomba à genoux dans la vase et pleura comme si l'univers s'achevait. Elle pleura sur cet homme, ou sur un autre. Elle pleura sur l'impuissance de l'innocence, sur la force des brutes.

Elle ne pria pas. Il lui aurait fallu implorer la mort afin que sa supplique ait encore un sens.

Était-ce le matin lorsqu'elle se réveilla sur son bat-flanc sans le moindre souvenir de s'y être hissée ? Était-ce juste après l'interminable supplice ? S'était-elle évanouie ? Son esprit lui avait-il concédé la faveur d'une transitoire inconscience ?

La salle de Question était donc voisine des cellules. Ainsi le calvaire enduré par les uns ajoutait-il à la frayeur de ceux qui attendaient dans l'obscurité et la puanteur de leurs geôles.

Un éphémère soulagement la traversa en ce lieu qui n'en tolérait aucun. Il y aurait d'abord, avant, les semaines d'interrogatoire. L'obscénité de ce que sous-entendait cet espoir la frappa comme une gifle : les autres dont elle n'avait entraperçu que les formes tassées au sol seraient torturés, pas elle, pas encore. La stratégie de Florin, des inquisiteurs, lui devint claire. Les réduire à l'état de pauvres bêtes martyrisées, terrorisées, brisées, pour leur faire accroire que l'unique salut consistait à se ranger du côté des bourreaux, à avouer quitte à inventer leurs fautes, à dénoncer à leur tour, à avilir ce qu'ils avaient eu de pur.

Briser. Briser les membres, les os, les consciences et les âmes.

Une approche. Il lui sembla que son cœur cessait de battre lorsque les pas s'arrêtèrent devant la porte de sa cellule. Une nausée lui envahit la gorge lorsque le verrou protesta. Elle se leva et fit face. Florin se plia pour pénétrer dans le minuscule espace, tenant devant lui une esconce[1].

– Avez-vous fait l'ordre en votre âme, madame ? s'enquit l'inquisiteur d'un ton doux, sans autre introduction.

Une phrase apeurée se forma dans la tête d'Agnès : « Certes, messire inquisiteur. » Pourtant, elle s'entendit répondre d'une voix ferme et calme :

1. Sorte de petite lanterne de bois ou de métal qui protégeait les flammes des courants d'air et permettait de transporter l'éclairage.

– Elle ne fut jamais en désordre, monsieur.

– C'est ce qu'il m'appartient de vérifier. Il m'a semblé que la chambre de procédure conviendrait mieux au premier interrogatoire d'une dame que cette cellule qui... (Un air d'écœurement sur le visage, il huma l'atmosphère viciée par les relents des déjections et des détritus alimentaires)... pue atrocement.

– Ainsi que vous me l'aviez assuré à mon arrivée, on s'en accommode. Cela étant, cette chambre vous permettra de vous asseoir et à moi de me tenir tout à fait débossée.

– Ai-je votre parole, madame, que les entraves ou les gardes seront superflus ?

– Je doute que l'on parvienne à s'enfuir de la maison de l'Inquisition. D'autant que ces quelques jours de semi-jêune m'en ont ôté la force.

Florin se contenta de hocher la tête et ressortit. Agnès le suivit. Un jeune homme blond, tenant avec précaution son écritoire duquel dépassaient une corne servant d'encrier et une petite lampe à huile, les attendait à quelques pas. Le *grapharius* chargé de noter ses déclarations.

Lorsqu'ils longèrent les cages, Agnès chercha du regard l'homme qui avait enserré sa cheville. En vain. Une certitude s'imposa à elle : il était mort. Un infime soulagement lui fit fermer les yeux. Il leur avait échappé.

À mesure qu'ils remontaient vers la salle basse, Agnès eut le sentiment que l'air s'animait, devenant plus léger, plus vital. Ils traversèrent la grande pièce et débouchèrent dans l'ouvroir. Un bonheur incongru lui vint lorsqu'elle aperçut un lambeau de ciel lourd de pluie par les minces fenêtres qui ouvraient sur la cour. Ils obliquèrent à droite et empruntèrent un autre escalier, de bois sombre celui-là. Parvenu sur le palier, Florin se retourna vers elle. Ce petit effort, gravir une volée de quatorze marches, avait essoufflé Agnès. Florin commenta :

– Les privations permettent à l'esprit de se libérer.

– Vous en êtes une preuve éclatante.

Elle faillit se mordre les lèvres de stupéfaction. Avait-elle perdu la tête ? Que lui prenait-il ? Si elle l'ulcérait, il se vengerait. Il en avait tous moyens.

L'assurance de Florin vacilla un bref instant. L'autre femme, celle qu'il avait déjà entraperçue derrière le joli visage d'Agnès, renaissait sous ses yeux. Il aurait juré qu'elle n'avait nulle conscience de sa métamorphose. Il se trompait. Un calme inflexible avait envahi Agnès, étouffant les germes de terreur que s'appliquait à semer Florin. Les ombres puissantes qu'elle avait senties lors de sa première rencontre avec l'inquisiteur s'étaient réinstallées en elle.

Le jeune grapharius se précipita pour pousser la haute porte devant laquelle ils s'étaient arrêtés. Agnès avança, regardant autour d'elle comme si elle n'avait d'autre but que de visiter les lieux. Une étrange sensation d'irréalité l'habitait depuis quelques instants. Elle avait l'impression que son esprit flottait en dehors de son corps.

La pièce était immense, glaciale. Agnès demeura plantée au milieu, attendant la suite la tête vidée de toutes pensées. Étrangement, l'épuisement qu'elle avait ressenti en quittant sa geôle avait disparu, remplacé par une torpeur bienvenue.

Quatre hommes assis autour d'une longue table l'attendaient, le visage fermé : un notaire et son clerc, comme l'exigeait la procédure, et deux frères dominicains en plus de l'inquisiteur. Les deux moines mendiants avaient le visage penché vers leurs mains jointes posées sur la table, et Agnès se fit la réflexion qu'en dépit de leur différence d'âge, ils avaient presque l'air d'être jumeaux. Florin aurait pu requérir la présence de « laïcs d'excellente réputation », mais ces derniers étaient moins experts en théologie, donc moins redoutables pour une prétendue hérétique. Quatre hommes si sombres, si serrés les uns contre les autres qu'ils formaient une vague menaçante d'étoffe noire.

Monge de Brineux, bailli du comte Artus d'Authon, n'assistait pas à l'interrogatoire. Florin avait omis de l'en prier.

L'inquisiteur s'installa dans le grand fauteuil lourdement sculpté qui trônait à un bout de la table, et le jeune secrétaire rejoignit le banc.

La voix forte de Florin lui parvint à travers un brouillard.

– Veuillez décliner vos prénoms, nom et qualité, madame.

– Agnès, Philippine, Claire de Larnay, dame de Souarcy.

Le notaire se leva alors et récita :

– *In nomine Domini, amen.* En l'an 1304, le 5 du mois de novembre, en présence du soussigné Gauthier Richer, notaire à Alençon, accompagné de l'un de ses clercs et des témoins nommés frère Jean et frère Anselme, dominicains, tous deux du diocèse d'Alençon, nés respectivement Rioux et Hurepal, comparaît personnellement Agnès, Philippine, Claire de Larnay, dame de Souarcy, devant le vénérable frère Nicolas Florin, dominicain, docteur en théologie, seigneur inquisiteur pour le territoire d'Alençon.

Le notaire se rassit, sans avoir jeté un regard à Agnès. Florin reprit :

– Vous êtes, madame, accusée d'avoir protégé une hérétique – en la personne d'une certaine Sybille Chalis, votre suivante –, de l'avoir soustraite à notre justice – qui est celle de Dieu – et de vous être laissée séduire par les thèses hérétiques. D'autres chefs d'inculpation ont été retenus contre vous. Nous avons jugé préférable de ne pas les exposer aujourd'hui.

La procédure l'y autorisait. Il gardait cet atout afin de

l'utiliser si, par miracle, elle parvenait à s'innocenter des charges d'hérésie.

– Reconnaissez-vous ces faits, madame ?

– Je reconnais avoir eu à mon service une Sybille Chalis, décédée en couches à l'hiver 1294. Je déclare sur mon âme n'avoir jamais eu le moindre soupçon de son hérésie. Quant à la séduction que peuvent exercer les abominations hérétiques, elle m'est totalement étrangère.

– Il nous appartient d'en juger, rétorqua Florin en réprimant un sourire. Reconnaissez-vous avoir gardé le fils né de cette hérétique afin de le conserver à votre service à son tour... Un certain Clément ?

– Je n'y ai vu que charité chrétienne puisque j'ignorais que sa mère fût hérétique, ainsi que je l'ai expliqué. L'enfant a été élevé dans l'amour et le respect de l'Église.

– Justement... qu'en est-il de votre amour de notre Sainte Église ?

– Il est absolu.

– Vraiment ?

– Vraiment.

– Eh bien, pourquoi ne pas le vérifier aussitôt ? Jurez-vous sur votre âme et sur la mort et la résurrection du Christ de dire la vérité ? Jurez-vous de ne rien dissimuler ni omettre ?

– Je le jure.

– Attention, ma fille. Aucun des serments que vous avez prêtés jusque-là n'a la gravité de celui-ci.

– J'en suis consciente.

– Bien. Avant tout, et puisque ma charge consiste à tout tenter afin de vous innocenter, connaissez-vous des gens dont l'objet pourrait être de vous nuire ?

Elle le fixa, feignant l'incompréhension en dépit de sa fatigue. L'un des deux dominicains présents, le plus jeune, ce frère Anselme, crut devoir l'éclairer et expliqua après avoir consulté du regard l'autre religieux :

– Ma sœur, pensez-vous que des gens seraient capables de se parjurer gravement pour vous porter préjudice, par haine, envie ou mauvaises pensées ?

La deuxième ruse. Clément l'en avait prévenue. Mieux valait proposer une liste exagérée de délateurs potentiels qu'absoudre a priori un proche qui pouvait se révéler le pire des accusateurs.

– Je le pense. Et pour des raisons si épouvantables que j'aurais honte à les évoquer.

– Leurs noms, madame, la pria le dominicain.

– Mon demi-frère, le baron Eudes de Larnay, dont la concupiscence me poursuit depuis l'âge de mes huit ans. Sa servante, Mabile, sans patronyme. Il a placé cette fille chez moi afin de m'espionner. N'ayant rien trouvé qui satisfasse son maître, elle invente des fables d'hérésie ou d'ignoble commerce charnel afin de me nuire.

Agnès se tut, cherchant fébrilement qui d'autre pourrait lui souhaiter mal. Elle voulait croire que son chapelain, le frère Bernard, qu'elle ne connaissait pas si bien, l'avait épargnée. Qu'en savait-elle, après tout ?

– Qui d'autre ? insista frère Anselme.

– Peut-être mon nouveau chapelain, qui me connaît peu et pourrait donc me méjuger. Peut-être quelques serfs ou paysans furieux de devoir me payer leurs louages. Peut-être aussi, cette fille qui me sert, Adeline. J'ignore ce qu'elle pourrait me reprocher, mais j'en suis au point où je méfie de tous. Peut-être l'ai-je rabrouée un jour et en a-t-elle conçu de l'aigreur ?

– Oh, nous connaissons ceux-là... Leur vilaine bile. Ils reviennent à chaque procès et leurs témoignages sont considérés avec prudence. En revanche, un ecclésiastique... Mais nous verrons cela. Nul autre, donc ?

– Je ne me suis rendue coupable d'aucune injustice.

– S'il est exact, Dieu vous le concédera et nous éclairera. Nul autre, madame ? persista frère Anselme après un nouveau regard pour l'autre dominicain qui ne bronchait pas.

Agnès réfléchit à toute vitesse. Se succédèrent dans son esprit Clément, Gilbert le Simple, Artus d'Authon, Monge de Brineux, Éleusie de Beaufort, Jeanne d'Amblin, tant d'autres. Nul de ceux-là n'était capable de parjure par mauvaiseté. Peut-être Gilbert. C'était une âme pure mais si fragile, si manipulable qu'un inquisiteur pouvait la retourner comme un gant. Elle se détesta d'ajouter :

– Gilbert, l'un de mes valets de ferme, un simple d'esprit. Il ne comprend pas grand-chose et vit dans un monde qui nous échappe. (Se ravisant de peur de lui porter préjudice, elle rectifia aussitôt :) Son âme n'a jamais quitté le côté de notre Seigneur qui aime les purs et les innocents...

Elle chercha ses mots. Il lui fallait éviter d'accuser Florin de réunir de faux témoignages ou des récits tronqués. Elle n'était pas encore certaine que ces frères Anselme et Jean soient acquis à l'inquisiteur, et redoutait de se les mettre à dos en incriminant un représentant de leur ordre, docteur en théologie de surcroît.

– ... Il serait facile de tirer de lui des anecdotes que sa lourdeur de langue et d'esprit pourrait rendre étranges, voire suspectes.

– Madame... souffla le dominicain d'un ton de reproche peiné. Croyez-vous véritablement que nous recueillons nos témoignages auprès de faibles d'intelligence ?

Elle n'en doutait pas, mais ainsi le notaire serait-il contraint de signaler dans ses actes que Gilbert était demeuré d'esprit. Son témoignage – si tant était qu'on parvienne à lui en arracher un et à le tordre pour qu'il devienne défavorable à sa dame – ne pourrait donc être considéré comme pleinement recevable.

– Est-ce bien tout, madame ? Réfléchissez. L'objet de la procédure n'est pas d'acculer les accusés par traîtrise, insista à nouveau frère Anselme, tournant brièvement la tête vers son frère Jean.

Elle se mordit les lèvres et retint de justesse la phrase qui lui montait aux lèvres :

– Dieu reconnaîtra son doux peuple et vous n'en faites pas partie.

Au lieu de cela, elle affirma :

– Je ne puis penser à nul autre délateur.

Florin jubilait. Il était certain, avant qu'Agnès ne pénètre dans la salle d'interrogation, qu'elle ne penserait jamais que sa propre fille était l'accusatrice la plus impitoyable à laquelle elle devrait faire face. La très jeune fille, entourée comme une perle rare par son oncle, avait semé sur une page fort bien tournée et pourtant noircie d'une écriture malhabile, un venin dont sa mère ne se remettrait pas. Ses accusations, qui mélangeaient hérésie, sorcellerie, mauvaises mœurs, sentaient les manigances d'Eudes de Larnay à pleines narines. Le témoignage de la jeune fille n'avait pas convaincu Florin. Au demeurant, il était certain de la totale innocence d'Agnès. Que tant de fiel, de hargne, de jalousie se tasse derrière un si joli et si jeune front l'avait rassuré. Le fond de la plupart de ses congénères n'était pas près de s'améliorer, ce qui lui promettait une longue et fructueuse carrière. Il se délectait par avance de la destruction qu'allait provoquer chez Agnès la lecture de cette touaille[1] malodorante. Sa propre fille, qu'elle avait tant œuvré à protéger, l'envoyait au bûcher sans l'ombre d'une hésitation. Réjouissant, si distrayant quand on y pensait.

1. Linge à essuyer, torchon.

Il s'approcha d'Agnès, lui présentant les Évangiles. Elle posa sa main sur le grand livre relié de cuir noir.

– Madame, êtes-vous prête à jurer devant Dieu et sur votre âme de dire la vérité ?

– Je le jure. (Elle se souvint à temps de la phrase que lui avait apprise Clément et ajouta :) Que Dieu me vienne en aide si je tiens mon serment, qu'Il me condamne si je me parjure.

Florin adressa un petit signe de tête au notaire qui se leva et déclara :

– Agnès, dame de Souarcy, demeurant à Souarcy, ayant été dénoncée et ayant prêté serment sur les quatre Évangiles qu'elle touchait de sa main de dire toute la vérité tant sur elle-même que sur les autres, a été interrogée comme suit.

Florin remercia le notaire d'un petit geste affable et considéra Agnès quelques longs instants, fermant à demi les paupières, comme en prière, avant de demander d'une voix douce :

– Madame de Souarcy, ma fille, ma sœur... Croyez-vous que le Christ soit né d'une vierge ?

L'interrogatoire commençait, avec ses pièges, ses stratagèmes. Si elle répondait « je le crois », elle démontrait ainsi qu'elle n'en était pas convaincue. Clément lui avait lu toutes ces ruses. Elle répondit d'un ton ferme :

– Je suis certaine que le Christ est né d'une vierge.

Une légère crispation passa sur le visage de Florin. Il poursuivit :

– Croyez-vous en une seule Sainte Église catholique ?

Là encore, il lui fallait reprendre la phrase exacte pour ne permettre aucune interprétation défavorable :

– Il n'existe aucune autre église que la Sainte Église catholique.

– Croyez-vous que le Saint-Esprit procède du Père et du Fils, comme nous le croyons ?

Clément lui avait lu cette même réplique, elle s'en souvenait comme si c'était la veille. La plupart des accusés répondaient en toute bonne foi « je le crois ». Le seigneur inquisiteur signalait alors qu'ils jouaient sur les mots à la manière d'un hérétique consommé, que leur réponse signifiait vraiment : « oui, je crois que vous le croyez » quand ils pensaient l'inverse.

– Il est évident que le Saint-Esprit procède du Père et du Fils.

Florin poursuivit encore quelques minutes avant de comprendre qu'il ne la piégerait pas de cette façon. Il lança d'un ton mauvais à la cantonade :

– Je vois que madame de Souarcy a bien retenu sa leçon.

Elle rétorqua avant qu'on lui coupe la parole :

– De quelle leçon parlez-vous, seigneur inquisiteur ? Selon vous, la foi en Jésus-Christ serait-elle une leçon que l'on apprend à la manière d'un alphabet ? Elle naît en nous, avec nous. Elle est nous. Elle nous illumine et nous pénètre. Vous-même, l'auriez-vous apprise comme d'autres mémorisent une recette de viandier ? J'en frémis.

Le visage de l'inquisiteur vira au cendre, et ses mâchoires se crispèrent. Ses yeux si tendres se firent meurtriers. Elle songea l'espace d'un instant qu'il l'aurait frappée s'ils avaient été sans témoins.

Le frère dominicain qui l'avait interrogée toussota de gêne. Elle avait marqué un point, et Florin ne lui pardonnerait pas. Cependant, elle venait également de gagner un peu de temps et, sans qu'elle sût pourquoi, l'idée de durer le plus possible lui semblait essentielle.

Florin, luttant pour se recomposer, donna ordre qu'elle soit reconduite dans son cachot. Tout le temps qu'elle descendit vers son enfer quotidien, elle se répéta :

« La connaissance est le pouvoir. Il n'existe pas d'arme plus imparable, mon doux Clément. »

Lorsqu'un garde la poussa, lorsque la lourde porte de la geôle claqua derrière elle, elle tomba à genoux, et joignit les mains, cherchant d'où lui était venue la force de se tenir si droite et de relever la tête.

– Clémence... Mon doux ange, merci.

Dans la salle de procédure, Florin fulminait. Il ne parvenait pas à comprendre comment la semaine de privations et de secret qu'il avait infligée à sa proie n'avait pas laminé ses dernières forces. Cette femelle avait failli semer le doute et le ridiculiser devant deux de ses frères. Il la détestait et, autant l'admettre, il commençait à la craindre.

Il tenta de rétablir sa position de force sitôt après son départ, en lançant d'une voix passionnée et lourde de chagrin :

– Langue si agile est l'indiscutable marque d'un esprit retors et malhonnête et signe, mieux qu'une dénonciation, l'hérésie de l'accusée. On sait comme ces âmes perdues apprennent à se défendre et à saouler de faux-semblants grâce à l'enseignement déviant qu'elles reçoivent. Les femmes, de par leur nature pernicieuse et bonimenteuse, y excellent encore plus.

Maître Gauthier Richer, le notaire, acquiesça d'un petit mouvement de tête. Selon lui, la nature mensongère et calculatrice des femmes en faisait des recrues de choix pour le diable. Pourtant, Nicolas Florin eut le sentiment que son envolée ne convainquait qu'à moitié les deux dominicains cités en témoins. Surtout ce frère Jean qui n'avait pas ouvert la bouche et dont le regard s'évada, refusant celui de l'inquisiteur.

Frère Anselme reprit d'une voix douce :

– Revoyons donc, messire inquisiteur, mon frère, le témoignage accablant de la jeune Mathilde de Souarcy.

– Accablant, en vérité, opina Florin satisfait de cet adjectif. La damoiselle Mathilde y fait part de...

– Mon frère, une lecture nous éclairerait davantage, l'interrompit Jean de Rioux, intervenant pour la première fois.

Florin chercha une trace de méfiance, de perplexité ou, au contraire, de connivence dans sa voix, sans rien découvrir qui lui permît de juger de l'état d'esprit dans lequel se trouvait son témoin. Un nouveau tracas s'ajouta à la fureur qui avait secoué l'inquisiteur durant la déposition d'Agnès. La présence de témoins religieux appartenant au même ordre n'était qu'une parodie de justice. Florin ne se souvenait pas d'un seul procès durant lequel ceux-ci eussent été en désaccord avec l'inquisiteur. C'était, au demeurant, la véritable raison pour laquelle il avait écarté la présence de laïcs. Pourtant, tout de ce frère Jean de Rioux l'inquiétait. Son silence attentif, son calme, son regard qui se refusait et même ses mains étonnamment fortes pour un lettré et un homme qui avait passé la quarantaine. D'autant que l'autre, cet Anselme de Hurepal, semblait quêter son approbation à chacune de ses interventions. Il s'admonesta : ne voilà-t-il pas que ses effrois de fillette le reprenaient ? Allons, ces deux imbéciles prenaient leur rôle à cœur, mais il n'en ferait qu'une bouchée, à l'instar des autres.

Il s'approcha de la table et tira de sous une mince pile le témoignage de Mathilde de Souarcy. Il commença de lire :

– Moi, Mathilde, Clémence, Marie de Souarcy, unique enfante de madame Agnès de Souarcy...

Il n'intercepta pas le léger mouvement de paupières que destinait Jean à Anselme. Ce dernier lança :

– De grâce, cher frère inquisiteur... Nous savons lire. Il nous serait précieux de prendre connaissance, en réflexion silencieuse, des lignes de la damoiselle de Souarcy afin d'en bien peser la signification.

Florin faillit se laisser aller à un écart de langage. Quoi, ces deux abrutis mettaient-ils sa parole en doute ? Frère Anselme insista :

– Cette jeune fille n'est pas encore majeure, n'est-il pas exact ?

– Elle le sera sous peu, dans un an. De toute façon, les témoignages d'enfants contre parents sont admis et vivement encouragés, ceci quel que soit leur âge. En effet, qui peut mieux apprécier les perversions que ceux qui les côtoient, et en pâtissent, chaque jour ?

– Si fait, admit le dominicain en tendant la main.

Florin s'exécuta de mauvaise grâce et lui remit la dénonciation.

Frère Anselme en prit connaissance puis la passa à frère Jean. L'impassibilité du dominicain, sa lenteur à en finir portait sur les nerfs de Florin. Enfin, le dominicain leva le visage et déclara d'un ton plat :

– Il y a dans ces mots de quoi condamner sans plus entendre.

Un soulagement envahit l'inquisiteur, qui sourit :

– Ne vous l'avais-je pas affirmé ? Elle est coupable et, mon cœur saigne à vous le dire, je doute que le salut lui soit accordé.

Le soulagement fut de courte durée.

– Toutefois... N'est-il pas étonnant que cette jeune personne qui manie fort mal la plume et sème avec peine de vilaines lettres maladroites soit si experte à tourner ses phrases ? Voyons... « Mon âme souffre à la pensée des abominations commises de façon répétée par madame de Souarcy ma mère, et son entêtement dans le péché et l'erreur me font craindre pour la sienne », ou « Ce chapelain encore jeune qui nous est arrivé si pieux sans se méfier de cette ombre maléfique... » ou « Dieu a pourvu mon cœur d'une force suffisante pour résister à la mitoyenneté du mal dont ma mère me donnait l'exemple constant... ». Fichtre ! Quelles convaincantes envolées.

Frère Jean releva la tête, et Nicolas croisa pour la première fois son regard. Il eut la vertigineuse impression d'avancer sous d'interminables voûtes. Ce regard n'avait pas de fin. Il cligna involontairement des yeux. Jean déclara d'une voix posée :

– Frère inquisiteur, vous dirais-je notre souci ? Bien que notre présence auprès de vous ne soit... que consultative, il nous ferait grand peine que votre pureté et votre foi brûlante soient utilisées par la malice de faux témoins. Aussi recommandons-nous vivement que mademoiselle de Souarcy soit menée en la maison de l'Inquisition afin d'y être interrogée devant cette assemblée, sans y être accompagnée de son oncle.

Florin hésita une fraction de seconde. Il avait le pouvoir de refuser cette précaution mais la trace de son refus le suivrait. Une pensée déplaisante s'immisça dans son esprit. Et si ces deux moines témoins avaient été choisis en confidence par le camerlingue Benedetti, auquel il devait son départ de Carcassonne et sa nomination à Alençon ? S'ils étaient des inspecteurs de la papauté, comme il arrivait au Saint-Siège d'en dépêcher pour régler des problèmes internes survenant dans des monastères, ou veiller à la bonne marche des procès ? La carrière de Nicolas Florin s'annonçait trop prometteuse pour qu'il prenne d'inutiles risques. Il ne doutait pas que cette petite méfaisante de Mathilde maintiendrait son témoignage, et l'on pouvait compter sur Eudes pour l'y aider. Cependant, la requête du dominicain allait occasionner un nouveau retard. Mais après tout, la silhouette avait exigé la mort d'Agnès de Souarcy, sans date d'exécution.

Le plus sensé consistait donc à obtempérer.

– Je vous remercie, mon frère, du soin que vous prenez de moi. Il est précieux dans la solitude du jugement de sentir que d'autres veillent à vos côtés afin de garantir la pureté et l'intégrité du tribunal inquisitoire. Greffier... consignez la convocation du témoin et faites mander mademoiselle de Souarcy.

Une autre pensée acheva d'alléger son humeur. Une fois Mathilde dans les lieux, il pourrait exiger une confrontation entre la mère et la fille. Un bien savoureux spectacle en perspective.

Abbaye de femmes des Clairets,
Perche, novembre 1304

Éleusie de Beaufort ferma les paupières. Une larme coula, traçant un mince sillon tiède jusqu'à ses lèvres. Blanche de Blinot, la doyenne, serrait sa main convulsivement, répétant comme une litanie :

– Que se passe-t-il, enfin, que se passe-t-il ? Elle est morte, n'est-ce pas... Comment peut-elle avoir passé si tôt, elle était encore bien jeunette.

La dépouille de la gentille Adélaïde reposait dans son cercueil, posé sur des tréteaux au centre de la salle des cartulaires avant d'être transporté en l'église Notre-Dame de l'abbaye. Annelette Beaupré avait lutté contre la langue de la défunte qui s'obstinait à sortir et à pendre en une mimique insupportable, au point que la sœur apothicaire avait dû se résoudre à bâillonner la morte d'une bande de lin qui maintenait l'organe dans sa bouche. Ainsi la jeune femme retrouvait une dignité que la mort lui refusait.

Toutes étaient passées, se recueillant, priant, pleurant sur leur jeune organisatrice des cuisines et des repas. Annelette épiait les postures, les expressions, les regards gênés, fuyants ou désolés, bien décidée à découvrir la coupable. Elle en était certaine et s'en était ouverte à l'abbesse : celle-ci faisait partie de leur communauté.

Éleusie avait d'abord protesté, puis, devant l'implacable démonstration de sa fille apothicaire, avait fini par se rendre à l'évidence, ou plutôt à l'inacceptable. Elles croisaient chaque jour la meurtrière de la plaisante Adélaïde. L'effarement avait cédé place à un désespoir blessant. Le mal était entré avec cet être de ténèbres, ce Nicolas Florin. Elle l'avait senti.

L'abbesse était restée des heures prostrée devant son bureau, ne sachant que faire, par où commencer. Le mal, elle l'avait appris, ne reculait devant aucune prière, devant nul cierge. Il ne cédait du terrain que face à des âmes pures décidées à se battre jusqu'au bout contre lui. Ce combat titanesque n'aurait jamais de fin. Il existait depuis la nuit des temps et ferait rage jusqu'à leur extinction. À moins que...

Le temps de la paix n'était pas venu. Éleusie allait lutter parce que Clémence, Philippine, Claire auraient pris les armes, sans hésitation. Pourquoi fallait-il que ce soit elle qui ait survécu, quand les autres auraient été tellement plus aptes au combat ?

Jeanne d'Amblin était partie ce tôt matin en tournée auprès de leurs habituels donateurs ou des récents aumôneurs[1]. La sœur tourière avait longuement hésité à laisser son abbesse affronter seule la suite. Il avait fallu toute l'autorité de cette dernière pour la convaincre. Éleusie regrettait maintenant sa décision. Jeanne, sa compétence, sa vitalité, sa lucidité sans hargne la rassuraient. Elle leva les paupières et jeta un regard vers Annelette, qui secoua la tête en signe de dénégation.

1. Personne condamnée judiciairement à payer une somme au profit des pauvres.

Traînant Blanche à sa suite, elle s'approcha de l'apothicaire et murmura :

– Que toutes, je dis bien toutes, se présentent au scriptorium dans une demi-heure.

– C'est dangereux, rétorqua la grande femme. Peut-être vaut-il mieux mener une investigation de façon plus... discrète.

– Il n'est pire danger que l'aveuglement, ma fille. Je les veux toutes devant moi. Sauf les laïques, je les verrai ensuite.

– Si la meurtrière se sent cernée, elle peut devenir féroce. Admettons qu'elle redoute d'être découverte... elle pourrait s'en prendre à une autre sœur, peut-être même à vous.

– Justement, je compte l'affoler.

– C'est trop risqué. L'enherbement est si sournois que même moi je ne saurais comment y parer. Ne peut-on...

– C'est un ordre, Annelette.

– Je... Bien, ma mère.

Un mur de robes blanches immobiles que soulevait à peine un souffle. De minces visages dont Éleusie ne voyait que des fronts, des regards et des lèvres. Une cinquantaine de femmes, dont une moitié de novices, attendaient, se doutant de la raison de cette convocation. Pourtant, Éleusie aurait juré que nulle, sauf la meurtrière, n'avait compris l'ampleur du raz-de-marée qui s'apprêtait à fondre sur la salle du scriptorium. Assise à l'un des pupitres d'écriture, Annelette baissait la tête, jouant sans même s'en rendre compte du petit couteau à affûter les plumes. Une question la hantait depuis la veille. Pourquoi avait-on cru nécessaire de tuer cette pauvre Adélaïde ? Avait-elle percé l'identité de l'empoisonneuse ? Avait-elle vu, entendu quelque chose menaçant cette dernière ? Car le gobelet de tisane qu'avait découvert la sœur apothicaire lui avait été offert au soir, en une heure où ne se trouvait en cuisines que la sœur organisatrice des repas. La meurtrière, profitant de ce moment de solitude, lui avait donc porté ce breuvage fatal. Se mêlait à ces questions une sorte d'angoisse qui rongeait Annelette : et si l'enherbeuse avait trouvé la drogue dans l'armoire de pharmacie de l'herbarium ? La sœur apothicaire se servait de dilutions d'aconit pour calmer les douleurs, les névralgies de la face et faire baisser la fièvre[1].

– Mes filles... Sœur Adélaïde a rejoint le berceau de Notre Seigneur. Son âme repose en très grande paix, je le sais. En revanche... (Éleusie de Beaufort prit une profonde inspiration avant de déclarer d'une voix tranchante :) le calvaire de celle qui a usurpé la volonté de Dieu sera sans fin. Sa punition en ce monde sera terrible et celle que lui infligera ensuite le Tout-Puissant dépasse nos pires imaginations.

Quelques sœurs se consultèrent du regard, se demandant ce que signifiait cette condamnation. D'autres fixèrent leur mère avec un mélange de stupéfaction et d'alarme. Un remous de murmures, de pieds raclant le sol, d'exclamations étouffées succéda au silence malsain qui s'était imposé.

– De grâce ! tonna Éleusie. De grâce, je n'en ai pas terminé.

Les chuchotements étonnés et inquiets moururent aussitôt.

– Notre douce sœur Adélaïde a été enherbée avec une tisane au miel et à la lavande additionnée d'aconit.

Une exclamation proférée par cinquante gorges à la fois monta vers le plafond de la vaste salle de copie. Éleusie profita de l'agitation et du brouhaha qui s'ensuivit pour scruter

1. Indications de l'aconit que l'on a presque totalement cessé d'utiliser comme médicament (sauf en homéopathie) en raison de son extrême toxicité.

les visages, cherchant celui sur lequel s'inscrirait un signe qui lui indique la coupable. En vain.

– Silence ! cria Éleusie. Faites silence à l'instant ! Certes, je ne vous demanderai pas laquelle prépara cette tisane, je me doute que je n'obtiendrai nulle réponse. (Elle marqua une pause, passant en revue les cinquante regards fixés sur elle, s'attardant sur ceux de Berthe de Marchiennes, de Yolande de Fleury, d'Hedwige du Thilay et surtout sur celui de Thibaude de Gartempe). Cela étant, *vous,* celle qui a perpétré cet impardonnable crime veux-je dire, vous avez commis une erreur. Si j'ignore encore votre nom, je le découvrirai sous peu.

Dans le silence compact qui accueillit cette promesse, une voix chevrotante résonna :

– Je n'y comprends rien. Quelqu'un veut-il m'expliquer ce que dit notre mère ?

Blanche de Blinot s'agitait sur son banc, se tournant vers l'une puis vers l'autre. Une novice se pencha à son oreille pour murmurer une explication.

– Mais... c'est moi qui lui ai porté cette tisane ! (Soudain affolée, la vieille femme geignit :) Elle serait morte d'une tisane de miel et de lavande ? Comment se peut-il ?

Éleusie la regarda comme si un gouffre s'ouvrait à ses pieds.

– Que dites-vous, ma chère Blanche ? Vous auriez porté cette tisane à Adélaïde ?

– Certes. Enfin... Les choses ne se sont pas passées véritablement de la sorte. J'ai trouvé ce gobelet sur mon bureau comme je m'apprêtais à rejoindre vêpres. Je l'ai humé et... je vous avouerais que je n'ai jamais eu une passion pour les tisanes de lavande, que je trouve fort odorantes, concéda-t-elle en baissant la voix comme s'il s'agissait d'un grave manquement. En revanche, j'aime beaucoup la verveine, surtout additionnée de menthe, et...

– Blanche... Au fait, je vous prie, l'interrompit Éleusie.

– Pardon, ma mère... je m'égare... C'est le grand âge... J'ai donc rapporté le gobelet en cuisine, pensant qu'Adélaïde me l'avait préparé. Elle est... était si attentionnée. Elle a trouvé dommage de le jeter et m'a dit qu'elle s'en délecterait.

Éleusie intercepta le regard ébahi de la sœur apothicaire. Qui, hormis elles deux, avait compris ce que signifiait cet échange ? Sans doute pas Blanche, la victime désignée, tout à son désespoir d'avoir tendu la tisane empoisonnée à une sœur qu'elle appréciait tant. On avait voulu tuer Blanche. Mais pour quelle raison ? Pourquoi se débarrasser d'une vieille femme à moitié sourde que les rêves éveillés ne quittaient plus guère ? Éleusie sentit, sans parvenir à l'identifier, un regard haineux peser sur elle. Au prix d'un gigantesque effort, elle se reprit :

– Voici donc l'élément qui me manquait pour avancer dans mes soupçons. Car, de fait, l'hypothèse que j'ai construite pour élucider l'identité de l'assassine butait sur celle de la victime. La mort d'Adélaïde, pour effroyable qu'elle fut, était fortuite. Le voile se déchire. J'en ai fini, mes filles. Je vais de ce pas écrire à monsieur Monge de Brineux, grand bailli de notre seigneur d'Authon, afin de lui faire part de ce meurtre et des deux noms qui s'imposent à moi. Je requerrai la mort précédée d'une flagellation publique pour la coupable. Que la volonté de Dieu soit faite.

L'autorité dont elle avait fait preuve, cette fausse bravade l'avait abandonnée dès qu'elle avait eu repoussé la porte de ses appartements derrière elle. Éleusie s'était laissée tomber sur le rebord de son lit, incapable d'un mouvement, incapable même de réfléchir. Elle attendait. Elle attendait la main qui lui tendrait le poison, elle attendait de lire sur un visage toute la haine, ou toute la peur du monde. Un son dans le bureau voisin, le gémissement incertain de la laine d'une robe. La mort venait à elle en robe blanche. Sur le cœur de la mort pendait un grand crucifix de bois.

Annelette s'encadra dans l'embrasure de la porte de sa chambre. Elle était décomposée. Elle hoqueta :

– Vous...

– Quoi, moi ? murmura Éleusie d'une voix que l'épuisement rendait difficile.

La rage secoua la grande femme, qui rugit :

– Qu'avez-vous affirmé ! Vous n'êtes pas plus avancée que moi dans l'élucidation de cette horreur. Pourquoi avoir soutenu le contraire ? Vous êtes folle ! Elle va vous tuer afin de ne pas être démasquée. Vous ne lui avez laissé aucune autre échappatoire.

– Il s'agissait de mon but.

– Je ne peux pas vous protéger. Il existe tant de poisons, si peu d'antidotes.

– Pourquoi a-t-elle tenté d'empoisonner Blanche de Blinot ? La question me harcèle et je n'y trouve nulle réponse. Croyez-vous que Blanche...

– Non, elle n'a pas encore compris qu'elle était visée. Je l'ai raccompagnée dans le chauffoir où elle passe le plus clair de son temps. Elle est tout à son chagrin de la mort d'Adélaïde.

– Et les autres ?

– Les plus intelligentes, et elles sont rares, soupçonnent la vérité.

– Mais qui ?

– Mais pourquoi ? rectifia Annelette. Nous sommes toutes menacées tant que nous n'aurons pas démêlé cette mortelle charade. Il faut cesser de prendre le problème à l'envers. J'admets m'y être embourbée moi-même en passant en revue chaque sœur. Il s'agissait d'une erreur de raisonnement. Trouver pourquoi, c'est trouver qui.

– Pensez-vous y parvenir ? demanda Éleusie que la présence de la grande femme rébarbative réconfortait pour la première fois.

– Je vais m'y employer. Vos repas ne seront plus servis à part. Vous les prélèverez vous-même des marmites où mitonne la pitance collective. Vous ne boirez rien, n'avalerez rien qui vous soit porté ou offert. Quelle idée insensée avez-vous donc eue là ! Si la meurtrière ajoute foi à vos déclarations de tout à l'heure, si elle redoute d'avoir été découverte, elle...

Un calme étrange remplaça l'extrême fatigue d'Éleusie. Elle déclara d'un ton sans appel :

– Je lui ai coupé toute voie de retrait. Elle est donc contrainte d'avancer.

– En vous tuant ?

– Dieu est mon juge. Je suis prête et je ne crains pas de Le rencontrer.

– Je vous trouve bien généreuse de votre vie, lâcha Annelette d'un ton méprisant. La belle affaire que la mort... elle nous est attribuée à tous, au point que je me demande pourquoi nous la craignons tant. La vie est tellement plus hasardeuse et ardue. Y renonceriez-vous par confort ou poltronnerie ? Vous me décevez, ma mère.

– Je ne vous permets pas...

Annelette la coupa sèchement :

– Je me passe de votre permission ! Vous avez fait vœu, en acceptant votre charge, de veiller sur vos filles. L'auriez-vous oublié ? Il n'est point temps de renoncer. Qu'espériez-vous ? Que vos années aux Clairets s'écouleraient à la manière d'une paisible promenade champêtre ? Elles l'auraient pu, mais tel n'est pas le cas. Nous serons toutes menacées tant que nous ne comprendrons pas le but que poursuit ce monstre.

– Je croyais que la mort vous était affaire commune ?

– Certes. Cela étant, j'ai la faiblesse d'attacher grand prix à ma vie, et, surtout, je n'entends pas en faire cadeau à la première assassine venue.

Éleusie s'apprêtait à rétorquer vertement lorsqu'une ombre dans le regard clair de l'apothicaire l'en dissuada. Annelette poursuivit en baissant la voix :

– Je m'étonne, madame. Auriez-vous déjà oublié tous ceux qui nous ont précédées ? Auriez-vous oublié que notre quête nous dépasse et que notre vie, pas plus que notre mort, ne nous appartient plus ? Céderiez-vous si aisément quand Claire a préféré mourir sur les marches d'Acre plutôt que de faillir ?

– De quoi parlez-vous ? souffla Éleusie que cette déclaration assommait. Qui êtes-vous ?

– Annelette Beaupré, votre fille apothicaire.

– Que savez-vous de cette quête ?

– J'en suis un maillon, madame, au même titre que vous. Cependant, je suis un maillon qui ne lâchera jamais.

– De quoi parlez-vous ? Un maillon de quoi ?

– D'une chaîne millénaire et sans fin. Pensiez-vous véritablement que Francesco, Benoît et vous-même étiez isolés dans votre recherche ?

L'incompréhension tétanisait Éleusie de Beaufort.

– Je...

– Benoît en connaissait chaque anneau, chaque rivet, du moins je le pense.

– Qui êtes-vous ? répéta l'abbesse.

– Je veille sur vous. J'ignore les motifs de ma mission et ne m'interroge pas à ce sujet. Il me suffit de savoir que ma vie n'aura pas été vaine, qu'elle sera un grain qui rejoindra les autres, que sur ces grains se bâtira le sanctuaire le plus pur et le plus accueillant.

Un silence s'abattit après cette confession. Une révélation chassa l'incompréhension de l'abbesse et la vérité la heurta de plein fouet. Ainsi, d'autres que Francesco, Benoît et elle œuvraient dans l'ombre et la crainte d'être découverts. Cette chaîne qu'évoquait Annelette était en réalité une entreprise dont Éleusie n'avait jamais soupçonné l'étendue. Elle s'étonna de s'être aveuglée au point de ne l'avoir jamais pressenti et se demanda fugacement si son neveu avait été plus perspicace qu'elle. Sans doute pas, car alors Francesco n'aurait pas abandonné sa tante tant chérie dans l'ignorance. S'expliquaient ainsi les innombrables improbabilités qui avaient mené la vie d'Éleusie de Beaufort toutes ces années. Les découvertes parfois inexplicables de Francesco, l'aide du pape Benoît, et jusqu'à sa propre nomination aux Clairets. Éleusie ne l'avait pas revendiquée, pourtant, c'était là que se trouvait la bibliothèque secrète. C'était là que, non loin de l'abbaye, s'élevait le manoir de Souarcy.

Agnès.

– Annelette… Parlez-moi de cette… chaîne.

La grande femme soupira avant d'avouer :

– Je n'en sais guère davantage, ma mère. J'ai cru à un moment que notre doux pape Benoît XI présidait à son organisation. Il n'en était rien. Au demeurant, je ne suis même pas certaine que l'image de chaîne convienne.

– Mais enfin, s'emporta Éleusie, qui vous a demandé de veiller sur moi ?

– Benoît, bien sûr.

– Notre pape, Nicolas Boccasini ?

– Oui.

– Comment cela ? Vous connaissait-il ?

– Je faisais partie de son entourage lorsqu'il était évêque d'Ostie.

– Mais enfin, il ignorait tout de moi... je n'étais qu'une infime intermédiaire.

– Peut-être.

L'énervement cédait progressivement place à la panique. Éleusie avait de plus en plus la sensation qu'une gigantesque toile d'araignée les recouvrait tous sans qu'ils en aient conscience. Elle bafouilla :

– Ne sommes-nous que des pions sur un échiquier dont nous n'aurions nulle connaissance ?

– Quelle importance, puisque l'échiquier en question est magnifique ? Là n'est pas la question. Je suis convaincue que celle qui sème la mort en notre abbaye est également à l'origine du décès de cet émissaire du pape retrouvé dans la forêt, décrit comme carbonisé sans que l'on détecte aucun vestige de feu alentour... l'ergot de seigle. (Annelette parut réfléchir quelques instants avant d'ajouter :) Aviez-vous nourri ce messager, celui qui se présenta devant vous ?

L'abbesse comprit aussitôt où son apothicaire voulait en venir et sa gorge se dessécha d'appréhension à la perspective qu'elle avait peut-être été l'inconsciente ouvrière de l'empoisonneuse. Elle s'exclama :

– Mon Dieu... croyez-vous que ce pain que je lui ai tendu... L'ergot se trouve-t-il aussi dans l'avoine, l'orge et l'épeautre dont nous faisons notre pitance commune ?

– Il contamine d'autres graminées, de façon bien moins fréquente toutefois, d'autant que la farine qu'Adélaïde a retrouvée dans l'herbarium était indiscutablement du seigle. Reste à savoir qui a offert une miche fatale à cet homme.

Éleusie s'en voulut de son égoïste soulagement.

– De là à penser que ce monstre est également coupable de la mort des messagers qui avaient précédé ou suivi cet émissaire que vous aviez reçu, il n'y a qu'un pas, reprit Annelette.

Éleusie la dévisageait sans mot dire. L'évidence s'imposait à elle aussi, et elle s'en voulait de l'avoir refusée jusque-là. Une peine fulgurante lui fit venir les larmes aux yeux. Clémence, Claire, Philippine... Vous qui m'avez portée toutes ces années seriez si dépitées de ma couardise.

– Pensez-vous qu'il existe également un lien avec l'arrestation de madame Agnès et la venue en nos murs de cet inquisiteur ? s'entendit-elle demander d'une voix sourde qu'elle reconnut à peine.

– Je n'en serais pas étonnée, ma mère. Cependant, il me manque des éléments pour en juger. Qui est au juste madame de Souarcy ? Pourquoi semble-t-elle avoir tant d'importance à vos yeux ? Le secret auquel nous sommes tous contraints pour notre propre protection engendre des effets délétères. Ma mission consiste à vous protéger. Pourtant, j'ignore tout de la vôtre. La mort de Benoît nous oblige, je pense, à redistribuer les cartes.

Éleusie hésita :

– Que savez-vous de... Que vous a révélé Benoît de...

Un sourire sans joie étira les lèvres de l'apothicaire. Elle déclara :

– Ah, l'approche est si complexe, n'est-ce pas ? Vous ignorez ce que je sais, quant à moi, je n'ai nulle idée de l'étendue des révélations qui vous furent communiquées. Nous nous observons, peu désireuses de rompre notre vœu de secret absolu. Je suis comme vous, madame : je tergiverse depuis un moment. J'oscille entre la certitude que le danger auquel nous sommes confrontées, et dont nous ne percevons qu'une part infime, doit nous conduire à la confiance mutuelle, et la peur de commettre une catastrophique erreur de jugement en vous accordant la mienne sans réserve.

Annelette venait de résumer l'état d'esprit dans lequel se trouvait Éleusie de Beaufort.

– Il va donc nous falloir faire preuve de courage, ma fille, et il en est besoin pour accorder sa confiance. Que vous avait révélé Benoît au sujet de cette quête ?

Le regard de la sœur apothicaire s'évada vers la fenêtre :

– Peu de choses en vérité. Benoît craignait qu'une connaissance trop complète ne mette en péril les frères et sœurs qui l'avaient rejoint. Sans doute avait-il raison. Sa mort en est une douloureuse preuve. Il m'a livré des éléments partiels, si entremêlés que je ne suis pas convaincue d'en avoir tout saisi. Je ne puis que vous les restituer dans le désordre puisque c'est ainsi qu'ils me furent progressivement offerts. Il a évoqué un affrontement millénaire entre deux forces. Cette guerre sourde mais sanglante s'achemine vers son point culminant depuis qu'a été retrouvé un thème astral – ou plutôt deux – que nous détenons. Une conjonction planétaire concernant une femme, dont la localisation doit être rendue possible grâce à une éclipse lunaire. Jusque-là, la détermination des dates de naissance contenues dans ces thèmes a buté sur les aberrations du calcul astrologique. Cette femme doit être protégée, de nos vies s'il le faut. Vous êtes un élément crucial de cette protection, et je suis votre gardienne. Voilà tout ce que je sais. (Annelette abandonna la contemplation des jardins et détailla Éleusie avant de conclure :) Que n'y ai-je pensé plus tôt ? Agnès de Souarcy est cette femme, n'est-ce pas ?

– Nous le pensons... sans absolue certitude. Toutes les recherches, tous les calculs de Francesco pointent dans sa direction.

– Pourquoi est-elle si précieuse ?

– Nous l'ignorons, en dépit de nos multiples spéculations. Madame de Souarcy n'a nul lien avec la Terre sainte...

Elle n'appartient donc pas à la généalogie sacrée, contrairement à ce que nous avions d'abord pensé. Rejoignez-moi et asseyez-vous, Annelette.

La grande femme abandonna l'embrasure de la porte et avança de quelques pas. Il sembla à l'abbesse que sa démarche était plus pesante qu'à l'accoutumée. Elle s'enquit :

– Auriez-vous peur ?

– Bien sûr, ma mère. Cependant, la grandeur de l'être humain n'est-elle pas de lutter contre la peur animale et d'avancer, quand même elle lui soufflerait de se tapir dans un refuge et de n'en plus sortir ?

Un sourire attristé naquit sur les lèvres d'Éleusie :

– Vous venez de résumer ma vie. J'ai toujours eu peur. J'ai lutté avec plus ou moins d'éclat. Je compte bien plus de défaites que de victoires. Il me vient de plus en plus souvent le regret que la mort ne m'ait pas choisie en place de l'une de mes sœurs de sang. Elles eussent été tellement plus assurées, tellement plus fortes que moi.

Annelette s'assit sur le rebord du lit, à ses côtés, avant de murmurer :

– Qu'en savez-vous ? Qui sait où nous pousse l'échiquier que vous avez évoqué ? Qui sait à quelles fins ?

La sœur apothicaire laissa échapper un soupir. Un bref silence s'installa entre les deux femmes, que rompit Éleusie :

– J'ai la sensation qu'un dense brouillard m'environne. Je ne sais que tenter, dans quelle direction progresser.

Annelette redressa le dos et déclara d'une voix redevenue péremptoire :

– Nous ne sommes plus isolées, maintenant. Nous sommes deux et je n'ai nulle intention d'attendre que cette vipère malfaisante frappe à nouveau en toute impunité. Que nenni ! Elle va me trouver sur son chemin et je... nous ne ferons pas de quartier !

Un peu de l'assurance, de la rage même, que l'abbesse perçut dans le débit de sa fille se communiqua à elle. Elle se redressa à son tour et demanda :

– Que pouvons-nous faire ?

– D'abord redoubler de vigilance afin de garantir notre propre sécurité. Je vous l'ai dit, ma mère : notre vie ne nous appartient plus, nous ne pouvons en disposer à notre guise, et surtout pas en faire don à une meurtrière. Ensuite, nous allons enquêter. Benoît est mort. Nous sommes donc livrées à nous-mêmes. Aucune aide providentielle ne se portera à notre secours. La criminelle est rusée. Je crois qu'elle se fournit en prélevant de mes remèdes dans l'armoire de l'herbarium, preuve qu'elle possède de solides connaissances dans la science des poisons. Je vais donc vider le contenu de certains sacs et fioles. Il nous faudra trouver un endroit sûr pour les remiser...

Éleusie songea aussitôt à la bibliothèque. Toutefois, elle garderait l'existence de ce lieu secrète, même vis-à-vis d'Annelette.

– Ensuite, je réserve un petit tour de ma façon à ce serpent.

– Quel tour ?

– Je préfère vous en conserver la surprise, ma mère.

L'évidente défiance d'Annelette rassura Éleusie. La sœur apothicaire ne se laisserait abuser par personne. Aussi n'insista-t-elle pas pour connaître son plan et se contenta-t-elle de hocher la tête.

– Enfin, poursuivit sa fille, le plus important demeure Blanche de Blinot. Pourquoi a-t-on voulu tuer cette vieille femme sénile, à moitié sourde, et qui oublie d'un instant sur l'autre ce qu'elle a fait ou dit ?

Le portrait était peu généreux, mais Éleusie était au-delà des petites réprimandes qui avaient occupé sa vie d'avant.

– Blanche est notre doyenne, reprit la sœur apothicaire. Elle vous seconde et fait office de grande prieure dans ses moments de lucidité, lesquels se raréfient de plus en plus.

Annelette se leva d'un bond. Une idée venait de lui traverser l'esprit. Elle pointa un doigt accusateur vers l'abbesse en criant presque :

– Et elle est également gardienne du sceau !

– Mon sceau ? s'affola Éleusie en se levant à son tour. Pensez-vous que quelqu'une l'aurait emprunté ? Une brise-scellé[1] ? On peut tout faire avec mon sceau... envoyer des missives secrètes à Rome, au roi, valider des actes, et même des condamnations à mort... que sais-je...

– Lorsque Blanche ne l'utilise pas pour authentifier les actes mineurs qu'elle signe en votre nom afin d'alléger votre tâche, où est-il remisé ?

– Dans mon coffre, en compagnie des écritures confidentielles.

Au moment même où elle prononça cette phrase, la lumière se fit dans son esprit. Sans doute Annelette ne perçut-elle pas son trouble puisqu'elle insista :

– S'y trouve-t-il toujours ?

– Non... Enfin, oui, j'en suis certaine, affirma l'abbesse en plaquant la main sur sa poitrine, rassurée par le contact de l'épaisse chaîne à laquelle pendait la clef qui ne la quittait jamais.

L'altération soudaine de sa voix alerta Annelette, qui la considéra, attendant la suite.

– Il existe toujours trois clefs aux coffres des abbayes afin de garantir leur sécurité. Le mécanisme de la porte ne fonctionne que lorsqu'elles sont tournées en conjonction. La coutume veut que l'une demeure avec l'abbesse, que la

1. Malfaiteur qui rompt des scellés afin de modifier un acte.

deuxième soit confiée à la gardienne du sceau et la dernière à la grande prieure.

– Blanche en garderait-elle deux, étant à la fois gardienne du sceau et grande prieure ?

– Non. L'affaiblissement des facultés de notre doyenne m'a encouragé à récupérer l'une d'entre elles afin de la confier à la sœur cellérière, qui dépend directement de moi et que sa position hiérarchique désignait.

– Cette fielleuse de Berthe de Marchiennes, entre les mains de qui je ne remettrais pas ma vie !

– Comme vous y allez, ma fille, tenta de la gronder Éleusie.

– Eh quoi ? Ne sommes-nous pas au-delà des amabilités de convenance ? Je me méfie de cette femme.

– Moi aussi, admit l'abbesse. Cependant, ce n'est pas la seule.

Après une seconde d'hésitation, Éleusie lui conta l'étrange scène qu'elle avait surprise quelques semaines auparavant : l'échange entre Emma de Pathus, la maîtresse des enfants, et ce Nicolas Florin qu'elle avait été contrainte d'héberger en l'abbaye.

– Emma de Pathus s'entretenait avec l'inquisiteur dont nous avons supporté la présence ? répéta Annelette Beaupré, sidérée. Cet homme est maléfique. C'est l'un de nos ennemis. Qu'avaient-ils à se confier ? D'où le connaissait-elle ?

– Je l'ignore.

– Il nous faut donc garder l'œil sur elle. Surtout, il nous faut au plus vite vérifier que l'on n'a pas dérobé la clef de notre doyenne.

– On ne pourrait ouvrir le coffre sans l'aide de la mienne.

La crispation du visage de sa fille lui fit entrevoir les mots qu'elle retenait. Éleusie les prononça à sa place :

– En effet... Si Berthe de Marchiennes... enfin, si la meurtrière s'est déjà approprié deux des clefs, je reste la dernière à lui faire obstacle, résuma-t-elle. Allons nous en enquérir auprès de Blanche... Mon Dieu, pauvre Blanche... Quelle proie facile.

Elles trouvèrent la vieille femme dans le chauffoir, ainsi qu'elles s'y attendaient. Blanche de Blinot apaisait ses douleurs de membres dans l'unique pièce chauffée en cette période de l'année. Elle s'était fait installer un petit coin, juste un pupitre qui lui permettait de lire les Évangiles assise, sans grimacer d'inconfort. La doyenne leva des yeux rougis de chagrin vers elles en balbutiant :

– Je n'aurais jamais cru devoir affronter une telle épouvante, ma mère. Cette pauvre petite Adélaïde, une enherbeuse entre nos murs, parmi nous. Est-ce la fin du monde ?

– Non, chère Blanche, tenta de la rassurer Éleusie.

– On croit que mon esprit m'abandonne de plus en plus fréquemment, et c'est sans doute justifié. Pourtant, il s'attarde parfois en moi. La tisane m'était destinée, n'est-il pas vrai ?

L'abbesse n'hésita qu'une seconde avant d'approuver :

– Si fait, chère Blanche.

– Mais pourquoi ? Qu'ai-je commis pour que l'on souhaite ma mort, moi qui n'ai jamais blessé, ni même offensé la plus petite âme ?

– Nous le savons, ma sœur. Annelette et moi avons examiné chaque détail de cette monstruosité. Une conclusion s'est peu à peu imposée à nous. Vous n'étiez pas visée en tant que personne. Avez-vous toujours la clef que je vous avais remise ? Celle du coffre.

– La clef ? S'agit-il donc de la clef ?

– C'est notre supposition.

Blanche se redressa sur son pupitre en réprimant une grimace de douleur.

– Pour qui me prend-on ! s'exclama-t-elle d'une voix qui retrouvait la fermeté que lui avait jadis connue Éleusie. Mon esprit vague peut-être parfois, mais je ne suis pas sénile, contrairement à ce qu'affirment certaines. (Elle destina un regard noir à Annelette.) Bien sûr que je l'ai, et je la sens à chaque instant.

Elle tira une jambe de sous le pupitre et tendit son gros soulier lacé de cuir à la sœur apothicaire.

– Allons, vous êtes encore jeune, Annelette. Ôtez-moi cette chaussure et roulez mon bas.

L'autre s'exécuta. Elle découvrit la petite clef plaquée sous la plante du pied de Blanche. Le métal avait laissé sa marque dans la chair pâle.

– Elle doit vous occasionner une gêne supplémentaire, commenta Annelette.

Décidée à marquer un point, Blanche asséna :

– Certes, mais ainsi je la sens en permanence et suis certaine de ne pas l'égarer. Que croyez-vous ? Que vous êtes la seule douée de bon sens dans cette abbaye ?

L'apothicaire réprima un sourire, malvenu en ces heures de danger, et avoua :

– Si je l'avais cru, vous me prouveriez à l'instant que j'ai été bien sotte.

Blanche ponctua la sortie de sa sœur d'un petit hochement de tête satisfait avant de déclarer :

– Cette honnêteté vous honore. (Une soudaine tristesse noya l'éphémère contentement de la vieille femme.) Cependant, vous avez raison sur un point. Je suis si âgée et prompte aux endormissements. Non, non, je ne vous tiens pas rigueur des commentaires que vous avez pu faire sur mon état de vieillerie. (Se tournant vers l'abbesse, la doyenne acheva :) Ma mère, vous connaissez l'amitié, l'estime et la tendresse que j'éprouve pour vous. Je vous le demande comme un bienfait : déchargez-moi de ce poids, de cette clef. Si j'ai trouvé cette inconfortable cachette, c'est qu'il m'a semblé parfois, au cours de mes repos trop fréquents, que l'on frôlait ma gorge ou ma ceinture. Peut-être ne s'agissait-il que de l'une de ces sensations comme il en survient au cours des rêves. Toutefois, je l'ai prise assez au sérieux pour opter pour... mon soulier.

– Et vous avez fort bien fait, Blanche, la complimenta Éleusie. Confions donc cette clef à notre apothicaire. Nous annoncerons publiquement que vous en êtes déchargée à votre demande, sans préciser l'identité de sa nouvelle gardienne. Ainsi...

– Ainsi on ne me tuera pas pour la subtiliser, acheva la vieille dame à sa place.

– Votre idée était si judicieuse, ma sœur, que je vais la mettre à profit. Quel meilleur endroit qu'une chaussure, mentit Annelette.

Elle avait pensé à une autre cachette. Elle s'en voulut de sa duplicité vis-à-vis de cette pauvre Blanche, mais elle persistait à penser que le grand âge affaiblissait les facultés de la sœur doyenne, et redoutait que celle-ci se laisse aller à de dangereux bavardages. Nul, hormis l'abbesse et elle-même, ne connaîtrait l'endroit où elle comptait dissimuler l'objet.

Elles quittèrent peu après Blanche de Blinot, certaines que son sommeil serait plus léger.

Une fois de retour dans le bureau de l'abbesse, celle-ci déclara :

– J'ai besoin de votre clef pour quelques minutes. Je vais également récupérer celle de notre cellérière afin de m'assurer que mon sceau se trouve toujours dans le coffre. Je vous reverrai ensuite, Annelette.

Celle-ci comprit le congé et ne s'en offusqua pas. Le coffre contenait sans doute des documents qui ne la concernaient pas. De surcroît, elle devait mettre au point son petit tour, ainsi qu'elle l'avait nommé.

Éleusie de Beaufort retrouva Berthe de Marchiennes, la sœur cellérière, devant la grange à foin. Elle surveillait le comptage des bottes que quatre serfs empilaient en pyramide. Ce fut d'abord le visage de Berthe qui la surprit. Il ne s'y lisait nulle trace de chagrin, ni même d'émotion. Éleusie fit taire l'animosité qu'elle sentait monter en elle. Berthe n'avait jamais été proche d'Adélaïde, ni d'ailleurs d'aucune autre sœur. La cellérière pesta entre ses dents :

– Ce qu'ils sont lents, à la fin ! À ce rythme, nous n'aurons pas terminé avant la nuit.

– Ces bottes sont fort lourdes.

– Ma mère, vous êtes trop bonne. Ils sont paresseux, voilà tout. Ils ne pensent qu'à se remplir la panse à nos frais. Mon père avait fort raison de...

Berthe s'arrêta net. Son père avait battu comme plâtre ses gens, les rendant responsables de ses manques de jugement. Il les avait affamés, laissé crever comme des bêtes et l'abbesse ne l'ignorait pas, pas plus qu'elle n'ignorait que feu monsieur de Marchiennes avait jeté un seul regard sur sa rejetonne nouvelle-née avant de la déclarer fort laide et sans avenir, et de s'en désintéresser tout à fait. Berthe s'accrochait à un rêve qu'elle savait inepte. Elle rêvait toujours d'une vie dont elle avait été privée, une vie dans laquelle elle aurait été belle. Elle y aurait tenu la place à laquelle son nom la prédisposait, n'eut été l'indifférence et la bêtise conquérante de son père, lequel avait achevé de ruiner leur famille.

– Ma chère Berthe, pourriez-vous me confier la clef du coffre qui se trouve en votre garde, je vous prie ?

Il sembla à Éleusie qu'un voile passait sur le visage de la cellérière. Elle s'étonna du soudain manque d'assurance de celle-ci lorsqu'elle hésita :

– Mais, certes... Je... la conserve toujours sur moi. Pourquoi... Enfin, il ne m'appartient pas de m'enquérir des raisons de l'ouverture du coffre mais...

– En effet, coupa Éleusie d'un ton autoritaire. La clef, je vous prie.

L'inquiétude, la colère gagnèrent l'abbesse. Quoi ? Berthe allait-elle prétendre l'avoir perdue ? Les réserves qu'elle avait toujours formulées en son for intérieur au sujet de la cellérière s'avéraient-elles justifiées ? Elle tendit la main.

Le petit visage fripé et aigre de l'autre se rida davantage. Elle déboutonna le premier bouton de sa robe et en tira un long lien de cuir qu'elle passa par-dessus son voile. La clef était suspendue au bout.

– Merci, ma fille. Je vous la rendrai dès que j'en aurai terminé.

Lorsqu'un quart d'heure plus tard, Éleusie fit jouer les trois clefs dans les serrures, elle tremblait tant qu'elle dut s'y reprendre à deux fois. Elle regarda à peine son sceau. En revanche, un râle de soulagement lui échappa lorsqu'elle frôla l'ancien *pergamênê*[1] sur lequel étaient figurés les plans de l'abbaye. L'existence et la localisation de la bibliothèque n'étaient rapportées nulle part ailleurs, et l'abbesse ne doutait plus qu'il s'agissait là du but poursuivi par la meurtrière.

1. Parchemin : peau apprêtée à Pergame. Il restera en usage après la généralisation du papier et sera utilisé pour les titres de noblesse et certains actes officiels jusqu'au XVIe siècle.

Château de Larnay, Perche, novembre 1304

Eudes de Larnay relut pour la cinquième fois la courte convocation, signée de la main du seigneur inquisiteur Nicolas Florin.

Que signifiait ce rebondissement ? Lorsque Florin lui avait conseillé de produire un témoignage écrit de Mathilde de Souarcy, il avait été entendu que la jeune fille n'aurait pas à comparaître devant les juges de sa mère. Ce n'était pas tant que le petit baron souhaitât protéger sa nièce, mais plutôt qu'il redoutait que le tissu de menteries qu'il lui avait fourré dans la tête s'effiloche lors d'un contre-interrogatoire.

Enfin quoi ! Florin avait assez d'éléments pour laisser pourrir Agnès quelques mois dans un cachot et la déposséder de son douaire ! Puisqu'il était devenu de fait le tuteur de Mathilde, son héritage lui appartenait pour un temps. Un temps suffisant pour mener à bien son projet. Cette sotte donzelle[1] n'aurait plus un sou vaillant lorsqu'il en aurait terminé. Quand ses jeunes charmes auraient lassé son oncle, elle rejoindrait de gré ou de force un cloître. Après tout, les filles

1. Fille ou femme de distinction à l'époque.

y sont nourries et vêtues et, du moins, ne les entend-on plus geindre sur leur sort.

Il en usait un peu lestement avec lui, l'inquisiteur. Il y allait même de menaces à peine voilées. Eudes relut à mi-voix :

« ... Vous voudrez mener madame votre nièce en la maison de l'Inquisition d'Alençon au plus vite, et l'y laisserez en notre seule compagnie afin que nous jugions de la profondeur de ses alarmes et de ses griefs vis-à-vis de madame sa mère... »

Nulle prière, nulle formule de courtoisie.

L'agacement rattrapa Eudes. Il allait lui falloir conduire Mathilde jusqu'à Alençon. Sans doute ce voyage nécessiterait-il la préparation d'un chariot puisque la bécasse craignait les chevaux et se cramponnait aux rênes, avachie comme un pantin bourré de son sur le col de sa monture. Agnès, elle, montait en centaure. Même les périlleuses selles de dame ne la freinaient pas. Le destrier le plus rapide, le plus fougueux et le plus difficile fonçait sous la pression de ses mollets comme s'il venait d'enfin trouver son maître. C'était Eudes, nul autre, qui avait appris à l'enfante à se tenir en selle dès qu'elle avait eu cinq ans. Elle hurlait de rire, baissant la tête pour éviter les branches basses, fendant sans hésitation le lit des cours d'eau, sautant par-dessus les taillis, et remportait souvent les courses qui les opposaient.

Soudain, l'ineptie de son plan l'atterra. Quoi ? En dehors de l'argent et du pouvoir qu'il procure, la seule chose qui ait jamais compté à ses yeux était Agnès. Comment en était-il arrivé là ? Qu'avait-il à faire de cette gamine idiote qui se pavanait dans les robes retouchées de sa tante morte en couches, à peine recouverte de terre, sans même s'en scandaliser ? Agnès serait allée vêtue de hardes de mendiante plutôt que d'accepter d'aussi inadmissibles cadeaux. Elle aurait marché tête haute, reine parmi les reines, enveloppée de guenilles, et tous se seraient inclinés sur son passage. Elle aurait dormi lovée contre le sol comme un chien plutôt que de coucher dans un lit conjugal déserté. Mon Dieu, comment en était-il arrivé là ?

Qu'avait-elle tant exécré ? Lui, ou le lien de sang qui les unissait ? Leur sang commun, bien sûr, il ne pouvait en être autrement. Ajouter foi en l'inverse achèverait de le consumer. Que savait-elle de son sang ? Peut-être la mère d'Agnès avait-elle menti pour faire reconnaître son fruit par feu le baron Robert ? D'ailleurs, son père Robert, son grand-père, et maintenant lui, dernier mâle de la lignée directe, avaient semé tant de bâtardes qu'Eudes songeait parfois qu'il couchait avec certaines de ses sœurs, de ses nièces, de ses cousines, de ses tantes, et même de ses filles. Eh quoi ? La belle affaire ? Après tout, ne descendaient-ils pas tous d'Adam et d'Ève ? Adam et Ève n'avaient-ils pas conçu deux fils, l'un tuant l'autre ? Le sang était commun.

Une idée se fraya un chemin dans son esprit alourdi de rage, de jalousie, d'amour bafoué, de désir insoluble. Il avait été mené quand il croyait être le seul artisan de son stratagème. Certes, il avait rêvé des années durant de se venger d'Agnès, de lui faire payer son mariage avec Hugues de Souarcy dans les larmes, et de récupérer son douaire. Pas au point toutefois de la livrer aux griffes de l'Inquisition. Il fouilla sa mémoire.

Parce qu'il ne pouvait admettre qu'il n'était qu'une brute guidée par ses passions, épaissie par son peu d'intelligence, Eudes découvrit le seul coupable qu'il était capable de reconnaître : Mabile.

Il grimpa quatre à quatre jusqu'à l'étage des serviteurs où, depuis son retour au château, sa maîtresse et complice tenait petite cour au milieu des autres serviteurs. Elle avait habilement insinué que sa fonction auprès du maître dépassait le seul service de cuisine pour s'élargir au service de lit. Il n'en avait pas fallu davantage pour qu'elle soit considérée avec plus d'égards, puisque chacun ignorait l'étendue réelle de ses pouvoirs.

Eudes la découvrit vautrée sur son lit, léchant un index qu'elle trempait dans une jatte de miel. Elle salua son entrée d'un sourire coquin et écarta les jambes sous sa robe. En d'autres temps, en d'autres lieux, cette invite aurait provoqué son effet sur l'instant. Pas aujourd'hui. Il la souleva par le col de son vêtement et une gifle violente s'abattit sur la joue de la fille qui couina :

– Mais que... ?

– Tu m'as menti ! Tu me mens depuis le début, éructa-t-il.

Manquant de perspicacité, Mabile rétorqua d'un ton peste :

– Eh bien, mais c'est échange de menteries, en ce cas.

Une autre gifle, assénée poing fermé, l'envoya rouler au sol.

La servante comprit que la fureur de son maître n'était pas feinte et qu'il était capable de la rouer de coups. Se redressant à quatre pattes, elle gémit :

– Monseigneur... que vous arrive-t-il ?

– La vérité. Je veux la vérité aussitôt. Si tu me mens à nouveau, je te tue.

La rage gomma la peur de la fille. Cette gueuse d'Agnès, elle en aurait juré. Elle se laissa tomber sur son séant et siffla :

– Quoi ? Serions-nous pris de remords tardifs ? Il est trop tard, monseigneur.

Eudes s'avança vers elle. Son pied partit et percuta la poitrine de la femme assise par terre, lui arrachant un cri de douleur. Elle se plia, suffoquant, cherchant son souffle. Un rire mauvais la secoua pourtant. Elle hoqueta :

– La belle ne doit plus jouer les faraudes, maintenant. Et si vous me permettez cet avertissement, ne vous dédisez pas dans le but de la sauver. Le sort que l'on réserve aux faux témoins et aux parjures n'est guère enviable. Cela vaut aussi pour cette pucelle prétentieuse que vous traitez en maîtresse des lieux. Il est trop tard, vous dis-je ! Elle va crever comme elle mérite, la rouée de Souarcy.

– Qui t'a conseillée ?

– Ma foi, j'ai trouvé la suggestion de cette silhouette autoritaire fort appétissante. Un vrai spectre à donner la chair de poule... Avisé, toutefois. Il m'a fait miroiter des punitions, des sévices que je n'aurais jamais espéré voir infliger à la belle Agnès, puis m'a confié le nom du seigneur inquisiteur duquel vous deviez vous rapprocher.

Et Eudes comprit que la haine de Mabile ne connaîtrait nulle autre trêve que la mort de sa rivale. Il comprit qu'il avait été manipulé, et qu'il était tombé à pieds joints dans un piège qu'il avait cru, à tort, concevoir.

– Pourquoi... Pourquoi la détestes-tu tant ?

– Pourquoi ? souffla-t-elle, venimeuse. Pourquoi ? Parce qu'elle a obtenu sans le demander tout ce que je suppliais que l'on m'accorde. Parce qu'elle a condescendu, dans sa grande générosité, à accepter du bout des lèvres ce que je désespérais d'obtenir. J'étais prête à tuer pour cela. Parce que vous me baisez en suppliant que je lui ressemble. Cela vous suffit-il ? (Un rire mauvais lui échappa et elle termina :) Je ne manque pas de ressources... Ainsi ce joli petit mouchoir de batiste que je lui ai subtilisé afin de l'abandonner à quelques toises du cadavre qu'avaient découvert les hommes du bailli. Les imbéciles... Ils n'ont même pas compris que si le mouchoir avait échappé à leur première fouille des lieux, c'est qu'il avait été accroché à une branche basse, bien après le meurtre. Si la bâtarde réchappe de l'Inquisition, et j'en doute, ce sera pour mieux finir sous la haute justice séculière.

Il sembla à Eudes qu'un gouffre venait de s'ouvrir sous ses pas. Il demanda d'une voix blanche :

– Elle n'a jamais couché avec son chapelain, n'est-ce pas ?

– Non. Qu'importe. Il suffit qu'on le croie, je serai heureuse. Quant à l'hérésie de la mère de cette peste de Clément, sans doute est-elle plus probable, mais je m'en contrefiche également.

Un vide glacial s'installa dans le cerveau d'Eudes. Il déclara d'un ton plat :

– Tu as une demi-heure pour quitter le château, sans emporter davantage qu'une journée de vivres. Tu seras fouillée avant ton départ. Si tu t'avisais de revenir ou d'étaler nos abjects secrets, ta mort serait lente.

Il quitta sa chambre sur ces mots. Mabile resta là, quelques minutes, hésitant entre la crise de sanglots et la fureur. Cette dernière l'emporta parce qu'elle savait depuis fort longtemps que les larmes ne protégeaient pas.

Elle se releva et cracha entre ses dents :

– Tu me le paieras, et au centuple, mon maître !

Heureusement, son petit pécule amassé depuis des années était en garde aux Clairets. Avec cela, ajouté aux informations concernant Eudes qu'elle comptait grassement monnayer, elle repartirait d'un bon pied ailleurs. Elle se félicita de sa prudence et se prépara, entassant les couches de vêtements sur son dos.

– Tu me le paieras, je le jure sur mon âme.

Eudes gisait, le front contre la table de la salle commune, trempant dans une mare d'un rouge trop léger pour alarmer le sieur Manusser, ancien mire de madame Apolline. Le cruchon vide devant lui témoignait que l'assoupissement du maître ne devait pas qu'à la fatigue. Il lui secoua l'épaule et se recula vivement. Eudes grogna dans son inconscience de soudard, puis se redressa, les yeux mi-clos.

– Quoi ? rugit-il.

– Mabile est partie, monseigneur, prenant la direction du nord. Il y a une heure. Vous m'aviez ordonné de vous en avertir.

– La nuit tombe-t-elle ?

– Certes.

– A-t-on fouillé cette vaurienne avant son départ ?

– Il en a été fait selon vos ordres. Barbe a vérifié jusqu'à ses intimités. Mabile n'a pu dérober nulle valeur ni emporter de document, quel qu'il soit. Nous lui avons accordé une lampe à huile ainsi que vous le souhaitiez, et des vivres pour le jour à suivre.

– Bien. Mon cheval est-il sellé ?

– À vos ordres, monseigneur.

Eudes se leva, bronchant[1] un peu, et ordonna :

– Que l'on m'apporte à l'instant un baquet d'eau froide afin que je m'éclaircisse les idées. Je dois... m'en aller visiter ma mine.

Peu convaincu mais encore moins désireux de provoquer la colère de son maître, le mire s'inclina et disparut.

Le poing d'Eudes s'abattit sur la table.

– Vilaine putain, tes gredineries sont terminées ! Recommande ton âme à Dieu. Du moins s'Il n'est pas dégoûté de l'accepter, car elle doit être bien crasseuse.

Il lui avait octroyé une heure d'avance afin qu'elle s'éloi-

1. Trébucher.

gnât assez du château de Larnay. Quant à la lampe à huile, sa lueur lui permettrait de la repérer.

Eudes fonça à travers bois. Le ciel nocturne était dégagé, l'air vif et grisant. Joli début de nuit pour une exécution. Mabile devenait trop dangereuse. Cela étant, il suivrait son conseil. Il ne pouvait pas revenir sur ses déclarations, et encore moins sur celles qu'il avait mises dans la bouche de son écervelée de nièce. Il repéra bien vite la silhouette. Elle suivait le chemin, rasant l'orée du bois telle une ribleuse[1], prête à se fondre dans les broussailles à la moindre alerte. Elle se tourna d'un bloc vers la cavalcade et Eudes la rassura d'un large geste de bras. Il ralentit l'allure de sa monture et s'arrêta à quelques pas d'elle.

– Je me suis laissé emporter, lança-t-il d'un ton bourru.

Mabile leva sa lampe pour déchiffrer le visage de son maître. Ce qu'elle y lut la rassura, et un sourire vainqueur étira ses lèvres.

– Nous rentrons, ordonna Eudes.

Il descendit de selle et s'approcha d'elle. Elle se tortilla, jouant la coquette, et se laissa aller contre son torse. Deux mains s'abattirent sur sa gorge. Elle pantela, tentant de lutter, décochant de malhabiles coups de pieds, visant les yeux de son agresseur de ses ongles. Il serra autant qu'il le put, râlant sous l'effort. Il lui sembla que quelque chose cédait dans la gorge de la fille. Mabile rua une dernière fois. Enfin, elle s'amollit. Il relâcha son étreinte et le corps sans vie s'effondra à ses pieds comme un lourd ballot de chiffons.

Il la tira dans les fourrés. Après un regard dépourvu d'affliction ou de remords, il l'abandonna à quelques toises

1. Qui se faufile à la nuit comme un voyou.

du chemin, prenant soin de remonter ses jupes sur sa poitrine. Si on la retrouvait avant qu'elle ne soit déchiquetée par les bêtes, on conclurait à la hâte qu'elle avait été violentée et étranglée par quelque vagabond. Sa mise de manante n'encouragerait nulle diligente enquête.

Eudes remonta en selle, soulagé. Après tout, qu'était cette gueuse ? Une servante doublée d'une catin un peu plus rusée que les autres, voilà tout. D'autant qu'elle avait eu l'outrecuidance et surtout l'imprudence de lui mentir au sujet du chapelain. Il aurait dû s'en débarrasser plus tôt. Il avait fait preuve de trop de mansuétude à son égard. Toutes les mêmes, ces ribaudes. On leur donne un doigt et elles vous gobent le bras tout entier !

Abbaye de femmes des Clairets,
Perche, novembre 1304

Le soir tombait. Un vent piquant s'était levé qui malmenait les volets de bois fermant la porte de l'herbarium. Annelette examinait, songeuse, le contenu de sa haute armoire d'apothicaire. Elle aimait ces heures de calme solitude, la sensation de régner grâce à son intelligence sur un monde qui, bien que limité par les murs épais de la petite maison, était le sien.

La peur l'avait lâchée, l'inquiétude pour la survie de l'abbesse aussi. Il n'était plus temps de se satisfaire de réagir à la menace. Le temps d'agir était venu. Elle était confrontée à une adversaire retorse, perspicace et sournoise, bref une adversaire à sa mesure. Ce qui avait d'abord été pour elle une mission – protéger l'abbesse – devenait une sorte de bataille personnelle, un pari vis-à-vis d'elle-même. Serait-elle la plus forte, la plus rusée ? Son opposante lui donnait, sans l'avoir souhaité, l'occasion unique d'éprouver ses capacités, de vérifier l'étendue de sa supériorité. Annelette avait voulu s'en convaincre toutes ces années, mais la preuve objective lui avait toujours fait défaut. Au fond, elle était convaincue de se retrouver face à un être dont le cerveau fonctionnait à la manière du sien, à l'énorme différence près que l'autre avait basculé vers le mal. La sœur apothicaire s'était pliée, sans grandes difficultés, aux règles du *monasterium*, de cette communauté de femmes dont elle méprisait la plupart – comme elle l'eut fait d'hommes. Il s'agissait à ses yeux d'un moindre mal. Pourtant, l'idée de devoir combattre un autre raisonnement la grisait. Elle laisserait les suppliques et les prières aux autres, et userait de l'intelligence que Dieu lui avait offerte. Il s'agissait, selon elle, de la plus éclatante gratitude, de la plus totale allégeance qu'elle puisse Lui manifester.

Annelette soupira de contentement : la joute commençait et elle serait impitoyable. Elle opposerait toute sa science, tout son esprit, tout son dédain pour la superstition à la malfaisance habile de son adversaire. Un frisson d'euphorie la parcourut : quand s'était-elle sentie aussi libre, aussi puissante ? Sans doute jamais.

Elle entreprit de descendre tous les sacs de plantes séchées et pilées, toutes les fioles et jarres de macération, de décoction, d'esprits, d'extraits qu'elle avait préparés durant le printemps et l'été. Elle posa sur le rebord de l'alveus de pierre une mince ampoule scellée d'un bouchon de cire brunâtre dont elle aurait l'usage sous peu, puis sépara le reste de ses remèdes en deux monticules sur la grande table. À gauche, les préparations qui ne pouvaient se révéler létales aux quantités qu'un enherbeur verserait dans un plat ou un breuvage : les feuilles séchées de sauge, de romarin, de thym, d'artichaut, de menthe et de mélisse, tant d'autres que l'on utilisait aussi bien pour relever les mets que pour guérir de communes affections. À droite, les intoxicants qu'elle remettrait à Éleusie afin que celle-ci les conserve en lieu sûr. Étrangement, le contenu de la fiole renfermant la liqueur de racines d'*aconitum napellus*, qu'elle destinait aux inflammations congestives, aux douleurs diverses et à la goutte, n'avait pas décru. Où donc la meurtrière s'était-elle procuré l'aconit avec lequel elle avait empoisonné Adélaïde ? À moins d'envisager qu'elle n'eût conçu son plan de longue date et dérobé la liqueur l'année passée. Annelette examina ensuite avec grande attention les lettres brodées de rouge afin de signaler la dangerosité du contenu des sacs de toile, se demandant sur lesquels se porterait son choix si la mauvaiseté l'habitait. Son regard s'arrêta sur les poches renfermant les feuilles pilées de *digitalis purpurea*[1], qu'elle réservait au traitement de l'hydropisie et aux essoufflements de cœur, celles de *conium maculatum*[2], qu'elle utilisait afin de lutter contre les névralgies et les menstrues douloureuses, et la poudre de *taxus baccata*[3], qu'elle additionnait à des poignées de blé afin d'éradiquer les mulots qui vandalisaient leurs granges. La légèreté de cette dernière l'alarma. Elle se précipita vers le lutrin sur lequel était posé son grand registre. Elle y consignait tout le détail de ses prescriptions, et calculait à la fin de chaque semaine le poids devant rester dans chaque sac. Sa provision de *taxus baccata* devait être d'un marc*, une once* et trois gros[4]*. Elle fonça vers la balance et vérifia le poids du sachet. Il pesait à peine un marc et huit gros. Il y manquait donc environ cinq gros[5] de poudre d'if, de quoi tuer un cheval, donc un homme, donc une religieuse. Quelle était la prochaine proie ? Elle se morigéna : elle réfléchissait à nouveau à l'envers. Deux possibilités s'affrontaient. Dans l'une, leur ennemie appartenait au clan de l'ombre, à celui qui bagarrait pour faire éteindre leur

1. Digitale pourprée.
2. Grande ciguë, utilisée durant des millénaires comme antinévralgique.
3. If, extrêmement toxique, utilisé depuis l'Antiquité pour enduire le bout des flèches.
4. Environ 285 g.
5. Environ 20 g.

quête. Si tel était bien le cas, deux obstacles majeurs se dressaient devant l'empoisonneuse : elle et Éleusie de Beaufort. L'autre possibilité était plus banale, mais tout aussi mortelle : il s'agissait d'une haine ou d'une jalousie personnelle. En ce cas, l'identité de la prochaine victime était plus ardue à déterminer. Une idée lui traversa l'esprit, et elle consulta à nouveau son registre, vérifiant les dernières dates de pesées. Une de ses improbables suspectes s'évanouit tout à fait : Jeanne d'Amblin. La poudre d'if ne pouvait avoir été subtilisée qu'au cours des deux jours ayant précédé le meurtre d'Adélaïde, c'est-à-dire lors d'une des tournées extérieures de Jeanne. Quoi qu'il en fût, le choix du toxique était habile : il n'existait aucun antidote. L'intoxication commençait par des nausées, des vomissements, puis survenaient des tremblements, des vertiges. Le coma s'installait ensuite rapidement et la victime décédait. Cette découverte confirmait les déductions d'Annelette : la meurtrière était versée dans l'art des poisons... À moins qu'elle ne fût judicieusement conseillée, mais par qui ?

Réfléchir, se donner les moyens de lutter. La poudre d'if étant amère, elle ne pouvait passer à peu près inaperçue que dans une préparation très sucrée et très épicée. Un gâteau. Ou alors, comble de raffinement criminel, dans une autre potion médicamenteuse connue pour son amertume. Ainsi la destinataire du breuvage empoisonné ne s'étonnerait-elle pas de son goût déplaisant.

Annelette continua sa tâche durant une bonne heure, entassant fioles et sacs de substances létales dans un grand panier, intervertissant les autres. La sauge se retrouvait dans le sachet des feuilles d'aconit, le chardon Marie dans celui de la digitale, et la verveine officinale dans la poche réservée au *daphne mezereum*[1], ce ravissant arbrisseau à fleurs roses odo-

1. Bois gentil, anciennement utilisé comme purgatif, abandonné en raison de sa toxicité.

rantes dont trois petites baies suffisaient à tuer un verrat. Si la meurtrière y avait recours, elle pourrait se vanter d'avoir apaisé la toux, la colique ou les courbatures de sa prochaine victime.

Un sourire naquit sur les lèvres d'Annelette Beaupré. Elle passait à l'étape ultime de son plan. Elle tira le linge qui recouvrait le cageot d'œufs qu'elle avait prélevés du poulailler en se cachant de la sœur gardienne des viviers et de la basse-cour. La pauvre Geneviève Fournier risquait une crise d'apoplexie lorsqu'elle découvrirait que quinze de ses poulettes chéries n'avaient pas pondu. Elle voyait dans le compte des œufs qu'elle ramassait chaque matin la démonstration de l'efficacité de ses bons soins aux volailles et de l'amabilité du Seigneur à son endroit. Plus les volatiles pondaient, plus elle se rengorgeait, finissant par ressembler elle-même à une grosse dinde satisfaite. Annelette serra les lèvres en se réprimandant : certes, elle était peu charitable. Geneviève Fournier était une sœur charmante, mais ses digressions sur la nécessité de chanter des cantiques aux poules, aux oies et aux dindons afin qu'ils forcissent pour finir sur leur table, gavaient la sœur apothicaire à l'instar des canards auxquels Geneviève entonnait le grain dans le bec.

Un bruit étouffé provenant du dehors lui fit lever la tête. Il était bien après complies*. Qui pouvait se trouver encore debout à cette heure nocturne ? Elle abaissa les capuchons des deux esconces qui l'éclairaient et se rapprocha de la porte de l'herbarium. Le bruit reprit, écho d'un pas qui se voulait furtif sur le gravier d'une des allées en croix qui séparaient les carrés de plantes médicinales. Elle tira brusquement le battant, pour se retrouver nez à nez avec Yolande de Fleury, la sœur grainetière, l'une de ses suspectes, car qui mieux qu'elle pouvait se procurer des grains de seigle contaminés ? La femme rondelette devint blanche comme un spectre et plaqua la main sur son cœur. Annelette exigea d'un ton menaçant :

– Ma sœur, que faites-vous ici à cette heure où toutes sont couchées ?

– Je… bafouilla l'autre, le rouge avivant ses joues.

– Vous ?

Yolande de Fleury déglutit avec peine et sembla chercher très loin l'explication de sa présence en ces lieux :

– Eh bien… Une aigreur de ventre… m'a prise juste après le souper et je…

– Et vous êtes compétente pour rechercher le remède qui la soulagerait ?

– Le prunellier me…

Annelette la coupa d'un ton acide :

– Le prunellier est recommandé dans de nombreux troubles. Il est diurétique, laxatif, dépuratif, et se révèle précieux pour traiter les furoncles. Auriez-vous des furoncles, ou de l'acné de jouvencelle, ma sœur ? Quant à l'acidité de ventre… le chardon Marie, la petite centaurée et l'absinthe eussent été préférables. Bref, nombre de simples, sauf le prunellier. Je repose donc ma question : que faisiez-vous ici ?

Yolande força un rire peu convaincant et déclara :

– J'avoue que mon prétexte était bien peu habile. Toutes ces histoires, la mort affreuse de notre pauvre Adélaïde, m'ont tourneboulée. J'avais besoin d'air, de réfléchir…

– Vraiment ? Or donc, en dépit des centaines d'arpents* qu'occupe notre abbaye votre « aération » ne se peut concevoir qu'aux portes de l'herbarium ?

Il sembla à Annelette que l'autre s'effondrait davantage et qu'une crise de larmes s'annonçait. Toutefois, quelque chose dans son attitude pourtant coupable la persuada que Yolande de Fleury ne rôdait pas ici pour prélever quelque poison dans l'armoire à pharmacie. S'ajoutait à cela le fait que la meurtrière devait se trouver d'ores et déjà en possession de poudre d'if.

– Allons ma sœur, finissons-en ! Rejoignez aussitôt votre dortoir.

Yolande eut alors un geste qui sidéra la sœur apothicaire. Elle s'agrippa à la manche de sa robe en murmurant, affolée :

– Allez-vous faire rapport de ma présence à notre mère ?

Annelette se dégagea d'un geste brutal et recula d'un pas en assénant :

– À l'évidence. (S'énervant soudain, elle tança l'autre sans ménagement :) Auriez-vous oublié, ma sœur, qu'un monstre se cache parmi nous ? N'auriez-vous point encore compris que cette empoisonneuse a peut-être dérobé le poison dans *mon* armoire, lequel poison a occasionné la mort affreuse de notre organisatrice des cuisines et des repas ? En bref, seriez-vous aussi obtuse qu'une poularde ?

– Mais... mais...

– Quoi, mais, mais ? Rentrez à l'instant, ma sœur. Notre mère sera informée.

Annelette regarda disparaître dans l'obscurité la silhouette de la jeune femme, penchée sur ses larmes. Que venait au juste faire cette bécasse ici ? Le mensonge qu'elle lui avait servi était si malhabile qu'Annelette doutait qu'il se fut agi de l'empoisonneuse. Quoique... Et si sa maladresse n'était qu'une feinte supplémentaire ?

Elle réintégra l'herbarium et attaqua la phase maîtresse de sa riposte. Elle rangea les sachets intervertis dans l'armoire et récupéra, en fronçant la bouche de dégoût, la mince ampoule scellée d'un bouchon de cire qu'elle avait mise de côté plus tôt. Elle cassa ensuite un à un les œufs, versant leurs blancs dans une jatte de terre avant d'ajouter à la masse glaireuse quelques gouttes de cette huile d'amande qu'elle faisait venir d'Ostie afin d'apaiser à l'hiver le feu des engelures de doigts et de lèvres. Elle remua avec force cette émulsion puis se décida dans un soupir à ouvrir la fiole en bloquant sa respiration. Aussitôt, une odeur pestilentielle lui monta malgré tout aux narines, une odeur de dents cariées ou de marais putrides. De l'essence de *ruta graveolens* encore nommée rue fétide, ou herbe de grâce. Annelette doutait que cette dernière appellation provînt de son supposé pouvoir contre les morsures de serpents ou de chiens enragés[1] et optait pour une explication plus terre à terre. La rue fétide était utilisée comme abortif dans les chaumières où la venue d'une autre bouche à nourrir se révélait catastrophique, et ceci en dépit de la vive condamnation de l'Église. À plus forte dose, ou mal employée, elle se révélait mortelle. Elle vida bien vite le contenu dans sa mousse légère de blanc d'œuf et tourna à nouveau avec vigueur sa spatule, luttant contre les haut-le-cœur. Enfin satisfaite, elle étala une couche du mélange sur le sol, juste devant son meuble d'apothicaire. L'huile éviterait à la mixture de sécher trop vite, et s'accrocherait mieux aux semelles de bois ou de cuir.

Elle chargea ensuite sur sa hanche le grand panier dans lequel elle avait entassé les préparations les plus dangereuses et sortit, omettant de verrouiller derrière elle.

La mère abbesse l'attendait. Annelette Beaupré avança dans la pénombre, seulement guidée par la faible flamme d'une esconce, l'oreille aux aguets. En réalité, elle n'éprouvait pas grande crainte. La meurtrière n'était sans doute pas d'une force physique qui lui permette d'attaquer de face, surtout une adversaire de sa taille et de sa carrure.

1. Elle était également utilisée comme antiseptique et pour provoquer les règles.

Maison de l'Inquisition, Alençon,
Perche, novembre 1304

Mathilde de Souarcy était arrivée une heure plus tôt, escortée par un baron de Larnay qui avait semblé chagrin à Nicolas Florin. Les marques violacées de l'ivrognerie commençaient de zébrer sa trogne. L'inquisiteur s'était réjoui. Les stigmates du délabrement humain lui rendaient joyeuse humeur. Le somptueux manteau fourré qui enveloppait la jeune fille et aurait mieux convenu à une femme mariée, prouvait assez que son oncle la traitait comme une précieuse entretenue. Agnan les avait installés dans une petite pièce glaciale.

L'agitation gagnait Eudes de Larnay, qui pourtant affectait un calme propice à ne pas apeurer sa nièce. Il avait été particulièrement affable avec elle durant le long voyage qui les avait menés à Alençon, la complimentant sur sa silhouette, sa mise, le timbre de sa voix. Il lui avait fait répéter son témoignage, avait tenté de la prémunir contre les pièges qu'il pressentait. Enfin, il lui avait rappelé que si elle semblait se rétracter, le tribunal inquisitoire risquait de conclure au faux témoignage, et qu'un tel parjure serait lourd de conséquences fâcheuses pour eux deux.

Le jeune clerc d'une repoussante laideur qui les avait

menés dans la pièce d'attente réapparut. Eudes se leva, faisant mine d'accompagner sa nièce, bien que sachant que la convocation ne concernait qu'elle. Agnan rougit en bafouillant :

– Messire, demeurez assis, je vous prie. Seule la damoiselle de Souarcy est mandée par-devers le tribunal.

Eudes se laissa choir sur sa chaise en exprimant son mécontentement d'un « par la sambleu[1] ! » moins retentissant qu'il ne l'eut souhaité.

L'inquiétude qu'il était parvenu à contenir tout le temps du voyage le gagnait. Et si Mathilde se laissait impressionner par le seigneur inquisiteur, si celui-ci la faisait trébucher à coups d'arguties, de subtilités de doctrine ? Mais non, Florin serait grassement payé après la condamnation d'Agnès. Il avait donc tout intérêt à accepter les déclarations de la jeune fille comme pain béni. Et les autres contradicteurs, qui étaient-ils ? Nicolas Florin les rétribuait-il sur sa bourse afin de se garantir leur complaisance ? Car, pour appétissante qu'elle fut, Mathilde avait la cervelle d'un étourneau.

Il avait grand tort de s'alarmer. Mathilde était déterminée à ne rien commettre qui risque de la renvoyer à Souarcy et ses porcheries.

Qu'elle était donc tentante, la jolie damoiselle qui jouait les effarouchées devant eux. Elle se donnait des mines de jeune dame dans sa jolie robe de soie pourpre, rehaussée d'un voile fin à l'azur lumineux. Elle se tenait debout, avec une modestie admirablement feinte, croisant ses mignonnes mains sur son ventre, baissant un peu la tête. Florin salua silencieusement le goût d'Eudes de Larnay, se demandant s'il l'avait déjà allongée dans sa couche.

1. Équivalent à « palsambleu », transformation de « par le sang de Dieu ».

Il s'approcha de la jeune fille et déclara d'un ton suave :

– Mademoiselle... Permettez-moi d'abord de saluer votre courage et la force de votre foi. Nous devinons tous la peine qui est vôtre. Devoir accuser une mère est souffrance à nulle autre comparable, n'est-il pas vrai ?

– Moins que celle d'être témoin de ses errements.

– Comme c'est juste, approuva Florin d'un ton peiné. Je dois maintenant vous demander de déclarer vos prénoms, nom, qualité et demeure.

– Mathilde, Clémence, Marie de Souarcy, fille de feu Hugues de Souarcy et d'Agnès, Philippine, Claire de Larnay, dame de Souarcy. Mon oncle et mon tuteur, le baron Eudes de Larnay m'a généreusement recueillie en son château après l'arrestation de ma mère.

Le notaire se leva alors et y alla de sa petite récitation :

– *In nomine Domini, amen*. En l'an 1304, le 11 du mois de novembre, en présence du soussigné Gauthier Richer, notaire à Alençon, accompagné de l'un de ses clercs et des témoins nommés frère Jean et frère Anselme, dominicains, tous deux du diocèse d'Alençon, nés respectivement Rioux et Hurepal, comparaît personnellement et à titre de témoin Mathilde, Clémence, Marie de Souarcy devant le vénérable frère Nicolas Florin, dominicain, docteur en théologie, seigneur inquisiteur pour le territoire d'Alençon.

Le susnommé seigneur inquisiteur le remercia d'un sourire vague et attendit qu'il se réinstalle sur le banc. Il jeta un regard vers les deux dominicains. Frère Anselme fixait la jeune fille. Quant à frère Jean, il semblait perdu dans la contemplation de ses ongles, mains posées sur la table. Nicolas repoussa l'hilarité qui le gagnait : aucun n'était au courant de la petite tragédie qu'il se préparait à leur offrir sous peu.

Nicolas Florin récupéra le grand livre noir sur la table et s'approcha de Mathilde à la frôler en demandant :

– Jurez-vous sur les Évangiles que toutes vos paroles seront véritables, que vous ne dissimulerez aucun détail à ce tribunal, que vous témoignez sans haine, sans contrainte, ni récompense ? Attention, damoiselle, il s'agit là d'un serment qui engage votre âme pour toujours.

– Je le jure.

– Damoiselle de Souarcy, vous avez déclaré par écrit de votre main en date du 25 octobre que, et je cite : « Mon âme souffre à la pensée des abominations commises de façon répétée par madame de Souarcy, ma mère, et son entêtement dans le péché et l'erreur me font craindre pour la sienne », puis « Frère Bernard, ce chapelain encore jeune qui nous est arrivé si pieux sans se méfier de cette ombre maléfique, a tant changé à son contact ». Enfin, vous nous rassurez sur votre compte, tout en avivant notre inquiétude au sujet de madame votre mère en déclarant : « Dieu a pourvu mon cœur d'une force suffisante pour résister à la mitoyenneté du mal dont ma mère me donnait l'exemple constant. Cependant, mon cœur saigne et me blesse ». Reconnaissez-vous ces phrases comme vôtres, sans altération ?

– En effet, seigneur inquisiteur, acquiesça Mathilde d'une voix de petite fille.

– Souhaitez-vous revenir sur ces déclarations, les tempérer ou les modifier de quelque manière que ce soit ?

– Elles sont l'exact reflet de la vérité. Y revenir serait tromper et pécher gravement.

– Fort bien. Grapharius, avez-vous noté la constance du témoin ?

Le jeune homme opina d'un nerveux mouvement de tête. Florin reprit :

– Vous êtes certes encore jeune, mais je vous supplie de fouiller vos souvenirs afin de nous éclairer. Quand avez-vous remarqué les premières manifestations du mal qui empoisonnait l'âme de madame de Souarcy, et quelles étaient-elles ?

– Il m'est difficile de préciser une date... je devais avoir six ans, peut-être sept. Je... (Mathilde baissa la voix comme si l'énormité de ce qu'elle allait révéler l'étouffait :) Je l'ai vue recracher l'hostie de messe dans son mouchoir, à plusieurs reprises.

Un murmure horrifié monta des hommes attablés. Florin salua mentalement Eudes de Larnay : jolie invention, il n'aurait pu donner plus judicieux conseil.

– Êtes-vous certaine que vos yeux ne vous ont pas abusée, c'est si... monstrueux.

– J'en suis certaine.

Un raclement de verrou, plus discret qu'à l'habitude. Agnès, que l'épuisement dû aux privations faisait trembler de faiblesse, rassembla ses ultimes forces et se redressa. Le moindre effort lui dévorait le souffle. Elle avait transpiré de fièvre toutes ces dernières nuits et l'odeur aigre de sa sueur, mêlée à celle des excréments de son vase d'aisance, lui donnait la nausée. Des quintes de toux lui arrachaient la gorge et des frissons la parcouraient sans répit. Le crâne la démangeait au point qu'elle ne savait plus si seule la crasse en était responsable, ou si la vermine avait proliféré dans ses cheveux. Sa robe flottait sur ses épaules creuses et, malgré le manteau que Florin lui avait accordé en insistant sur sa bienveillance, un froid meurtrissant rampait sous sa peau, jusque dans ses veines.

Elle reconnut aussitôt le vilain visage maigre, sans parvenir à retrouver le prénom qu'avait utilisé Florin pour s'adresser à son clerc le soir de son arrivée en la maison de l'Inquisition, une éternité plus tôt.

– Que...

La fièvre lui faisait claquer des dents, et elle ne parvint pas au bout de sa phrase. Il lui sembla que les mots se refusaient à elle, s'échappant de son cerveau comme de petites étincelles fragiles.

– Silence, madame. Je ne suis pas censé me trouver là. S'il me découvrait... J'ai collationné les pièces de votre procès... C'est grave flétrissure pour notre Sainte Église, madame. C'est une parodie, pis, une malhonnêteté impie. Tous les témoignages qui étaient en votre faveur, dont ceux de l'abbesse des Clairets, de monseigneur le comte d'Authon, de votre chapelain, frère Bernard, et d'autres, fort nombreux, ont disparu. J'ai d'abord cru qu'ils avaient été égarés et m'en suis ouvert au seigneur inquisiteur, ainsi qu'il était de mon devoir. Sa fureur et son mépris furent ma récompense. Il n'en avait nul souvenir, a-t-il affirmé, et si des pièces étaient véritablement manquantes, la faute m'en revenait...

Un infime soulagement. Agnès chancelait, la tête lui tournait. Il lui fallait recourir à toute sa volonté pour saisir l'explication du jeune homme au visage de fouine. Pourtant, elle se souvenait de l'ombre de pitié qui avait illuminé son regard, le rendant presque beau.

– ... Il m'a habilement laissé à entendre que si j'évoquais cette perte à autre qu'à lui, un blâme sévère ne tarderait pas à sanctionner mon incompétence. Sa générosité et son affection pour moi l'encourageaient à n'en point dire mot à quiconque, a-t-il précisé. Je ne crains pas les punitions, mon âme est vierge de souillure. Savez-vous... Cet homme si beau m'a fait peur lorsqu'il m'a choisi comme clerc. J'ai cru... j'ai cru qu'il était un ange venu nous visiter. J'ai cru qu'il avait vu derrière le vilain masque que je présente aux yeux de tous, qu'il avait touché du doigt ma pureté et ma dévotion. J'ai cru qu'il voyait mon âme, comme seuls les anges savent. Pauvre fol que j'étais.

Ma hideur le comble. Elle le fait paraître encore plus beau. C'est une âme vile, madame. Il a fait disparaître les pièces qui devaient vous avantager. Ce procès est une farce tragique.

– Je ne… Votre prénom ? demanda-t-elle d'une voix rauque et sèche.

– Agnan, madame.

Elle se racla la gorge :

– Agnan, je suis si épuisée que mes jambes me tiennent à grand-peine. Il est… C'est bien davantage qu'une âme vile. C'est un des avatars du mal. Il n'a plus d'âme.

Elle se sentit tomber vers l'avant et se rattrapa de justesse à l'un des anneaux scellés dans le mur qui permettaient d'enchaîner les prisonniers et de leur maintenir les bras levés.

Agnan tira de sous son manteau sans manche un bout de lard et deux œufs qu'il lui tendit.

– Mangez, madame, je vous en conjure. Prenez des forces… Et débarbouillez-vous. Ce qui va suivre sous peu est une… infamie.

– Que…

– Je ne puis rien vous dire de plus. Adieu, madame. Mon esprit vous accompagne.

Il disparut si vite, le verrou fut repoussé si rapidement qu'Agnès eut le sentiment qu'elle ne l'avait pas vu sortir du cachot. Elle resta là, titubante, pressant sur sa poitrine le lard et les œufs, tel un précieux trésor, incapable de trouver un sens à sa dernière recommandation. Débarbouillez-vous. Pour quoi faire ? Que lui importait que ces fantoches de juges, à la solde de Florin, la voient malpropre et puante ?

L'interrogatoire durait depuis plus d'une heure. Florin et frère Anselme s'étaient relayés en un ballet improvisé, mêlant les questions de doctrine aux interrogations plus personnelles.

– Et donc, insista Nicolas Florin, madame de Souarcy votre mère jugeait que Noé avait péché en se saoulant après le Déluge ? Il fut pourtant excusé puisqu'il ne connaissait ni le vin, ni son pouvoir sur l'esprit.

– Ma mère le jugeait coupable et avait fini par en convaincre frère Bernard.

– Madame de Souarcy pensait-elle que la perspicacité de son jugement surpassait celle de Dieu ? Il s'agit là d'un blasphème, résuma l'inquisiteur.

– J'en ai bien conscience, approuva Mathilde, avant d'ajouter, la mine contrite : il y a tant plus, messire inquisiteur.

Frère Anselme jeta un bref regard vers l'autre dominicain qui venait de relever la tête pour la première fois de l'interrogatoire. Un mouvement de paupières de ce dernier le renseigna et il intervint :

– Damoiselle de Souarcy, vous écrivez, et je cite : « Frère Bernard, ce chapelain encore jeune qui nous est arrivé si pieux sans se méfier de cette ombre maléfique, a tant changé à son contact. Il prononce des paroles inintelligibles en une langue que je ne reconnais pas – et qui n'est certes pas du latin – au cours de la messe. » Reconnaissez-vous vos mots ?

– Je les reconnais. Ils sont l'exacte expression de la vérité.

– Vous savez comme les créatures qui se sont détournées de Dieu et empruntent les chemins diaboliques sont parfois récompensées par le don de langues inconnues qui facilitent leurs commerces infernaux, souligna Florin.

– Je l'ignorais, mentit Mathilde avec aplomb, son oncle lui ayant dicté cette phrase en lui en expliquant la signification.

– Il s'agit là d'un point fondamental qui pourrait également mener à l'arrestation de frère Bernard. Selon vous, les deux acolytes se sont-ils livrés à des invocations impies ? insista l'inquisiteur.

Mathilde prétendit hésiter puis avoua d'une voix tremblante :

– Je le redoute.

– Soyez plus précise, mademoiselle, je vous en conjure. Votre témoignage devrait nous éclairer sur leur déchéance véritable. Ainsi, nous serons à même de déterminer si votre mère est coupable d'un culte de latrie[1] ou de dulie[2], car, et c'est une nouvelle preuve de notre grande tolérance, ces hérésies ne sont pas comparables.

Mathilde réprima un soupir de soulagement. Deux jours plus tôt, elle serait restée dans l'incapacité de répondre, ignorant le sens de ces termes. Son oncle l'avait éclairée, se doutant que la question ne manquerait pas de lui être posée. Il avait insisté sur l'extrême gravité du crime de culte de latrie. C'était donc de celui-là que devait être accusée sa mère, en plus des autres charges pesant contre elle.

– À devoir vous le rapporter, mon cœur saigne. Ils invoquaient les diables, récitant d'exécrables prières au cours de la messe en y mêlant des mots de langue impie, ainsi que je l'ai écrit. Ils s'agenouillaient alors et chantaient leurs louanges.

– En votre présence ?

Les lèvres de la jeune fille tremblèrent et elle parut sur le point de fondre en larmes lorsqu'elle balbutia :

– Je crois que ma mère souhaitait m'entraîner sur les sentiers infernaux.

1. Culte de latrie : que l'on rend à Dieu seul. Dans ce sens : culte que l'on rend au diable en le considérant comme Dieu.

2. Culte de dulie : que l'on rend aux saints. Dans ce sens : prier des démons afin qu'ils intercèdent auprès du diable.

Un nouveau murmure scandalisé monta des hommes serrés sur le banc.

Mathilde laissa échapper un pesant soupir et précisa :

– Un jour… la servante que mon oncle Eudes avait eu la bonté de nous offrir est venue me trouver, si bouleversée qu'elle parvenait à peine à s'expliquer. Je l'ai suivie jusqu'à la petite sacristie de la chapelle. Il y avait là, entassées, je ne sais combien de poules égorgées.

– Ainsi, ils offraient des sacrifices animaux ! s'exclama Florin, qui s'amusait comme un fou depuis le début de l'interrogatoire.

Cette petite était une merveille que son oncle devrait montrer dans les foires.

Mathilde hocha la tête et résuma :

– Il s'agit donc d'un culte de latrie, et cet aveu est sans doute le plus pénible que j'aurais jamais à prononcer.

Frère Anselme la considéra quelques secondes puis demanda :

– Pensez-vous que cette Sybille Chalis soit l'impardonnable origine des crimes de foi commis par madame de Souarcy ?

– Ma mère m'a, maintes fois, exprimé la tendresse qui la liait à cette fille, ainsi que le chagrin que sa mort lui avait causé. Au demeurant, elle a toujours montré une affection disproportionnée à son fils posthume, Clément.

Florin intervient :

– Fils qui a disparu avant même la fin du délai de grâce accordé à madame de Souarcy, preuve indiscutable de sa grande culpabilité. Poursuivez, damoiselle, je vous prie.

– Je crois que cette Sybille a semé les germes de l'hérésie en ma mère et pour cela, elle sera maudite. Son fils les a ensuite entretenus avec toute la perversité dont il était capable.

La porte de la grande salle s'entrouvrit à cet instant et Agnan se faufila, rasant les murs, jusqu'au fauteuil du seigneur inquisiteur. Il se pencha à son oreille pour lui murmurer que madame de Souarcy grimpait les marches qui menaient à la chambre de procédure. Nicolas acquiesça d'un petit signe de tête et se leva :

– Mademoiselle, votre bravoure n'a d'égale que votre pureté. C'est pourquoi, je ne crains pas de vous confronter à l'ennemie de votre âme. Je ne doute pas que l'échange qui s'ensuivra éclaire tout à fait – et s'il en était encore besoin – les nobles membres de ce tribunal.

Mathilde le fixa, cherchant la signification de ce qu'il venait de dire. Son incompréhension fut de courte durée. Sa mère pénétra d'un pas lent dans la salle. Frère Anselme et frère Jean échangèrent un long regard dont nul ne perçut toute la désolation.

Sans trop savoir pourquoi, Agnès avait obéi à la dernière recommandation d'Agnan, après avoir engouffré les seuls véritables aliments qu'on lui eut offerts depuis son incarcération. Le lard et les œufs gobés avaient fait monter en elle une chaleur qu'elle avait oubliée depuis des jours et apaisé un peu ses tremblements. Elle était parvenue à se laver sommairement, tressant ses cheveux emmêlés et collés de saleté.

Lorsqu'elle découvrit Mathilde, un sourire, le premier depuis son arrivée, aviva son visage livide. Elle s'élança vers sa fille, mains tendues. La jeune fille détourna les yeux et fit un pas en arrière. Agnès s'immobilisa, incertaine. Une vague de panique la suffoqua. Avaient-ils également arrêté sa fille ? Eudes avait-il organisé un deuxième crime de même scélératesse ? Elle le tuerait pour cela, même si elle devait être maudite à jamais.

Elle sentit soudain peser sur elle le poids d'un regard immense et tourna la tête dans sa direction. Le frère Jean, celui dont elle n'avait jamais entendu la voix, la fixait. Il lui adressa un léger signe de dénégation dont elle ne comprit pas le sens. Elle devait le saisir bien vite.

Florin s'avança vers elle. Démarche souple et gracieuse, comme s'il flottait au-dessus des dalles.

– Madame de Souarcy. Votre duplicité et l'éloquence perfide dont vous avez fait preuve devant nous ne vous serviront plus de rien. Un ange a guidé vers nous le chemin de cette jeune femme intacte, acheva-t-il en désignant Mathilde.

Le regard d'Agnès passa du seigneur inquisiteur à sa fille. Que disait-il ? Serrer sa fille entre ses bras. Ensuite, tout s'apaiserait, elle en était certaine. Ensuite, la vie redeviendrait propice. Elle la protégerait, elle se battrait contre eux tous. La jeune fille ressortirait la tête haute, jamais Agnès ne tolérerait qu'elle la rejoigne dans sa geôle, qu'elle endure les mêmes tourments que sa mère. Ce n'est qu'alors qu'elle remarqua la parure de Mathilde, la robe d'une magnifique soie épaisse, le voile d'un tissage si fin qu'elle ne se rappelait pas en avoir jamais vu de plus transparent, et les bagues qui alourdissaient ses doigts. La belle turquoise carrée de madame Apolline, sa bague d'index en grenats de Bohême, son anneau de pouce rehaussé de perles grises.

Elle lutta contre les voix qui tentaient de se frayer un chemin dans son esprit, elle lutta contre la vérité qu'elles s'efforçaient d'imposer. Une voix domina sa volonté de ne rien entendre, celle de Clémence. Un murmure s'infiltra : « Regarde le crucifix d'améthystes qui souligne sa gorge. N'est-il pas beau, ma chérie ? C'est celui de madame Apolline. Celui qui lui venait de sa mère et avec lequel elle souhaitait être enterrée. Selon toi, pourquoi Eudes en a-t-il fait présent à ta fille ? Ces jolies gouttes lie de vin sont la rétribution de sa trahison. »

Le crucifix. Apolline, pauvre douce Apolline. Elle le baisait souvent dans ses prières comme s'il lui restituait un peu de l'amour de sa mère, morte fort jeune.

Un soupir dans sa tête. Pas le sien. Celui de la voix.

Un soupir dans sa gorge. Le sien. Agnès sentit le sol glisser sous ses pieds. Un voile noir, glacial, obscurcit sa raison. Un silence de sépulcre s'installa dans son esprit. Elle s'effondra. Tout le temps qu'elle vit les dalles se rapprocher de son visage, tout le temps que dura cette chute sans fin, elle se répéta : mon bébé, que nous ont-ils fait ? Maudits, ils sont maudits, et payeront au centuple pour ce que tu es devenue par leur faute.

Lorsqu'elle revint à elle, elle se trouvait dans une petite salle chauffée par un vase à braises. Agnan lui tendit un bol de terre dont elle but le contenu sans mot dire. La brûlure de l'alcool la fit tousser, pourtant, une chaleur bienvenue se répandit dans son corps glacé.

– Ce cidre est fort, mais devrait vous revigorer un peu.

– Depuis combien de temps...

– À peine une demi-heure. Vous n'êtes pas avec enfant, madame, n'est-ce pas ?

Agnès secoua la tête en signe de dénégation en murmurant :

– Vous m'offensez, monsieur. Je suis veuve.

– Pardon sur mon âme... madame... mademoiselle votre fille est allée se restaurer en compagnie du baron de Larnay. Les débats devraient reprendre à son retour.

Elle demanda d'une voix qu'elle reconnut à peine, une voix calme, étrangement ferme :

– Ainsi, elle n'a donc pas été arrêtée.

– Que nenni, ma chère dame. Il s'agit même de votre plus effroyable témoin à charge. J'ai lu la lettre qu'elle a adressée à Florin. Elle est empoisonnée et vous brûle les yeux et les doigts de son venin. Je ne pouvais...

– Je le comprends, le coupa-t-elle, et vous sais gré de votre démarche risquée et valeureuse.

Elle tendit la main vers lui et frôla la sienne. Le très jeune homme s'empourpra et se saisit de ses doigts pour les baiser. Il bafouilla, des larmes dans la voix :

– Merci madame, merci du fond de mon âme.

– Comment... je suis votre obligée et vous...

– Non, vous êtes, au contraire, la démonstration que ma vie n'est pas vaine. De cela, je vous serai à jamais reconnaissant. Si mon travail de misérable fourmi contribue à sauver l'innocence, et la vôtre ne fait aucun doute, la faible créature de Dieu que je suis aura trouvé sa grandeur. C'est bien plus que n'en demande une fourmi de ma laideur.

Son expression changea soudain. L'émotion qui faisait trembler ses mots fut remplacée par une inflexible détermination :

– Mademoiselle de Souarcy a retenu sa leçon. Toutefois, sa bêtise n'a d'égale que sa méfaisance. C'est la seule arme dont vous disposez contre elle.

– Je... tenta de rétorquer Agnès avant d'être interrompue par un geste péremptoire d'Agnan :

– Il n'est plus temps, madame. Ils reviendront sous peu vous quérir.

Il lui relata le témoignage accablant de sa fille. Des sanglots l'étouffèrent d'abord. Elle chercha qui avait pu à ce point corrompre son enfant, se sentant devenir meurtrière, capable d'abattre ce démon, de le pourfendre de la courte épée de dame – cadeau de madame Clémence – qu'elle n'avait plus tirée de son fourreau depuis son mariage. Elle le voyait s'écrouler à ses pieds, dans une nappe de sang qui s'élargissait sous lui. Eudes le démon. Florin le démon. Puis, la vérité qu'elle niait de toutes ses forces depuis qu'elle avait aperçu Mathilde dans la salle d'interrogatoire s'imposa à elle. Mathilde avait rejoint l'ombre, troquant son salut contre quelques jolis colifichets. Le tort lui en revenait, à elle sa mère, du moins pour partie. Sans doute n'avait-elle pas assez préparé sa fille, sans doute ne l'avait-elle pas armée contre l'attrait des frivolités, une séduction si dérisoire, et pourtant si tentante. Peut-être avait-elle trop consacré de temps et d'amour à l'éducation de Clément.

Clément, comme je t'aime. Vis, Clément, vis pour moi.

Clément, nous sommes si semblables. Clément, comment se peut-il que tu sois la seule lueur qui pénètre dans mon cachot, à laquelle je m'accroche pour ne pas devenir folle ? Vis, je t'en supplie. Vis pour ma vie.

– Je suis atterré d'être celui par qui cette révélation vous frappe de plein fouet, madame, s'excusa Agnan.

– Non pas, monsieur. Vous êtes au contraire un signe que je ne suis pas seule en ces lieux infâmes, et, quoi qu'il m'advienne, je ne saurais vous en remercier assez. Vous me permettez de m'apprêter à ce que je n'aurais jamais osé envisager. Merci, Agnan.

Il baissa les yeux, infiniment reconnaissant qu'une dame si belle le nomme par son prénom.

Depuis qu'Agnès se trouvait face à Mathilde, la métamorphose de celle qu'elle avait portée l'assommait. Où était passée la petite fille, certes capricieuse et prompte aux emportements, mais si gaie qu'elle avait mise au monde, élevée ? Une femme miniature l'affrontait. Une femme miniature qui n'était plus sa fille s'acharnait à la pousser vers le bûcher. La haine et la rancœur qu'elle éprouvait vis-à-vis de sa mère se résumaient à quelques beaux atours, à quelques babioles scintillantes qu'elle portait aux doigts. Agnès avait espéré que la jeune fille tente d'éviter son regard. Elle y aurait lu une dernière preuve d'attachement, de regret peut-être. Au lieu de cela, Mathilde avait planté ses yeux d'un doux noisette dans ceux de sa mère, remontant le front, serrant les lèvres.

Le reste avait été un cauchemar savamment mis en scène par Florin. Les horreurs, les absurdités qu'avait débitées Mathilde pour sceller la condamnation de sa mère avaient laissé cette dernière sans voix, sans réaction. Ainsi, à en croire la chair de sa chair, elle ajoutait à l'hérésie la sorcellerie et la lubricité. Une sorte d'engourdissement assez confortable avait gagné Agnès. Elle avait renoncé à se battre, ou simplement à se défendre. Chaque fois qu'après une nouvelle giclée de venin de sa fille, Florin lui avait demandé d'un ton victorieux : « Qu'avez-vous à répondre à cela, madame ? », elle s'était contentée d'un répétitif : « Rien ».

Que lui importait la jubilation qu'elle sentait chez Nicolas Florin ? Que lui importaient les sourires d'encouragement qu'il adressait à Mathilde ? Rien. Plus rien.

– Et donc, vous affirmez que frère Bernard parsemait ses prières et ses sermons de mots d'une langue incompréhensible, langue démoniaque, tous l'auront compris ? insista le seigneur inquisiteur.

– Certes. Il ne s'agissait pas de latin et encore moins de français.

– Votre mère usait-elle, elle aussi, de ce langage impie ?

– Je l'ai entendue y avoir recours, moins souvent que son chapelain, toutefois.

– Il est de connaissance commune que les femmes possèdent moins le don des langues que les hommes.

Maître Richer opina du bonnet, comme à chaque commentaire fielleux que destinait Florin à la douce gent. Son petit visage d'atrabilaire se crispa pour marquer sa pingre satisfaction.

– Damoiselle de Souarcy, j'aimerais que nous en revenions à ce Clément qui a si... opportunément disparu, reprit le seigneur inquisiteur. Pensez-vous qu'il ait été, lui aussi, touché par la séduction du démon ?

Un regain de vitalité défatigua Mathilde que les deux heures d'interrogatoire avaient lassée. Elle fournit un considérable effort afin de ne pas laisser transparaître la haine viscérale qu'elle éprouvait pour cet odieux chancre de gamin. D'un ton lourd de peine, elle déclara :

– J'en suis certaine. Après tout, il a pu être contaminé dès dans le ventre de sa mère.

Pourquoi son oncle Eudes n'avait-il pas anticipé les questions qu'on risquait de lui poser au sujet de ce vil chenapan ? Son indécision fut de courte durée. Elle broda :

– Lui aussi parlait dans cette langue sacrilège, fort aisément. Au demeurant, je suis bien certaine qu'il fut le sournois mais obstiné artisan de la flétrissure de ma mère.

Une douleur en lame de couteau explosa dans la poitrine d'Agnès, qui crut se réveiller d'un long étourdissement. Clément. Mathilde s'attaquait à Clément. Une bourrasque d'énergie redressa la dame de Souarcy. Jamais !

– Ah, voici la preuve éclatante ! tonna Florin. Un trio d'adorateurs de satan. Je loue l'infinie Providence de nous les avoir fait découvrir à temps, avant qu'ils ne propagent leur poison dans d'autres âmes. Ce garçon doit être retrouvé, arrêté et mené par-devers nous.

L'étau qui étouffait Agnès depuis un moment se desserra d'un coup. Son corps venait d'oublier les semaines d'emprisonnement, de privations, les nuits de fièvre. Mathilde, sa fille, son sang, ne se contenterait pas d'œuvrer pour que les serres impitoyables de l'Inquisition se referment sur sa mère et la broient. Mathilde jetait sur Clément les fauves implacables, gueules grandes ouvertes. Jamais !

Elle leva la tête et dévisagea sa fille, le regard glacial. Détachant chaque syllabe, elle asséna :

– Ma fille sait à peine épeler le français. Elle ânonne ses prières au point qu'il m'a fallu les lui faire apprendre par cœur tant elle éprouvait de difficultés à les lire. Quant à la lettre qu'elle aurait écrite, je ne doute pas qu'elle lui fut dictée ou même qu'elle l'ait recopiée de modèle. Elle n'entend rien au latin, même d'arrière-cuisine, comment pourrait-elle juger de l'étrangeté d'une langue, qu'elle soit sacrilège ou sacrée ?

Florin chercha fébrilement une contre-attaque. Il ne sut que siffler :

– Piètre défense, madame !

– C'est vile menterie ! glapit Mathilde.

Une voix très grave, très lente résonna dans la salle. Tous se tournèrent dans sa direction. Frère Jean s'était levé et pour la deuxième fois intervenait dans les débats.

– *Te deprecamur supplices nostris ut addas sensibus nescire prorsus omnia corruptionis vulnenera.* Qu'en faites-vous, mademoiselle ?

Mathilde jugea le moment venu de fondre en larmes. Elle balbutia :

– Je suis... épuisée, à bout de forces...

– Où donc serait passée votre vitalité d'à l'instant ? Que faites-vous de cette phrase, fort simple, mademoiselle ? Avez-vous du moins deviné qu'il s'agissait de latin, non d'un idiome impie ?

Un silence s'installa. Florin cherchait désespérément la parade, se maudissant de s'être laissé emporter par son goût des jeux. Ne pouvant s'en vouloir très longtemps, il tourna son acrimonie sur Mathilde. Quelle sotte, quelle idiote ! Fallait-il être stupide pour évoquer le latin quand on n'y entendait rien !

– Madame, demanda alors frère Jean en regardant Agnès. Que faites-vous de cette phrase ?

– Nous Te supplions humblement de donner à nos sens la vertu d'ignorer toujours ce qui peut corrompre la sainte pureté.

– Notaire, en vertu des précautions commandées par la procédure inquisitoire, lesquelles prévoient que si partie d'un témoignage se révèle fausse, l'intégralité dudit témoignage doit être mise en doute, je récuse celui de mademoiselle Mathilde, Clémence, Marie de Souarcy. Je ne doute pas que notre sage seigneur inquisiteur me suivra dans cette prudence.

Frère Jean de Rioux attendit. Les mâchoires de Florin se serrèrent de rage. Il finit par lâcher :

– Si fait. Le témoignage de cette jeune femme est récusé. (Il lutta contre l'envie de se jeter sur Mathilde pour la bourrer de coups et conclut :) Grapharius, indiquez que le tribunal émet de graves doutes sur la sincérité de la damoiselle de Souarcy, et s'inquiète de ce qu'elle se soit parjurée plus tôt. Précisez que ledit tribunal se réserve le droit de la poursuivre ultérieurement.

Mathilde hurla :

– Non... !

Elle fit trois pas en direction de l'inquisiteur, mains tendues devant elle, et vacilla. Agnan se précipita pour la soutenir et la conduire à l'extérieur où l'attendait un Eudes qui savourait, à tort, sa très prochaine victoire.

Frère Jean chercha le regard d'Agnès, mais elle était ailleurs. Elle venait de basculer dans un monde de douleurs qu'elle n'avait jamais soupçonnées. Mathilde s'était perdue, et elle doutait de la retrouver jamais.

Elle s'accrocha à son dernier espoir, à son ultime force : Clément était sauvé, jusque-là.

– L'abruti, éructa Eudes. Le sombre abruti ! Que ne m'a-t-il prévenu qu'il comptait vous confronter à Agnès ? J'aurais pu l'en dissuader... Vous n'êtes pas de taille.

Mathilde pleurnichait depuis un moment, reniflant dans le fin mouchoir de sa défunte tante, brodé d'un joli *A* vert d'eau, ballottée par les chaos de leur chariot qui longeait la forêt de Perseigne en direction de l'abbaye de même nom. La dernière affirmation de son oncle la piqua au vif, et elle leva un visage bouffi de larmes qu'il trouva laid et bien rougi. Il se fit la réflexion qu'au fond, elle ressemblait à une gorette. Une gorette bien tournée, mais une gorette quand même.

– Que dites-vous, mon oncle ? Je ne suis pas de taille contre ma mère ?

Le moment n'était pas venu d'ulcérer la donzelle. Après tout, tant que la condamnation d'Agnès n'était pas prononcée, il demeurait un tuteur transitoire.

– Enfin, ma douce jolie, se reprit-il en lui tapotant la main. Vous êtes encore jeune et peu au fait des vilaines manœuvres dont usent et abusent certains êtres, ce qui est tout à votre honneur. Vous n'êtes pas une madrée sans vergogne, veux-je dire.

– Voilà qui est bien vrai, mon cher oncle, approuva Mathilde avec une belle incohérence.

– Votre mère... eh bien, nous la connaissons... Elle est rouée, manipulatrice... En bref, je vous admire de lui avoir ainsi tenu tête. Quelle épreuve ce dut être pour vous, à votre jeune âge.

Mathilde se consolait doucement. Elle redevenait la victime des manigances de sa mère, un rôle qui lui plaisait tant qu'elle lui accordait de plus en plus de crédibilité.

– Certes. Mais...

– À tout le moins, j'aurais su indiquer à ce pantin d'inquisiteur comment orienter ses questions afin qu'elles nous soient favorables ! Mais non, cet imbécile voulait son petit jeu, l'interrompit Eudes tout à son mécontentement.

– Mon oncle, une menace du seigneur inquisiteur m'a fort alarmée. Il a laissé entendre qu'il pourrait décider de me poursuivre à mon tour pour parjure.

S'il n'y avait eu cette mine épuisée qui gâtait considérablement son avenir tant pécuniaire que politique, il l'aurait volontiers laissée se dépêtrer seule.

– Bah... Il va encore m'en coûter deux cents livres... Que ne ferais-je pour vous être agréable, ma nièce.

– Encore ?

Eudes s'embourba :

– Oui, deux cents livres par-ci, deux cents par-là, cent autres pour l'abbaye, et que sais-je...

Mathilde comprit aussitôt que le procès de sa mère avait été truqué depuis l'origine, et financé par son oncle. Cette certitude l'apaisa. Elle était sauvée. Le pouvoir de l'argent était si merveilleux qu'elle était bien décidée à n'en plus manquer jamais, quoi qu'il en coûtât.

Abbaye de femmes des Clairets,
Perche, novembre 1304

Yolande de Fleury, la sœur grainetière, se tenait droite devant le bureau de l'abbesse, redressant sa petite taille, blême jusqu'aux lèvres. Éleusie de Beaufort tourna le regard vers les fenêtres. La mince pellicule de givre abandonnée par le petit matin s'attardait encore, recouvrant les jardins. Un silence déroutant semblait avoir emmitouflé l'abbaye. L'abbesse tendit l'oreille : nul joyeux chuchotement, nulle cavalcade empressée, nul éclat de rire vite coupé par une main posée contre des lèvres ne résonnait derrière la lourde porte qui protégeait ses appartements. La gentille Adélaïde avait emporté dans la terre froide la gaîté que ces murs austères et péremptoires n'étaient jamais parvenus à dissuader. Éleusie ne l'avait pas non plus sanctionnée, contre l'avis de Berthe de Marchiennes, la cellérière, qui eut sans doute souhaité que toutes accompagnassent la mine de carême qu'elle affichait l'année durant. Mais Claire et Philippine étaient si joyeuses, Clémence aussi, enfin du moins avant son mariage à ce triste butor de Robert de Larnay. Chaque éclat de rire vite réprimé, chaque sourire vite dissimulé de ses moniales rappelait à Éleusie ses sœurs, l'insouciance de leur enfance. À cause de sa gaîté, à cause de ses petits émerveillements quotidiens, et même de ses incessants bavardages, Adelaïde avait sans doute été une des filles préférées d'Éleusie.

La fixité du regard que la sœur grainetière posait sur elle la ramena à ce bureau, à cet instant.

– Je vous répète ma question, chère Yolande : que faisiez-vous à la nuit tombée, aux portes de l'herbarium ?

– Quelle déplaisante rapporteuse, murmura la sœur grainetière, son petit menton rond tremblant.

– Notre sœur apothicaire n'a fait que son devoir. Je devais être informée de votre sortie, laquelle devient d'autant plus alarmante compte tenu... des circonstances actuelles.

– Ma mère, vous ne pouvez songer que je me rendais là-bas pour y subtiliser quelque poison !

– Je ne pouvais pas non plus songer qu'une enherbeuse allait nous ravir d'aussi atroce façon notre gentille Adélaïde, rétorqua l'abbesse d'un ton sec. Répondez-moi.

– La tête me tournait... je me sentais une sorte de gêne pénible... j'ai voulu me rafraîchir au soir.

Éleusie laissa échapper un long soupir :

– Vous vous en tenez donc à cette invraisemblable version. Vous ne me facilitez pas la tâche, mais le pire, Yolande, c'est que vous aggravez vos affaires. Disposez, ma fille. Rejoignez vos granges et ne croyez surtout pas que j'en ai fini avec vous.

Yolande de Fleury disparut aussitôt. Quelques minutes plus tard, Annelette Beaupré, flanquée de Jeanne d'Amblin, pénétrait à son tour dans le bureau de l'abbesse. Éleusie avait écarté Blanche de Blinot de cette entrevue, en dépit de son rôle de seconde dans l'abbaye. La pauvre Blanche n'avait guère formulé une phrase depuis qu'elle avait compris que quelqu'une avait tenté de l'empoisonner.

Éleusie résuma à leur profit la courte et stérile conversation qu'elle venait d'avoir avec la grainetière.

Annelette attaqua :

– Pourquoi s'obstine-t-elle dans un comportement qui a tout lieu de nous rendre méfiantes ?

– Je ne crois pas une seconde qu'il puisse s'agir de la... de ce monstre, affirma Jeanne en hochant la tête.

La repartie d'Annelette ne se fit pas attendre :

– En ce cas, que faisait-elle à la nuit à proximité de l'herbarium ?

– Je ne sais... peut-être souffrait-elle vraiment d'une gêne d'éventement. C'est chose plausible. Qu'en avez-vous conclu, ma mère ? demanda la sœur tourière en se tournant vers Éleusie.

– Qu'en penser... ? Certes, je ne vois pas Yolande en *toxicatore*[1]. Cela étant, je ne vois aucune de mes filles dans cet ignoble rôle. En ce qui concerne Yolande, j'en suis venue à me demander si son entêtement ne dissimulait pas... une... comment dire... Dieu, que c'est embarrassant...

– Je vous en supplie, ma mère, expliquez-vous, tenta de l'aider Jeanne.

– Eh bien... nous savons toutes que dans des lieux clos, où l'abstinence des sens est la règle... et ceci chez nos frères ou parfois même chez nous... Eh bien... (Elle se reprit et déclara d'un ton plus précis :) Rome n'ignore pas que dans certains monastères, la pénurie d'émotions et de sentiments humains conduit certains d'entre nous à se rapprocher d'une âme sœur... de même sexe.

Jeanne d'Amblin s'absorba dans la contemplation de son ourlet de robe et Annelette Beaupré déclara :

1. Empoisonneur.

– Yolande entretiendrait, selon vous, une... amitié déplacée dans un lieu de prière et de méditation ?

– Je n'en sais rien, ma fille. Il s'agit là d'une supposition qui m'est venue, rien de plus, si ce n'est que je la préférais grandement à l'idée d'une Yolande empoisonneuse. Dans un cas j'aurais à régler un égarement que l'on peut souhaiter temporaire, dans l'autre un crime de sang de la pire nature qui mérite la flagellation publique suivie de la mort.

Un court silence s'installa. Annelette Beaupré n'ignorait rien de ces pratiques. On fermait les yeux sur elles pourvu qu'elles ne s'affichent pas, et surtout qu'elles demeurent inconnues de l'extérieur. Elle-même avait déjà été témoin de certains regards complices, de sourires qui ne devaient pas qu'à la cordialité sororale. De tels engouements de cœur et de sens la confondaient et la confortaient dans son peu d'estime de la gent humaine en général. Qu'avait-on besoin de se frôler la peau ou de se baiser les lèvres quand tant de choses merveilleuses existaient qui n'attendaient que d'être étudiées et comprises. Elle était parvenue à éviter la couche des hommes, ce n'était certes pas pour tomber dans celle des femmes. Jeanne d'Amblin rompit la fausse quiétude du moment :

– Je ne comprends rien à cette épouvantable affaire ! Pourquoi empoisonner Adélaïde, ou même pourquoi avoir voulu tuer Blanche, si c'était bien elle la victime désignée ? Cela n'a aucun sens... à moins d'imaginer une maladie d'esprit ou... (Elle s'interrompit et se signa avant de terminer sa phrase :) Une possession... ?

Le regard de la sœur apothicaire chercha celui d'Éleusie, quêtant une approbation que cette dernière lui accorda d'un petit signe de tête. Annelette expliqua :

– Si l'on admet que la déraison n'est pas à l'origine du geste de la meurtrière, la seule explication à laquelle nous en soyons rendues et qui présente quelque substance... ce sont les clefs du coffre gardien du sceau de notre mère. Notre doyenne en détenait une, ainsi qu'il est de coutume. La deuxième était confiée à Berthe de Marchiennes, quant à la troisième, bien sûr, elle reste sous la garde de notre mère.

Les yeux de Jeanne d'Amblin s'agrandirent, elle murmura :

– De fausses écritures ? Mais c'est épouvantable... On peut envoyer des innocents au gibet, avec ce sceau ! On peut... on peut...

– On peut faire beaucoup de choses, en effet, la coupa Éleusie. Mais, rassurez-vous, Jeanne. Il est en sécurité et n'a pas bougé du coffre.

– Ah mon Dieu... souffla celle-ci.

Éleusie ne sut déterminer si le soulagement temporaire que lui apportait cette nouvelle l'emportait sur la consternation qu'elles partageaient toutes.

Annelette, que le manque de rigueur qu'adoptait la conversation lassait, intervint :

– Certes ! Si nous avons percé le véritable mobile de l'assassine, nous sommes donc confrontées à une alternative peu encourageante. S'il lui est crucial de récupérer ce sceau, elle recommencera. Ainsi que nous l'annoncerons tout à l'heure, je détiens maintenant la clef de notre doyenne. Notre mère en conserve une, et la dernière est aux mains de Berthe de Marchiennes.

Un éclair de compréhension passa sur le visage de Jeanne d'Amblin, qui cria presque :

– Cela signifie-t-il que si... que si... elle tentera de vous tuer toutes les trois ? Ah non... ah non, je ne le supporterai pas !

– Que conseillez-vous d'autre ? demanda Annelette que l'irritation gagnait.

– Eh bien... Eh bien, je ne sais... Je vais trouver, un peu de patience ! Elle a donc tenté d'empoisonner Blanche afin de récupérer la clef qu'elle portait sur elle. J'y suis : plutôt que de les protéger dans nos robes ou autour de nos cous, cachons-les. Cachons-les en un lieu secret, que ne connaîtra que l'une d'entre nous, notre mère me semblant tout indiquée. Ainsi couperons-nous l'herbe sous le pied de ce monstre. Empoisonner notre abbesse ne lui indiquera pas la cachette.

La logique de cette idée aurait dû séduire Annelette, et elle s'étonna qu'il n'en fût pas ainsi. Elle fut toutefois assez honnête pour se demander, l'espace d'un instant, si elle n'en voulait pas à Jeanne d'y avoir pensé à sa place.

– Votre suggestion est d'intérêt, concéda-t-elle. Prenons le temps d'y réfléchir. Avant cela, nous avons une autre épine à tirer de notre pied, et elle est de taille.

Éleusie jeta un regard surpris à sa fille apothicaire qui poursuivit :

– Tout d'abord, Jeanne, je dois vous informer qu'il me manque cinq gros sacs de poudre d'if, de celle-là même dont je me sers pour éradiquer rats et mulots qui menacent nos grains.

– Comment se fait-il que je n'en aie pas été informée plus tôt ?

– Elle a été subtilisée durant votre dernière tournée.

– Doux Jésus, murmura Jeanne d'Amblin. Elle pourrait...

– Oui, elle peut empoisonner l'une d'entre nous avec aisance... Ce qui me suggère qu'un nouveau meurtre se prépare.

– Euphémisme que votre « épine » ! commenta la sœur tourière.

– Jeanne, me vient une requête que je souhaite vous présenter.

L'hésitation soudaine qui perçait dans la voix d'habitude

autoritaire de l'apothicaire alerta les deux autres femmes. Éleusie se demandait où elle voulait en venir, n'ayant pas été consultée sur l'opportunité de ladite requête.

– J'espère ne pas offenser notre mère en la formulant sans l'en avoir prévenue auparavant. J'ai... Disons que des doutes me sont venus sur certaines d'entre nous, doutes personnels, dont je n'ignore pas qu'ils sont peut-être dénués de tout fondement...

Tant de circonvolutions, de précautions de langage de la part de la peu diplomate Annelette achevèrent d'inquiéter les deux autres religieuses.

– ... Notre mère n'est pour rien dans mes préventions. Bref, reprit-elle d'une voix plus ferme, je n'éprouve qu'une bien modeste confiance en Berthe de Marchiennes.

– Comme vous y allez, murmura Éleusie d'un ton peu convaincu.

– Eh bien, c'est ainsi que je le perçois, rétorqua Annelette, un rien boudeuse. Toujours est-il que je souhaiterais que vous récupériez sa clef de coffre, Jeanne.

La sœur tourière la dévisagea un instant comme si elle avait affaire à une perdue d'esprit. Puis, elle explosa :

– Auriez-vous jeté votre raison aux orties ? Certainement pas ! Et devenir ainsi la cible de l'enherbeuse en remplacement de Berthe ? Que nenni ! S'il s'agissait de protéger la clef de notre mère, donc sa vie, j'accepterais. J'aurais peur, je vous l'avoue sans fard, mais j'accepterais. En revanche, pour Berthe... n'y songez pas une seconde !

Éleusie réprima un sourire en dépit des sombres circonstances. C'était bien la première fois que Jeanne perdait son sang-froid depuis qu'elle la connaissait. Elle la calma :

– Chère Jeanne, merci de prendre si grand soin de moi. Merci à vous deux. Il aura fallu ces terribles événements pour que je me découvre de vraies amies. Quant à ma clef... je la conserve. Personne ne souffrira à ma place de la charge que j'ai acceptée en rejoignant les Clairets.

Jeanne baissa la tête pour dissimuler sa peine. Éleusie tenta de la rassurer :

– Chère Jeanne, il ne s'agit pas de mon oraison funèbre. Je n'ai nulle intention de me laisser empoisonner avant que cet être de malfaisance soit définitivement éliminé.

Lorsqu'elles se séparèrent quelques instants plus tard, le regard appuyé que destina Éleusie à la sœur apothicaire fit comprendre à cette dernière que l'abbesse souhaitait s'entretenir avec elle en confidence.

Elle accompagna Jeanne d'Amblin le long du couloir qui conduisait au scriptorium, et prétexta des vérifications à entreprendre pour lui fausser compagnie et revenir sur ses pas par les jardins.

Éleusie de Beaufort, debout derrière sa grande table de travail, ne semblait pas avoir bougé d'un cil.

– Et ce petit tour de votre façon, ma fille ? Quand m'en fournirez-vous les résultats ? Le temps nous presse affreusement. La bête va frapper à nouveau, je le sens.

– Bientôt... je veille, je surveille.

Maison de l'Inquisition d'Alençon,
Perche, novembre 1304

Un air de courtois ennui sur le visage, Nicolas Florin détaillait le comte Artus d'Authon, installé de l'autre côté de sa petite table de travail.

– Puisque vous n'êtes pas, messire, de la parentèle directe de madame de Souarcy, je suis au regret de ne pouvoir accéder à votre autorisation de visite. Croyez bien que je déplore de ne pouvoir vous obliger en la matière, mais je suis soumis au respect d'une stricte règle.

Florin marqua un temps pour juger de l'effet de cette rebuffade à peine dissimulée. Artus demeurait impavide, aussi l'inquisiteur ne perçut-il pas la fureur qu'il parvenait encore à juguler. La vilaine ordure jouissait de son pouvoir.

– J'ai cru comprendre que l'interrogatoire de madame de Souarcy avait débuté.

– Si fait.

– Pensez-vous que le procès dure encore ?

– Je le redoute, messire comte. Mais ne tentez pas d'obtenir de moi d'autres précisions. Ainsi que vous le savez, le plus grand secret entoure les procédures inquisitoires. Nous tenons avant tout à préserver l'honneur et la dignité de ceux qui sont menés par-devers nous, jusqu'à la preuve formelle de leur culpabilité.

– Oh, je ne doute pas un instant que l'honneur et la dignité de madame de Souarcy soient au centre de vos préoccupations, rétorqua Artus d'Authon.

Florin croisa les mains sur sa robe noire et attendit la suite. Ce si puissant seigneur allait-il tenter de le soudoyer, comme lors de leur première rencontre ? Le menacerait-il ? Le supplierait-il ? Et lui, que préférerait-il ? Un peu des trois, sans doute.

Au lieu de cela, un étrange sourire étira les lèvres pleines d'Artus, un sourire qui découvrit ses dents. Au grand étonnement de Florin, qui l'imita sans même y réfléchir, il se leva.

– Ma requête ayant été vaine, ainsi que je m'y préparais, je m'en voudrais de gâcher davantage de votre temps. À vous revoir, donc.

Florin resta interdit après le départ du comte Artus. Que venait-il de se passer ? Pourquoi cet arrogant abruti n'avait-il pas insisté ? Ne s'agissait-il pas là d'un bien sévère camouflet pour lui ? De fait, il se sentit rougir sous le soufflet. Pour qui se prenait le comte ! Il la voulait, sa femelle ? Qu'il vienne donc la contempler d'ici à quelques jours. Les interrogatoires n'ayant pas permis de l'acculer, la Question commençait demain.

Une rage meurtrière le secoua et il envoya voler sa table. Des piles de dossiers, des notes s'éparpillèrent dans le bureau. Il hurla :

– Agnan, ici, tout de suite !

Le jeune clerc entra avec précipitation, contemplant le désordre d'un air ébahi. Florin feula dangereusement :

– Ramasse, abruti ! Qu'attends-tu ?

None approchait lorsque Francesco de Leone, rencogné sous un porche, vit Nicolas Florin sortir de la maison de l'Inquisition. Le dominicain répondit d'un sourire humble aux salutations guindées de quelques passants et tourna rue de l'Arche. Leone abaissa sa capuche sur son front et rajusta la courte tunique de manant pincée à la taille sur laquelle il avait ceint l'épais tablier de cuir des forgerons. Il emboîta le pas à l'inquisiteur, le suivant à quelques toises. Un gamin crasseux le dépassa, ralentissant brusquement le pas pour marcher sans hâte, bras croisés dans le dos, nez levé vers les étages des demeures. Leone se demanda vaguement s'il ne préparait pas quelque chaparderie.

Ainsi qu'il l'avait affirmé à Hermine après qu'elle s'était fait passer pour la riche Marguerite Galée pressée d'expédier son beau-père *ad patres*, le chevalier n'avait pas véritablement de plan. Il ne savait s'il cherchait des détails compromettants de nature à faire ployer Florin, ou des circonstances qui le contraindraient à le tuer. Leone était assez subtil pour admettre qu'il se laissait porter par les faits et gestes de l'autre, lesquels, le cas échéant, justifieraient sa mort. Il ne s'agissait pas de sa part d'une pleutre et hypocrite dérobade. Leone avait accepté la responsabilité de tant de morts. Pourtant, il ne les avait jamais choisies. Florin, en dépit de son ignominie, bénéficierait de ce que lui n'avait jamais offert à ses victimes : un jugement de Dieu confidentiel. S'il ne devait pas mourir, il serait sauvé. Telle était la conviction de l'hospitalier.

L'inquisiteur marchait d'un pas plus vif, comme s'il était pressé par des obligations. Peut-être aussi parce qu'ils s'étaient assez éloignés du carré qui hébergeait la maison de l'Inquisition, et qu'il craignait moins que sa hâte étonne. Étrangement, le petit mendiant avait lui aussi accéléré l'allure, se tenant toujours à la même distance de Florin. L'habitude du combat alerta Leone.

Florin tourna à droite et remonta jusqu'à la rue des Petites-Poteries. Il obliqua soudain dans la rue du Croc, et Leone pressa le pas. Lorsqu'il contourna à son tour l'échoppe en coin d'un savetier, Florin avait disparu, et il se retrouva nez à nez avec le chenapan qui semblait lui aussi bien désorienté. Leone se précipita vers lui au moment où le gosse s'apprêtait à fuir, et le rattrapa de justesse par sa tunique.

– Qui suivais-tu ainsi ?

– Moi ? Personne, allons donc !

Le saisissant par une oreille, le chevalier le tira vers lui et murmura en se penchant :

– Tu suivais ce dominicain, ne me mens pas, j'ai peu de patience. Qui t'envoie ?

Le gamin s'affola. C'est que ce forgeron n'avait pas l'air commode. Il gigota, tentant de se dégager de sa poigne, sans succès.

– Mais lâche-moi, protesta le gosse en tremblant.

D'une voix dont il forçait la menace, Leone l'avertit :

– Tu parles et il y a trois beaux deniers* d'argent pour toi. Ensuite, tu disparais. Je te laisserai aller. Tu continues de me mentir et je te roue de coups. On retrouvera ton corps flottant sur la Sarthe.

Les yeux du petit mendiant s'embuèrent de larmes à cette dernière perspective. Futé, il vérifia pourtant :

– Qui me dit qu'un forgeron a bien trois beaux deniers d'argent à m'offrir ? Mon client m'en a donné un de suite et doit me remettre le deuxième contre renseignement, mais lui avait l'air d'un grand seigneur.

Cramponnant d'une main le gosse par l'oreille, Leone tira de l'autre trois pièces de sa bourse.

– D'accord, maugréa l'enfant. Et lâche-moi l'oreille, tu me fais bien mal, espèce de brute.

– Si tu tentes de te sauver...

Le gamin l'interrompit en haussant les épaules :

– Pourquoi opter pour un plongeon dans la Sarthe, quand je peux récupérer du bel argent ?

Leone réprima un sourire et le lâcha, prêt, toutefois, à bondir sur lui à la moindre alerte.

– Qui loue tes services d'espion ? insista Leone.

– Il m'a offert deux deniers tournois pour suivre le dominicain.

– Connais-tu son nom ?

– Non.

– Décris-le.

– Il est très grand, charpenté, bien plus que vous, très brun, jusqu'aux yeux. Il porte les cheveux à hauteur d'épaule, des vêtements luxueux comme les puissants et l'épée. Comme ça, je dirais que c'était au moins un baron, peut-être même un comte.

– Quel âge ?

– Oh, bien plus vieux que vous.

– Que t'a-t-il demandé au juste ?

– De suivre l'inquisiteur avec grande discrétion et de lui rapporter où il logeait.

Que venait faire Artus d'Authon dans cette histoire, car Leone était presque certain qu'il s'agissait de lui ? Sa tante, Éleusie de Beaufort, avait évoqué rapidement la rencontre d'Agnès de Souarcy et de son suzerain, peu avant l'arrestation de la jeune femme.

– Où dois-tu le rencontrer ?

– À l'auberge de la Jument-Rouge, c'est...

– Je vois.

Leone lui tendit l'argent que le gosse fit prestement disparaître dans sa tunique.

– Ne t'avise pas de retourner prévenir ton commanditaire pour récupérer la dernière pièce ou...

– Je sais, c'est la Sarthe !

Le gamin déguerpit si vite qu'il avait disparu avant que Leone ne se décide sur la suite.

Artus d'Authon. Ennemi ou ami ? Le moment n'était pas venu de débattre de cela.

Dans quel immeuble avait bien pu pénétrer Nicolas Florin ? Leone doutait qu'il se soit rendu compte de la filature dont il était l'objet. Il suffisait de patienter, accroupi contre un mur, un peu à distance ; il finirait bien par ressortir.

Une bonne demi-heure passa, durant laquelle le chevalier parvint à vider son esprit des interminables supputations, hypothèses, questions qui s'y mêlaient. Ne pas réfléchir est un redoutable et exténuant exercice pour les êtres de pensée. S'ouvrir au vide, l'appeler, devenir vacant, c'est accepter d'expérimenter l'infini. Le temps s'écoule alors selon un rythme imprévu. Cette petite fille pieds nus qui remonte à deux mains sa robe de grosse toile serrée à la taille d'une ficelle pour s'accroupir au-dessus du caniveau et vider sa vessie en vous fixant remplit l'univers à elle seule. Combien de temps s'est-il écoulé avant qu'elle se relève et se sauve en courant ? Cette touffe d'étoupe qui volette à ras de pavés, qui se pose, puis se soulève pour atterrir quelques pieds* plus loin, qui roule ensuite, bute contre un bas de mur et qu'un sabot écrase et emporte on ne sait où devient pour quelques minuscules instants la chose la plus importante du monde.

Francesco de Leone faillit ne pas le reconnaître. Il avait fière allure, le beau Nicolas. Il était indiscutablement une des plus splendides créatures que Leone eut jamais rencontrée. L'habit laïc flattait sa silhouette élancée. Florin semblait au fait de la dernière mode citadine. Il avait troqué sa robe noire et sa longue cape blanche de dominicain contre une chemise de soie sur laquelle il avait enfilé un blanchet[1] qui laissait aper-

1. Qui remplaça le doublet, plus long.

cevoir des chausses raccourcies en veau violines reliées à sa culotte. Les élégants parisiens les nommaient des hauts-de-chausses. Un gipon[1] richement brodé au fil d'or était passé sur le blanchet. Une jaque[2] d'un magnifique lainage vert sombre, à manches fendues afin de laisser paraître celles du gipon, était pincée à sa taille par une ceinture ornée d'orfèvreries délicates. La houppelande ouverte sur le devant et fendue sur les côtés qui terminait sa tenue aurait pu faire blêmir de jalousie bien des seigneurs. Enfin, un chaperon d'un vert plus tendre que la jaque, dont il avait laissé pendre la pointe à la manière des jeunes vaniteux de la cour, dissimulait sa tonsure.

Francesco de Leone pensa au trousseau qu'on leur concédait à leur entrée à l'Hôpital. En plus d'un service de literie et de table, ils recevaient deux chemises, deux paires de chausses, deux braies, un jupet[3] à girons, une pelisse et deux manteaux dont l'un fourré pour l'hiver ainsi qu'une chape et une cotte avec ceinture. Lorsque les vêtements ou les draps étaient usés jusqu'à la trame, ils devaient les présenter au frère intendant pour constat puis remplacement. En échange, ils abandonnaient leur fortune au profit de l'ordre, et dans le cas de Francesco, il s'agissait de biens substantiels qui lui venaient de sa mère. Pourtant, il n'avait eu nul doute que ce legs aurait satisfait la femme éblouissante dont il était né. Quant à lui, l'abandon de ses possessions terrestres lui avait procuré un tel soulagement, qu'il avait souri aux étoiles toute la nuit suivant son ultime rite de passage. De toute évidence, l'inquisiteur ne partageait pas son goût pour le dénuement.

Claire, sa mère. Il en avait conservé un souvenir qui semblait s'affiner avec l'âge. Sa sœur aînée, Éleusie de Beaufort,

1. Sorte de pourpoint lacé sur le côté.
2. Sorte de veste longue arrivant aux cuisses.
3. Sorte de justaucorps entaillé au bas devant et derrière.

lui ressemblait, en moins jolie, en moins vorace de vie. Le rire de sa mère qui cascadait pour un rien, un poème inattendu, une fleur attendrissante, un mot d'enfant, la rare couleur d'un ruban. Et pourtant. Il se cachait derrière ce haut front pâle tant d'intelligence, tant de perspicacité que Leone voulait croire qu'il les tenait d'elle. S'y ajoutait un instinct dont il avait été privé. Il y voyait le prix à payer pour sa force physique et sa masculinité. Elle « sentait » les courants confus qui entraînaient leurs vies bien avant qu'ils ne s'annoncent. Lorsqu'il n'était encore qu'un petit garçon, Leone s'était convaincu que ce déroutant pouvoir lui venait des anges. Avait-elle également senti qu'elle serait massacrée avec sa fille à Saint-Jean-d'Acre ? Non, l'idée était invraisemblable, car si une telle prescience l'avait avertie, elle aurait fui à temps avec l'enfante.

Il y avait tant de choses qu'il ignorait au sujet de cette femme si belle, si noble, qui le serrait dans ses bras à l'étouffer, le nommant « son preux chevalier à la croix blanche » quand il n'avait que cinq ou six ans. Savait-elle déjà qu'il rejoindrait un jour l'Hôpital ? Comment l'aurait-elle pu ? N'était-ce qu'un mot tendre de mère ?

Perdu dans ses souvenirs si doux, si blessants, il se rendit compte à temps qu'il suivait sa proie de trop près, et risquait que l'autre se retourne et le dévisage. Florin ne devait pas pouvoir le reconnaître ensuite. Leone ralentit l'allure.

L'inquisiteur ne louait-il pas quelque confortable garçonnière dans ce quartier cossu et discret de la ville, afin de s'y métamorphoser en toute tranquillité, et peut-être d'y recevoir galante compagnie ?

Grâce au sang des autres, et il se monnaye bien.

Nicolas Florin avançait d'un bon pas, s'enfonçant dans un de ces quartiers qui se vident de leurs badauds à la nuit tombante et perdent leurs allures benoîtes au fur et à mesure qu'une autre faune les investit. Les maisons y étaient plus modestes, prolongées d'encorbellements qui semblaient se rejoindre de part et d'autre pour presque former une voûte au-dessus des ruelles. Chaque immeuble s'ouvrait sur la rue d'un éventaire ou d'un atelier. Leone commença de remarquer quelques femmes dont la mise indiquait l'occupation*, ainsi que l'exigeaient l'Église et le pouvoir. Les couleurs plus vives de leurs robes, leurs échancrures immodestes, mais aussi l'interdiction qui leur était faite de porter les mêmes bijoux ou les mêmes ceintures que les bourgeoises ou les nobles dames, les signalaient aux acheteurs du service de chair. Leone en déduisit la proximité d'une maison de fillettes[1], comme il en existait dans les grandes villes[2]. Une bordeleuse, guère plus âgée que quatorze ans, aborda Florin. Il la détailla de la tête aux pieds, la jaugeant comme il l'eut fait d'un cheval. Le chevalier se rencogna sous une porte, surveillant les tractations qui s'engageaient à quelques toises de là, n'osant imaginer ce que la pauvre fille allait subir contre quelques pièces, car il ne doutait pas que les goûts sexuels de Florin le portassent également à la violence et à la torture. Ils s'éloignèrent enfin pour disparaître dans l'échoppe d'un chanevacier[3] qui devait prolonger la maison lupanarde.

Il s'écoula une bonne demi-heure avant que l'inquisiteur ne reparaisse, seul, un mince sourire de satisfaction sur le visage, et Leone se demanda si la fillette commune[4] pouvait encore se lever. Les souteneurs, qui fournissaient la chandelle

1. Ou maison lupanarde, bordel.
2. Une quinzaine à Paris.
3. Marchand de toile ou de linge et de vêtements faits de lin ou de chanvre.
4. « Fillette commune », « bordeleuse », « folle de son corps », « fille amoureuse », « fille de joie » : synonymes pour « prostituée ».

et le vin, ne se mêlaient pas des ébats de leurs clients, aussi abusifs soient-ils, tant qu'ils touchaient leur part.

Florin parcourut en sens inverse le chemin qu'ils avaient suivi plus tôt, Leone à sa suite, mais au lieu d'obliquer dans la rue des Petites-Poteries, il poursuivit tout droit, jusqu'à croiser la rue de l'Ange. Il s'engouffra bientôt sous le porche d'une demeure bourgeoise. Leone patienta quelques secondes et s'approcha. Un rez-de-chaussée et un premier étage construits de pierre soutenaient le second, monté en colombages. La couverture d'ardoises semblait neuve et avait sans doute remplacé récemment l'habituel toit de chaume, prouvant que le propriétaire des lieux était fort aisé. Les fenêtres de petite taille étaient faites d'un châssis dormant de bois et protégées de toile huilée. Les volets intérieurs étaient repoussés, sauf ceux du premier étage. Les bouches d'écoulement vers la rue qui permettaient de se défaire des eaux sales de cuisine étaient sèches, tout comme les aisements qui conduisaient les déjections humaines vers les égouts ou vers une fosse à vidange. De fait, cette belle demeure semblait depuis peu à l'abandon.

Florin devait louer une petite pièce dans la rue du Croc afin de s'y métamorphoser en riche bourgeois et rejoindre ensuite cette demeure cossue. À qui appartenait-elle ? Pourquoi semblait-elle vide d'occupants ?

Il ne fallut qu'une heure et beaucoup de mensonges à Leone pour l'apprendre des divers boutiquiers qui ouvraient rue des Petites-Poteries et rue de l'Ange. Le sieur Pierre Tubeuf, riche drapier, avait fort opportunément été convaincu d'hérésie et de commerce avec le diable, et ses biens confisqués par l'Inquisition. Sa femme et ses deux fils avaient fui la ville, terrorisés à l'idée que toute plainte de leur part n'encourage l'inquisiteur à poursuivre avec eux son ouvrage, et Leone ne doutait pas que tel eut été le cas. Florin s'était offert une magnifique maison à moindre frais.

Le chevalier quitta le quartier peu après. Il savait maintenant où logeait le tortionnaire d'Agnès.

Artus d'Authon s'impatientait devant une chope de bière au miel à laquelle il avait à peine touché. Que faisait donc ce gamin ? Il aurait déjà dû revenir faire son rapport depuis bien longtemps. Le comte luttait contre la rage et surtout le découragement. S'était-il fait gruger par ce petit mendiant ? Pourtant, l'attrait d'un autre denier aurait dû le séduire. Florin avait-il découvert son suiveur, lui passant l'envie de poursuivre son espionnage ? Une vague inquiétude le saisit au sujet du galopin, mais il se rassura. Ces jeunes filous des rues étaient prestes, et parvenir à leur mettre la main au col relevait de la prouesse. Il ragea contre lui-même. Que faire maintenant ? Florin le reconnaîtrait bien vite s'il se mettait en tête de le suivre. Il maudit sa lourdeur d'homme d'honneur. Il pouvait provoquer en duel, se battre et vaincre, en revanche les finasseries et les ruses lui étaient étrangères, et il se sentait démuni contre une vipère agile de la mesure de l'inquisiteur. Monge de Brineux, son grand bailli, ne lui serait d'aucun secours en la matière, lui ressemblant trop. La solution s'imposa à lui dans toute sa soudaineté et sa clarté : Clément ! Florin ne connaissait pas le garçon, mais celui-ci avait fait la preuve de son courage et de son intelligence, d'autant qu'il était prêt à tout pour sauver sa chère dame. Un précieux soulagement détendit Artus, qui le célébra en dégustant sa bière. Après-demain, il reviendrait à Alençon en compagnie de Clément. Au soir, Florin rejoindrait l'endroit qu'il n'aurait jamais dû quitter : l'enfer. Le comte invoquerait alors le jugement de Dieu. Son accusateur mort, frappé par le bras divin, Agnès serait libre. Il se leva d'un bond, manquant renverser sa table, et sortit avec précipitation sous le regard étonné des autres clients.

Le chevalier de Leone retrouva la rue des Carreaux qui devait le mener à son rendez-vous, à l'auberge du Bobinoir[1], rue de l'Étoupée. Il se guida aux beuglements puissants d'un crieur[2] chargé d'annoncer de par le quartier le prix du vin qu'on y servait.

Le seigneur Bobinoir, puisqu'il était de coutume de nommer les taverniers d'après leur enseigne, leva la tête à l'entrée du chevalier, se demandant ce qu'un forgeron venait faire dans son établissement où se réunissaient les merciers, corporation dont la richesse et le poids allaient croissants et que l'on considérait maintenant avec les mêmes égards que les bourgeois. Maître Bobinoir hésita. Ses habitués n'aimaient pas trop que le représentant d'une profession inférieure s'installât au milieu d'eux. Enfin, tant que ce n'était pas un tanneur accompagné de la pestilence de charogne qui imprégnait ses vêtements ou un gueux de teinturier[3], l'heure n'était pas aux mesures d'exclusion pure et simple. D'autant que quelque chose dans le maintien de l'homme intriguait le sieur Bobinoir, une sorte d'aisance, de désinvolture sans morgue. Sans doute les autres clients attablés ce jour-là le sentirent-ils également, car, après avoir dévisagé le nouveau venu, ils replon-

1. Rouet à dévider du fil de soie.

2. Les tavernes faisaient annoncer le prix des boissons et parfois de la nourriture qu'elles servaient grâce au crieur, qui percevait en échange de ce service un droit de tavernage.

3. Artisan qui teignait les draps de laine et la toile et travaillait à façon pour le compte d'un marchand. Une profession très modeste et peu respectée à l'époque.

gèrent bien vite dans leurs conversations. Le forgeron parcourut la salle du regard puis se tourna sans un mot vers le tenancier qui lui indiqua du menton une table à l'écart où il pouvait s'installer.

Lorsqu'il se planta devant lui pour prendre commande, le seigneur Bobinoir mit un point d'honneur à marquer le coup haut et fort afin de rassurer ses habitués :

– Nous sommes gens de bonne compagnie, forgeron... aussi pour cette fois le Bobinoir vous accueillera-t-il avec amabilité. Si vous aviez encore soif demain, faites-nous la courtoisie de rejoindre plutôt la taverne de vos gens de métier.

Le forgeron leva vers lui un regard bleu profond, et une sorte de gêne noua la gorge de maître Bobinoir, qui se contraignit à ne pas reculer afin d'éviter de perdre la face devant ses clients. Pourtant, un sourire tardif étira les lèvres de l'homme :

– Vous êtes bien affable, seigneur Bobinoir, et je vous en sais gré. J'accepte votre hospitalité et me souviendrai qu'elle était d'exception.

– Bien l'ami, tonna le tavernier, assez content de sa relative fermeté. Du vin ?

– Oui, et votre meilleur. J'attends un compagnon... un dominicain, qui n'est pas des merciers, mais...

– Oh, un moine ? Ce sera un honneur pour mon établissement, le coupa maître Bobinoir d'un ton pénétré.

Quelques minutes plus tard, Jean de Rioux, frère cadet d'Eustache de Rioux, parrain hospitalier de Leone, pénétrait dans la taverne. Il devint aussitôt objet d'empressement de la part de maître Bobinoir, qui voyait en son arrivée une sorte de démonstration publique que son établissement attirait le sel de la terre et n'était en rien un sombre moutier du péché.

Lorsque son vieil ami le rejoignit à sa table, le chevalier se leva et serra contre lui ce cœur hardi et intègre qui n'avait pas reculé devant une vile tâche d'espion afin de demeurer toujours à la hauteur de sa foi et de celle de son frère défunt avant lui.

– J'en veux au destin, Jean, car le plaisir que j'ai de vous revoir après tant d'années est endommagé par les circonstances qui m'ont poussé à solliciter votre aide. Surtout, je vous serai reconnaissant sur mon âme de n'avoir pas hésité à me l'offrir en dépit de votre devoir d'obéissance à votre ordre.

– Francesco, Francesco... Quel bonheur aussi de vous considérer devant moi. Quant à mon aide, elle n'est que le reflet de l'amitié et de l'estime que je vous porte depuis toujours. Eustache vous considérait comme un fils, je vous considère donc comme mon jeune frère. Nulle requête de votre part ne pouvait être entachée de vilenie, aussi n'ai-je pas hésité une seconde à vous servir lorsque votre courte missive me parvint, pas plus que mon frère de robe Anselme.

Jean s'interrompit lorsque maître Bobinoir posa devant lui un gobelet de bière mousseuse. Il remercia l'homme d'un petit hochement de tête aimable et attendit qu'il se soit écarté pour reprendre d'un ton de confidence :

– Quant à l'obéissance que je dois à mon ordre, elle n'étouffera jamais celle que j'offre à Dieu. Ne croyez pas, cher Francesco, que nous soyons tous aveuglés par notre volontaire soumission aux règles, ne croyez pas qu'elle nous prive de notre réflexion. Nombre d'entre nous, dominicains et franciscains, s'interrogent sur le tour sanglant qu'a pris l'Inquisition. Ce qui commença comme une volonté de conviction est devenu atroce férocité. La défense de la foi est une chose, la violence coercitive en est une autre et elle défigure les Évangiles.

– Benoît XI voulait museler l'Inquisition.

Jean de Rioux le considéra avec étonnement et s'enquit :

– Et revenir ainsi sur la bulle *ad Extirpanda* d'Innocent IV ?

– En effet.

– Le risque politique était considérable.

– Benoît ne l'ignorait pas.

– Une rumeur court, qui tente de faire accroire qu'un saignement bien naturel de ventre l'aurait emporté, précisa Jean de Rioux.

– Il fallait s'y attendre... Il a pourtant été assassiné, par des figues empoisonnées, rectifia le chevalier, débarrassant les tenants de l'Église impériale d'un gênant réformateur, et privant la chrétienté d'une de ses plus belles âmes.

Ils burent quelques gorgées en silence, puis le dominicain reprit d'un ton presque inaudible :

– Mon frère, ce que vous me dites ajoute à l'angoisse que je ressens sans parvenir à la définir. Quelque chose se déploie dont la véritable nature m'échappe. Quelque chose qui dépasse très largement un procès de complaisance contre rémunération. Florin se sent invulnérable, et ce ne serait pas le cas si son seul intérêt était une bourse remise par ce paltoquet de baron ordinaire.

– Vous en êtes arrivé à la même conclusion que moi, et je pense pouvoir mettre un nom et un visage sur cette grande ombre.

– Qui ?

– Le camerlingue Honorius Benedetti.

– Vous n'insinuez tout de même pas qu'il serait à l'origine du décès soudain de notre doux et regretté Benoît XI ?

– J'en suis presque certain, même si les preuves me font défaut, et que je doute de les réunir un jour.

Ils se séparèrent une heure plus tard, en haut des marches qui menaient au débit de vin. Jean avait relaté à Leone les interrogatoires de madame de Souarcy auxquels il avait assisté, et cela dans le moindre détail. L'ignoble pitrerie des accusations ne faisait aucun doute selon lui ; la malhonnêteté du procès, non plus. Jean avait insisté sur l'ignoble rôle de la fille d'Agnès.

Il fallait agir vite. Les interrogatoires préalables ne dureraient plus longtemps, surtout depuis que le témoin crucial de Florin, la fielleuse mais bien sotte Mathilde de Souarcy, s'était si petitement comporté devant les juges.

Ils se serrèrent les mains avant de se séparer, et Jean retint celles de Leone. Celui-ci hésita à peine puis demanda :

– Jean, mon ami, pensez-vous comme Eustache et moi-même que nul sacrilège ne se peut commettre dans la défense de la Lumière ?

– C'est ma conviction profonde, et vous me blesseriez d'en douter, murmura le dominicain avec gravité.

Leone lui tendit un mince paquet de toile en recommandant :

– Ne l'ouvrez pas en ces lieux, mon frère. Il contient votre passe-droit et sans doute la survie de madame de Souarcy. Une note l'accompagne. Si vous jugiez... Enfin, ce que cette note suggère peut vous mettre en danger, et je m'en voudrais de...

Un mince sourire éclaira le visage buriné qui lui rappelait celui de son parrain hospitalier.

– Vous le savez comme moi, le danger est une maîtresse caractérielle, Francesco. Il est rarement où on l'attend, d'où sa séduction. Donnez.

Palais du Vatican, Rome, novembre 1304

Étrange... Lui que la chaleur incommodait tant avait commencé d'être glacé jusqu'aux os dès après la mort de Benoît.

On eut dit que les jolis souvenirs qui avaient jusque-là ému, rassuré Honorius Benedetti, camerlingue du défunt Benoît XI, dans ses heures sombres, avaient soudain été aspirés par un insondable gouffre. Où donc s'était enfuie l'histoire de ce joli éventail de dame qu'il avait remisé dans un tiroir, de cette baignade avec son frère dans l'eau glaciale d'une rivière, dont ils étaient sortis rosis de froid et de plaisir pour se rendre compte que leurs plantes de pieds étaient en sang ? Honorius, qui n'avait alors que cinq ans, avait hurlé qu'ils allaient mourir. Bernardo, son aîné, s'était vite repris, le consolant contre lui, lui expliquant que les écrevisses étaient responsables de ces entailles, mais qu'elles les dédommageraient en se transformant en déjeuner. Ils les avaient faites griller, s'en gavant jusqu'à s'écrouler pour une sieste. Sa mère... l'odeur enivrante des cheveux de sa mère. Elle les rinçait d'une eau de miel et de lavande qui donnait envie de les respirer, de les mordre et de les avaler. Où donc s'étaient évanouis les réconforts de sa mémoire ?

Exaudi, Deus, orationem meam cum deprecor, a timore inimici eripe animam meam[1].

Benoît. Benoît avait tout emporté dans la mort. Honorius aurait tant souhaité lui en vouloir, ainsi la belle mémoire de son enfance serait-elle revenue vers lui. Mais il n'y parvenait pas. Benoît et son angélique obstination. Benoît et sa tendre inflexibilité.

Une houle de chagrin lui fit venir les larmes aux yeux. Doux Benoît.

Je t'aimais tant, mon frère. Ces huit mois près de toi ont été ma seule lumière dans ce palais des dupes que je déteste jusqu'à la nausée. Benoît, pourquoi fallait-il que tu me contraignes à tuer l'innocence ? Les autres m'importaient peu, petits insectes inconséquents qui vont où le vent les pousse. Lorsque je t'ai serré dans mes bras, lorsque tu as vomi ton sang, j'ai su que j'aurais froid à jamais.

Benoît, que n'as-tu compris que j'avais raison, que je me battais pour nous ? Qu'avons-nous à faire d'un bouleversement, nous que la permanence a tant chéris ? Pourquoi faudrait-il tout abandonner au nom d'une prétendue vérité, si floue qu'elle ne peut charmer que les insensés ? Je défends l'ordre établi sans lequel les hommes rejoindraient avec précipitation le chaos dont nous les avons tirés. Mais que croyais-tu, à la fin ? Qu'ils aimaient la Vérité, qu'ils appelaient la Justice de leurs prières ? Ils sont si sots, si veules et si méchants.

Ah, Benoît... Pourquoi fallait-il que tu me résistes, que tu me contres sans le savoir. Si tu m'avais approuvé, j'aurais travaillé sans relâche pour t'installer sur le trône de Dieu comme je l'avais fait pour Boniface* que pourtant je n'aimais pas. J'aurais été l'infatigable outil qui t'aurait permis de régner sur

1. Écoutez, mon Dieu, ma voix suppliante, délivrez mon âme de la crainte de l'ennemi.

notre monde. Dieu t'avait éventé de Son sourire, mais Il m'avait donné la force de combattre sans relâche. Pourquoi fallait-il que tu t'obstines dans cette chimère ?

J'ai pleuré des nuits entières avant de lui donner l'ordre de t'abattre. J'ai prié des nuits entières. J'ai supplié que tes yeux se dessillent enfin. Mais tu étais aveuglé de clarté. Les heures de ton agonie furent les plus longues de ma vie. J'ai tant souffert de te voir souffrir que je jure de bannir à jamais de mon vocabulaire les mots « tourment, affliction, calvaire ».

Benoît... Ton départ a dépeuplé mon univers. Tu étais le seul qui aurait pu me rejoindre, mais ton amour de Lui nous tenait à distance. Et pourtant, je L'aime moi aussi plus que ma vie ou mon salut.

Je m'étais drogué afin de justifier que mon exécuteur des basses œuvres ait pu passer par le couloir dérobé qui joignait mon bureau à ta salle. Lorsque j'ai bu cette amère potion, j'ai supplié pour qu'elle m'achève. La mort s'est détournée de moi. On a mis au compte de l'opium mes balbutiements quand l'affliction me coupait la voix.

Souviens-toi. Je t'ai regardé manger ces figues une à une. Tu me souriais comme un enfant tant elles te rappelaient les douces heures d'Ostie. À chaque lambeau de peau violette que tu crachais dans ta main, des grains de vie s'enfuyaient de toi. Je comptais les minutes de souffle qui te restaient, et mon âme s'écoulait avec le poison qui se répandait peu à peu dans tes veines.

Je n'héberge en mon cœur nul regret, Benoît. C'est bien pire. Nul regret car je ne pouvais te permettre de nous dépouiller de notre grandeur, de notre pouvoir, au nom d'une magnifique utopie. C'est infiniment pire car depuis ta mort, je ne vis plus, j'œuvre. C'est tout ce qu'il me reste, et c'est épouvantablement vide.

Si j'ai tort devant Lui et devant toi, j'ai raison devant les hommes. Je m'accommoderai de mon châtiment, il ne peut être plus déchirant que celui que j'endure en ce moment.

Gentil Benoît, que ta belle âme repose. Je t'en supplie quand chaque fibre de moi hurle et appelle la dissolution de ses vœux les plus urgents.

Honorius Benedetti se leva et essuya les larmes qui lui trempaient le menton. La pièce tourna autour de lui, et il se pencha sur son grand bureau pour se retenir. Enfin le vertige cessa. Il s'accorda quelques secondes pour retrouver son souffle, et tira le cordon de passementerie dissimulé par les tapisseries qui égayaient son bureau. Un chambellan apparut aussitôt.

– Qu'il entre.

– Bien, Éminence.

La silhouette encapuchonnée fut introduite.

– Alors ?

– Archambaud d'Arville est mort, transpercé d'une lame. Leone nous a échappé.

Le camerlingue ferma les yeux d'accablement.

– Comment se fait-il ? Avais-tu recommandé à Arville la plus grande prudence ? Leone est un soldat, et un des meilleurs de son ordre.

– Il devait le droguer afin de le rendre vulnérable.

Benedetti émit un son d'agacement et s'enquit :

– Crois-tu qu'il s'agisse à nouveau de l'intervention d'un des leurs ?

– L'idée m'a traversé l'esprit.

– Comment se fait-il que tous mes espions ne soient pas encore parvenus à les débusquer ? Je vais finir par croire qu'ils bénéficient d'une protection divine.

– J'en doute, Éminence. Dieu est de votre côté. Cela étant, nos ennemis ont l'habitude de la guerre souterraine. Nous les avons repoussés dans les grottes, les crevasses et les catacombes. Leur faiblesse s'est changée en force. Ils sont devenus des ombres et nous ignorons leur effectif.

– Selon toi, Leone a-t-il compris que sa quête secrète lui avait été, en réalité, inspirée par d'autres ?

– Je m'en étonnerais.

L'aigreur l'emporta, et le prélat exigea d'une voix cassante :

– Les manuscrits dérobés de la bibliothèque papale par ce scélérat de Humeau. Les indices accumulés me portent à croire qu'il les a vendus à Francesco de Leone. Les as-tu retrouvés ?

– Pas encore. Je cherche sans faiblir.

– Décidément ! Je préférerais que tu cherches en trouvant.

– Tout pointe dans la direction des Clairets.

– Quel serait le lien entre Leone et cette abbaye de femmes ? s'enquit le camerlingue.

– Éleusie de Beaufort, l'abbesse. Elle fut nommée par Benoît XI et je finis par me demander s'il n'existerait pas entre elle et le chevalier des liens que nous ignorons.

– Débrouille-toi pour retrouver au plus tôt ce traité de Vallombroso sans lequel nous sommes incapables de préciser les dates de naissance, ainsi que cet ouvrage de nécromancie... Au point où nous en sommes... même une aide récalcitrante peut se révéler précieuse.

– Vous n'avez pas l'intention de... enfin, d'utiliser cette monstruosité.

– Monstruosité, dis-tu ? De quoi penses-tu être coupable depuis que tu me sers ?

Le spectre resta coi.

– Et la femme ? reprit le camerlingue.

Le spectre abaissa sa capuche. Un sourire soulagé éclaira son visage.

– À l'heure qu'il est, Éminence, il ne doit pas en rester grand-chose et je ne voudrais pas être à la place de ce peu-là.

– Sa souffrance ne me soulage pas. La souffrance est un sacrifice trop précieux pour qu'on la gâche en vaines démonstrations. J'en sais quelque chose, murmura le prélat avant de reprendre d'une voix plus forte : Agnès de Souarcy doit mourir, et vite. Cependant, il faut entourer cette exécution de formes qui la fassent passer pour une sentence méritée. Je n'ai nul besoin d'une martyre.

– J'en informerai au plus vite son tortionnaire. Il sera déçu. La souffrance des autres l'excite comme un vin d'épices.

– Il est grassement payé pour obéir, rappela Benedetti d'une voix sans appel. J'exècre la jouissance des tourmenteurs. Qu'il meure ensuite. Nous n'avons plus usage de lui, et son existence est si hideuse qu'elle me pèse.

– Il en sera fait selon votre volonté, Éminence.

L'exaspération gagna Honorius, qui siffla entre ses dents :

– Tu connais ma volonté. Exécute-la, je te paye assez pour ce service ! Je détesterais t'en vouloir. Dispose, maintenant.

La menace était assez explicite pour que la silhouette relève sa capuche et se retire.

Le camerlingue patienta quelques minutes puis appela un chambellan d'un coup hargneux de la sonnette de passementerie.

– Est-elle enfin arrivée ?

– Non, Éminence, pas encore.

La déception se peignit sur le visage de Benedetti, qui murmura pour lui-même :

– Mais qu'est-ce qui peut la retarder ainsi ? Prévenez-moi sitôt sa venue.

– À vos ordres.

Palais du Louvre, Paris, novembre 1304

Une des grandes chiennes de lièvre du roi Philippe le surveillait d'un regard torve. Guillaume de Nogaret s'était assis dans les appartements de travail du souverain, attendant, minimisant le moindre de ses gestes de crainte que la femelle blanche à tête bringée n'interprétât son attitude comme une menace. La mâchoire de ces bêtes était réputée capable de tuer une proie d'un seul effort. Il comprenait leur utilité mais certes pas que les dames fassent des plus charmants de ces quadrupèdes des compagnons qu'elles allaient maintenant jusqu'à revêtir de manteaux brodés[1] à l'hiver afin qu'ils ne prissent pas froid. Il était vrai que pour monsieur de Nogaret, les seules créatures de Dieu étaient les hommes et dans une moindre mesure, les femmes. Le reste avait été mis à disposition par le Tout-Puissant afin que l'on s'en servît sans violence ni mauvais traitement.

La haute silhouette émaciée de Philippe le Bel apparut au bout du couloir sombre que le conseiller surveillait et il se

1. Les dames ont commencé à habiller leurs chiens de compagnie pour les protéger du froid dès le XIVe siècle.

leva, aussitôt accompagné par un grognement peu amène de la femelle qui s'avança pour lui renifler sans cordialité le bas du manteau.

– Couché, ordonna-t-il dans un murmure.

La chienne gronda de plus belle.

Elle se précipita vers son maître dès qu'il pénétra dans la pièce, se plaçant entre lui et cet homme dont l'odeur ne lui plaisait pas.

– Delmée, ma preuse Delmée, la rassura Philippe en se penchant pour la flatter. Va te coucher, ma belle. Savez-vous, mon bon Nogaret, qu'elle est meilleure à la course que tous mes autres chiens, et qu'elle casse les reins d'un lièvre d'un seul coup de dents ?

– Jolie bête en vérité, proposa le conseiller d'un ton si peu convaincu qu'il tira un sourire à Philippe.

– Je me demande parfois ce qui vous fascine ou vous distrait en dehors de l'État et de la loi.

– Rien, sire, si ce ne sont vos affaires.

– Et où en sont-elles, en ce qui concerne mon pape ? Benoît XI, ou plutôt son décès prématuré, me place en bien inconfortable position.

Nogaret ne s'offusqua pas de cette remarque. Pourtant, si la précocité du trépas du souverain pontife plongeait quelqu'un dans l'embarras, c'était bien lui. Le plan qu'il avait entrepris de bâtir et qui devait doter Philippe le Bel d'un Saint-Père qui se préoccuperait davantage du royaume spirituel que des affaires politiques de la France n'était pas prêt. Guillaume de Nogaret détestait agir à la hâte, mais la prochaine élection ne lui laissait pas le choix. Il expliqua :

– Guillaume de Plaisians s'est rapproché pour moi de Renaud de Cherlieu, cardinal de Troyes, et de Bernard de Got*, archevêque de Bordeaux. Il s'agissait de nos candidats les plus prometteurs.

– Et ?

– Je ne vous étonnerai sans doute pas, Sire, en vous rapportant que tous sont, et je cite, « vivement intéressés à servir notre sainte mère l'Église ».

– En effet, vous ne m'étonnez pas, Nogaret. La tiare papale recèle bien des avantages, et je suppose qu'ils nous les monnaient aussi. À quel prix condescendent-ils à régner sur la chrétienté ?

– Ils sont aussi gourmands l'un que l'autre... Avantages, titres pour leurs familiers, cadeaux divers, et engagements de votre part.

– Quels engagements ?

– Que le royaume spirituel leur demeure acquis et que l'administration de l'Église de France cesse de vous préoccuper.

– L'Église de France est en France, et la France est mon royaume. La richesse foncière de l'Église de France a de quoi faire pâlir d'envie les plus grands de mes seigneurs. Pourquoi jouirait-elle de privilèges supérieurs ?

Nogaret temporisa :

– Certes, Sire... Mais nous avons besoin d'un pape qui vous soit favorable. Promettons... Pensez-vous véritablement que l'heureux élu viendra ensuite protester au risque qu'éclatent au grand jour les tractations qui ont mené à son élection ?

La mauvaise humeur de Philippe se lisait au pli mince que formaient ses lèvres serrées.

– Sur qui se porterait notre faveur ? demanda le roi.

– Si nous les avons retenus, c'est que leur complaisance à notre égard ne fait aucun doute. Got est certainement plus subtil, mais c'est un homme de peu de tempérament – tout comme Cherlieu – qualité, si je puis dire, qui a guidé notre choix.

– En effet, nous ne voulons pas de forte personnalité. Que comptent-ils faire au sujet de cette plaie de Boniface VIII ? Vous savez, Nogaret, comme je tiens à sa destitution, même posthume... en rétribution pour m'avoir gâché la vie. Il a contré systématiquement tout ce que j'ordonnais, allant même, j'en suis certain, jusqu'à fomenter le soulèvement du Languedoc contre mon autorité en poussant sur le devant de la scène cette épine de franciscain, ce Bernard Délicieux*. Boniface..., cracha le roi. Arrogante erreur dont le souvenir défigure la chrétienté !

L'exécration qu'ils portaient tous deux au prédécesseur de Benoît XI était un autre lien entre les deux hommes.

– Plaisians a, bien sûr, évoqué avec... tact et mesure cet aspect. Il lui a semblé que les deux hommes l'écoutaient d'une oreille attentive, et en tout cas sans hostilité.

– Comment les départager, car nous ne pouvons pousser deux pions à la fois ?

– Ma préférence irait à l'archevêque de Bordeaux, monseigneur de Got.

– Vos raisons ?

– Vous connaissez mieux que moi ses qualités de diplomate, et les Gascons l'apprécient, ce qui nous vaudra des voix supplémentaires sans avoir à les rémunérer, ni même à intervenir trop ouvertement. Enfin, et surtout, monseigneur de Bordeaux s'est déclaré favorable à la réunion des ordres militaires sous une seule bannière, donc à la disparition du Temple en tant qu'entité. Si nos mobiles sont différents, nous cheminons dans le même sens.

– Eh bien... Va pour monsieur de Got. Soutenons-le avec empressement et discrétion, et débrouillez-vous pour qu'il nous en montre reconnaissance.

Abbaye de femmes des Clairets,
Perche, novembre 1304

Tassée dans le coin d'une petite pièce sombre et humide, empuantie de l'odeur des déjections et du lait tourné. Tassée à même le sol vaseux qui souillait d'une gangue verdâtre et malsaine le bas de sa robe trop légère, ses mollets, ses cuisses. Tassée, fouillant la pénombre, tentant de comprendre les sons qui lui parvenaient. Il y avait eu le claquement des ordres, des éclats de rire obscènes, des cris, puis des hurlements de souffrance. Ensuite, une sorte de silence de terreur s'était abattu. Tassée, cherchant à se fondre à la pierre des murs, espérant s'y diluer pour y disparaître tout à fait. Des pas qui s'arrêtaient derrière la porte basse qui semblait si épaisse. Une exclamation :

– Au moins, paraît qu'elle est appétissante et plaisante à regarder, la femelle !

– L'était. Elle virait à la gueuse quand j'l'ai redescendue de la chambre de procédure.

Des coups violents assénés contre le battant. Mais pourquoi s'acharnaient-ils ainsi alors qu'il leur suffisait de pousser le verrou. Des coups de plus en plus brutaux. Cessez, mais cessez...

Éleusie de Beaufort parvint à s'extirper du cauchemar qui la retenait prisonnière. Elle se redressa en sueur dans son lit. Agnès. La Question. La Question allait commencer. Que faisait Francesco ?

Une agitation derrière la porte de ses appartements, un cri, celui d'Annelette :

– Ma mère, je vous en supplie, réveillez-vous... Jeanne... Hedwige...

Elle fut debout d'un bond et se précipita pour ouvrir.

Thibaude de Gartempe, la sœur hôtelière, cramponnait le bras d'Annelette Beaupré. Derrière les deux femmes, se pressaient Emma de Pathus et Blanche de Blinot, livides comme des spectres.

– Que se passe-t-il ? s'affola Éleusie en rajustant son voile à la hâte.

Thibaude hurla d'une voix stridente :

– Elles vont mourir, elles vont mourir... Seigneur, mon Dieu... Je ne veux pas rester en ces lieux maudits une seconde de plus... Je veux partir, à l'instant...

Les yeux fous, en pleine crise de nerfs, la sœur hôtelière semblait prête à se jeter sur l'abbesse. Annelette tenta de la calmer d'un péremptoire :

– Il suffit ! Et lâchez-moi, vous me rentrez les ongles dans le bras. Lâchez, vous dis-je...

L'autre éructa :

– Je veux partir... Laissez-moi partir. Si vous...

Une gifle sans douceur lui tourna la tête sur le côté. La main d'Annelette se soulevait à nouveau lorsque Éleusie intervint :

– Va-t-on m'expliquer, à la fin !

– Elles sont au plus mal. Jeanne d'Amblin et Hedwige

du Thilay. Des vomissements les ont prises peu après le coucher.

L'abbesse sentit le sang lui quitter le visage. Un tremblement l'agita et elle demanda d'un ton à peine audible :

– L'if ?

– Peut-être. Je n'en suis pas encore certaine, bien que les symptômes concordent.

Éleusie se rua dans le couloir sans une autre parole et courut jusqu'au dortoir, suivie des quatre femmes.

Jeanne d'Amblin gisait entre ses draps souillés de vomissures sanguinolentes. Les yeux clos, sa poitrine à peine soulevée d'un souffle, l'agonie douloureuse lui avait plaqué un masque grimaçant sur le visage. Éleusie passa la main sur son front glacé et se releva, luttant contre les sanglots qui l'étouffaient.

Annelette rugit :

– Où est la jarre d'eau que j'avais requise ?

Une novice affolée la lui tendit, en renversant un bon quart sur le sol.

Un cri retentit alors à l'autre bout du dortoir :

– Elle va... Non, c'est impossible... Que quelqu'un fasse quelque chose...

Éleusie fonça. La tête d'Hedwige du Thilay venait de basculer contre l'épaule de Geneviève Fournier, la sœur gardienne des viviers et de la basse-cour. Désespérée, incapable d'admettre la vérité, cette dernière secouait la frêle chevécière décédée dans l'espoir de la ranimer, bafouillant sur un ton de confidence :

– Je vous en prie, chère Hedwige, je vous en prie, revenez à vous... Allons, Hedwige, allons... M'entendez-vous, c'est Geneviève ? Vous savez... Geneviève, ses dindons, ses œufs, ses carpes, et ses écrevisses. Faites un effort, je vous en conjure.

Respirez, chère Hedwige. Regardez, je vous aide, je délace le haut de votre chainse[1] afin que vous soyez plus à votre aise.

Annelette tenta de dégager le corps de la petite morte chétive, faisant preuve d'une douceur inattendue, mais l'étreinte de Geneviève ne se relâcha pas. Elle huma les lèvres bleuies et enfonça un doigt dans la bouche d'Hedwige afin de renifler sa salive. Puis, elle posa un baiser sur le front luisant de sueur de Geneviève et murmura :

– Elle est morte. Lâchez-la, je vous en prie.

– Non. Non ! hurla la gardienne des viviers. Non, cela ne se peut.

Elle se cramponnait à sa sœur, s'allongeant presque sur son corps sans vie, enfouissant son visage contre son cou, répétant d'un ton haché d'urgence :

– Non, c'est impossible. Le Seigneur ne le permettra pas. Il ne permettra pas que l'un de ses anges si doux disparaisse de la sorte. Ça, je le sais ! Non, vous vous trompez, chère Annelette, elle n'est point morte. Un évanouissement, rien de plus. Un vilain évanouissement. Vous savez bien, ma chère, comme elle a toujours été de petite constitution. Mais morte... Quelle bêtise !

Éleusie fit mine d'intervenir, mais Annelette la découragea d'un hochement de tête en ordonnant :

– Il nous faut nous occuper de Jeanne au plus vite, maintenant que je crois savoir à quel genre de poison nous avons affaire. (Elle ajouta, plus bas afin que Geneviève Fournier ne les entende pas :) Pas un mot à Jeanne au sujet du décès d'Hedwige. Vous savez comme elles s'accordaient. La vie de notre sœur tourière tient à un fil, inutile de le rompre par cette épouvantable nouvelle.

Elles abandonnèrent pour un temps la femme qui refu-

1. Longue chemise que l'on portait à même le corps.

sait encore son désespoir, sachant que cette trêve serait de courte durée et que le chagrin s'imposerait bientôt dans toute son implacable férocité à la tendre Geneviève.

Jeanne suffoquait. Des nausées ramenaient dans sa gorge une salive teintée de sang qui lui dégoulinait le long du menton. Elle laissa échapper un râle :

– Dieu que j'ai mal… Mon ventre explose en dedans. Bénissez-moi ma mère car j'ai péché… je vous en supplie bénissez-moi avant… qu'il ne soit trop tard… De l'eau… J'ai si soif… Bénissez-moi…

Éleusie traça le signe de la croix sur son front en murmurant :

– Je te bénis ma fille, mon amie, et je t'absous de tes fautes.

Un mince soulagement détendit les traits crispés de douleur de Jeanne. L'agonisante parvient à souffler :

– Hedwige… Va-t-elle mieux ?

– Oui, Jeanne, nous avons espoir qu'elle vivra, mentit Éleusie.

– Le… le poison nous a prises ensemble.

– Je sais… Apaisez-vous, conservez vos forces, ma chère fille.

Jeanne ferma les paupières et hoqueta :

– Maudite…

– Elle l'est, taisez-vous maintenant.

Annelette récupéra le broc d'eau, ordonna que l'on maintînt Jeanne et qu'on lui ouvrît la bouche de force.

La mourante tenta faiblement de résister, gémissant :

– Laissez-moi aller en paix. Je suis en paix.

Durant le quart d'heure qui suivit, l'apothicaire la contraignit à boire en dépit de ses faibles protestations, des étouffements qui la faisaient tousser et cracher. Deux novices se relayaient pour aller chercher de l'eau en cuisine. Lorsque Jeanne, que ses dernières forces abandonnaient, eut avalé plusieurs pintes* de liquide, l'apothicaire se releva, le devant de sa robe trempé d'eau et de vomissures sanglantes. Elle désigna d'un index menaçant Emma de Pathus et Yolande de Fleury, figées devant le lit et qui n'avaient pas prononcé un mot depuis le début de cette scène de cauchemar, et intima :

– Redressez-la et tenez-la.

Les deux religieuses tirèrent le corps inerte de Jeanne et l'installèrent en position assise.

– Vous deux, ordonna-t-elle en se tournant vers les novices tremblantes, ouvrez-lui la bouche et ne lâchez que lorsque les renvois débuteront.

Toutes s'exécutèrent, incapables de formuler une phrase.

Annelette plongea deux doigts dans la gorge de Jeanne, vaguement écœurée par l'odeur fétide et pourtant douceâtre qu'elle exhalait, tâtant la luette jusqu'à ce que des contractions du diaphragme de l'empoisonnée annoncent l'émission. Elle attendit qu'un liquide tiède de la chaleur de l'estomac lui trempe la main avant de libérer sa sœur qui régurgita par à-coups son lavement de viscères.

Lorsqu'elles allongèrent Jeanne confortablement une demi-heure plus tard, son pouls était encore désordonné, les tremblements qui l'agitaient n'avaient pas cessé, mais elle respirait plus librement.

Éleusie suivit Annelette dans le long couloir. Blanche de Blinot était appuyée contre l'un des piliers et pleurait entre ses mains. Elle leva la tête lorsqu'elle les entendit et gémit :

– Je suis lâche. Lâche et trop vieille. La mort me fait si peur. J'ai honte de moi.

– Blanche, ne soyez pas si dure avec vous, soupira Éleusie. Elle nous inquiète toutes, bien que nous sachions qu'une magnifique place nous attend aux côtés de Notre Seigneur.

Se tournant vers Annelette Beaupré, la vieille femme demanda :

– Jeanne va-t-elle mourir, elle aussi ?

– Je l'ignore. Hedwige était si chétive et plus âgée. Et puis, peut-être a-t-elle avalé une dose de poison plus importante. Nous ne le saurons que lorsque nous aurons trouvé par quel moyen on le leur a fait ingérer.

– Mais pourquoi ? chuchota la doyenne en reniflant.

– Cela aussi, nous l'ignorons, chère Blanche. Et si j'avais formé une hypothèse, elle vient d'être remise en question par l'identité des deux nouvelles victimes, insinua l'abbesse en songeant aux plans de l'abbaye enfermés dans le coffre.

Car si l'objet de la meurtrière avait été de mettre la main dessus, pourquoi atteindre Hedwige et Jeanne, qui ne possédaient nulle clef ? Elle rassura Blanche comme elle le put en ajoutant :

– Allez prendre un peu de repos. Des novices se relayent au chevet de Jeanne. Elles nous préviendront à la moindre modification de son état.

Château d'Authon-du-Perche, novembre 1304

Serrés contre la grande cheminée, seule source de chaleur de cette immense pièce d'études, Joseph de Bologne et Clément s'exerçaient à humer. Le vieux médecin avait poussé sous le nez de son apprenti prodige un gobelet dans lequel stagnait un repoussant liquide jaune rougeâtre. Il s'énervait :

– Allons, sois plus précis. Qu'est-ce ?

Clément retint un haut-le-cœur pénible en annonçant :

– Oh... j'ai envie de vomir...

– Un scientifique ne vomit pas, il réfléchit et renifle. Mieux, il se souvient, le coupa Joseph. Exerce ton nez, Clément, c'est l'assistant le plus précieux de la médecine ! Allons, qu'est-ce ?

– De l'œuf pourri et bien pourri.

– Et où trouvons-nous cette désagréable odeur, car n'exagérons pas, il en est de bien plus pestilentielle ?

– Dans les selles d'un malade atteint d'hémorragie digestive.

– Bien. Passons à une autre, plus subtile.

– Maître, le retint Clément que ces expériences ne parvenaient pas à distraire de sa seule obsession. Il y pensait jour et nuit, sanglotant entre ses draps lorsqu'il se savait seul. Maître...

– Tu songes à ta dame, n'est-ce pas ? le devança Joseph, qui, au fond, multipliait les exercices et les enseignements pour offrir à son brillant élève quelque répit d'avec la peur.

– Elle ne me quitte guère l'esprit. Pensez-vous que... enfin que je la retrouverai ?

– Je veux croire que l'innocence parvient à sortir victorieuse des pires situations.

– Le peut-elle vraiment ?

Joseph de Bologne le détailla, et une incommensurable tristesse le submergea. Avait-il jamais constaté que l'innocence triomphât ? Sans doute pas, aussi offrit-il un mensonge de tendresse à cette jeune fille en déguisement qu'il finissait par aimer comme son unique fils spirituel :

– Parfois... Rarement, sauf lorsqu'on l'aide. Allons, mon garçon, reprit-il en forçant la sévérité de son ton. Poursuivons.

Il traversa la grande salle et versa un liquide ambré dans un nouveau gobelet avant de le soumettre à l'expertise olfactive de Clément :

– Que sentons-nous ? Plaisante odeur ne nous chatouille-t-elle pas les narines, cette fois ?

– Du jus de pomme. *Pestis*[1] ! Il s'agit de l'odeur exhalée par les pesteux. Enfin, du moins par la plupart, car d'autres sentent la plume fraîchement arrachée.

– Souviens-toi bien de ces deux odeurs. Je te le dis, en

1. Peste, fléau. On pense qu'elle sévit, notamment en Chine, depuis 3 000 ans. En tout cas, la première pandémie certaine survint en 540 après J.-C. sur les bords de la Méditerranée et frappa aussi la Gaule. La deuxième pandémie, dite peste noire, persista entre 1346 et 1353. Elle venait d'Inde et devait tuer vingt-cinq millions de personnes en Europe et probablement autant en Asie.

vérité, cette terrible engeance n'a pas fini de nous malmener. Que devras-tu faire ?

– S'il se forme un bubon, l'inciser de part en part au couteau rougi aux braises, en prenant soin de me couvrir les mains de gants puis de les jeter au feu et de me laver longuement mains et bras avec force savon. S'il s'agit d'une forme de poitrine, rien, si ce n'est ne pas m'approcher du pesteux à moins d'une toise. En effet, la salive forme de minuscules billes qui sont expulsées lorsque l'on parle et la peste s'y accroche, voyageant ainsi de la bouche du malade jusqu'à son interlocuteur.

Un sourire illumina le visage ridé du vieux médecin qui opina d'un signe de tête. À bon maître, bon élève.

Ils sursautèrent soudain. On eut cru qu'une troupe entière venait de s'engouffrer dans la pièce. Artus les interpella :

– Puis-je m'approcher sans craindre d'attraper une fièvre mortelle ? Qu'est cette odeur épouvantable ?

– L'œuf pourri, monseigneur.

– Les scientifiques ont décidément de bien curieuses occupations. Messire médecin, je désire m'entretenir aussitôt avec votre assistant.

– Souhaitez-vous que je me retire, seigneur ?

– Que nenni, je vous laisse à vos empuantissements et l'entraîne dans mes appartements protégés des miasmes.

Lorsqu'ils se furent installés dans la petite pièce en rotonde, Artus attaqua sans plus attendre :

– J'ai besoin de ton aide, mon garçon.

L'air sombre et tendu du comte renseigna Clément mieux qu'une déclaration. Il s'agissait d'Agnès. Un instant de pure panique le figea. Non. Non, elle ne pouvait pas être morte, car, dans le cas contraire, il se serait éteint aussitôt, tant sa vie dépendait de celle de sa dame.

– Les nouvelles sont-elles si mauvaises ? bafouilla l'enfant en repoussant les sanglots qui lui envahissaient la gorge.

– Elles sont exécrables, mais pas pires qu'hier ou avant-hier, et ne te mets pas horreur en tête. Madame de Souarcy est vivante... Toutefois, la Question débutera sous peu.

Artus jeta un regard de meurtre autour de lui, cherchant ce qu'il pourrait saccager, détruire pour apaiser un peu de sa fureur. Son poing s'abattit sur sa table de travail, renversant l'encrier d'argent en forme de coque de navire. Clément resta figé, regardant l'encre s'écouler avec paresse le long des fibres du bois, puis goutter au sol. Artus suivit son regard et découvrit le petit ravage qui noircissait une latte du plancher. Ils demeurèrent tous deux interdits, comme si cette tache qui allait s'élargissant recelait un quelconque message. L'encre est noire, pas rouge, se répétait Clément. C'est de l'encre, pas du sang. De l'encre et rien d'autre. Pourtant, il tira le carré de grosse étoffe qui pendait à sa ceinture et lui servait d'essuyoir, et se précipita pour couvrir la petite mare noire afin de la contraindre à disparaître.

Artus releva la tête, comme si ce simple geste venait de défaire le maléfice qui tenait leurs regards rivés au sol. Il reprit où il s'était interrompu :

– Florin doit mourir, Clément. Il n'est plus d'autre solution. Il doit mourir, et vite.

– Ordonnez, messire, que l'on me selle un cheval. Je pars sur-le-champ. Je le tuerai.

Le regard pers que l'enfant tenait braqué sur lui disait assez toute sa détermination. Étrangement, Artus le sut capable d'un tel geste, quitte à se faire à son tour massacrer.

– Je me réserve la lame, mon garçon, c'est une vieille compagne et elle ne me faut jamais. En revanche, j'ai besoin d'un espion pour suivre Florin, qui me connaît. J'avais cru trouver un petit acolyte, mais il s'est volatilisé.

L'excitation gagna Clément :

– Je puis le remplacer. Ordonnez, messire !

– Nous partons demain à l'aube pour Alençon.

– C'est à plus de vingt lieues... Y parviendrons-nous à...

Clément buta sur le dernier mot qui résonnait comme une sentence de mort.

– Vingt-trois exactement et, parbleu, nous y serons à temps ! En poussant un peu nos montures, et sans prendre grand repos, nous y arriverons après-demain, à jour faillant.

Palais du Vatican, Rome, novembre 1304

Un chambellan mit terme à l'espèce d'engourdissement douloureux qui ne quittait plus guère le camerlingue Benedetti.

– Votre entrevue est arrivée, Éminence.

Un soupir de soulagement souleva Honorius. Il eut le sentiment que cette benoîte annonce lui permettait enfin d'accoster, de quitter l'océan de tumulte qui le malmenait depuis des jours et des nuits.

– Donnez-moi le temps d'une prière puis introduisez-la.

L'autre se retira, l'échine courbée sur un salut.

Pourtant, le camerlingue ne souhaitait consacrer ce bref répit à nul recueillement. Il voulait le savourer, en percevoir la moindre nuance.

Aude, magnifique Aude. Aude de Neyrat. La simple mention de ce nom produisit son bienveillant sortilège. L'étau qui serrait la gorge du prélat depuis des mois se relâcha. Il inspira avec ivresse cet air presque frais qu'il redécouvrait. La méchante douleur qui irradiait dans son sternum s'évanouit et il osa pour la première fois depuis bien longtemps se lever, s'étirer sans craindre de se briser en morceaux.

Aude, la voir, lui sourire. N'y tenant plus, il se rua vers la haute porte double qui protégeait son bureau et l'ouvrit à la volée, surprenant le chambellan qui tenait compagnie à madame de Neyrat.

– Pénétrez, chère et belle amie.

La femme se leva avec une grâce aérienne. Honorius se fit la réflexion qu'elle était encore plus prodigieusement belle que dans son souvenir. Un miracle, l'un de ceux qui vous surprennent au détour d'une vie et dont la perfection vous laisse humble. Une chevelure blonde et mousseuse entourait le petit visage angélique à l'ovale parfait. Deux immenses lacs d'émeraude étirés en amande vers les tempes le fixaient joyeusement et un sourire charmant étirait la jolie bouche en cœur. Honorius ferma les paupières de satisfaction. Derrière cette silhouette gracieuse, derrière ce beau front bombé se cachait l'un des esprits les plus puissants, les plus aboutis qu'il eut jamais rencontré.

Elle avança et il lui sembla que ses pieds foulaient à peine le sol. Honorius referma la porte derrière eux.

Aude de Neyrat s'installa et sourit en inclinant sa ravissante tête sur le côté :

– Tant de temps, Éminence.

– Je vous en prie Aude, prétendons que ce temps qui vous a à peine effleurée et me laisse, en revanche, comme un vieillard, n'existe plus vraiment.

Elle eut un délicieux geste d'acquiescement, sa jolie main fine caressant le vide, et reprit :

– Avec bonheur... si peu de temps donc, mon cher Honorius. (Plissant ses lèvres gourmandes, elle déclara, plus sérieuse :) Votre missive m'a d'abord ravie, puis inquiétée, je vous le confesse.

– Je vous en demande pardon. Cela étant, l'alarme me ronge, et elle a dû transpirer d'entre mes mots...

Le camerlingue marqua une pause et la détailla. Aude de Neyrat avait été ballottée par une existence tumultueuse. Seul un prodige pouvait expliquer qu'elle n'en gardât aucun stigmate. Orpheline très jeune, elle avait été confiée à la garde d'un oncle vieillissant qui avait bien vite confondu charité familiale et inceste. Le scélérat n'avait pas profité très longtemps des charmes de sa nièce, décédant après une interminable et douloureuse agonie que sa protégée avait veillée avec dévotion. À douze ans, Aude venait de découvrir que ses talents pour les poisons, le meurtre et le mensonge n'avaient d'égal que sa beauté et son intelligence. Une tante, deux cousins héritiers, puis un vieux mari devaient succéder à l'oncle indélicat, jusqu'au jour où la mauvaise fortune répétitive de ses familiers avait alerté les hommes du grand bailli d'Auxerre. Honorius Benedetti, alors simple évêque, se trouvait en ville au moment du procès. La saisissante beauté de madame de Neyrat lui avait rappelé ses douces folies de jeunesse, lorsqu'un lit de dame le libérait juste avant qu'il ne sombre dans un autre. Il avait tenu à l'interroger, arguant du prétexte que sa robe favorisait les aveux. Elle n'avait rien avoué, le noyant dans un dédale de menteries qu'il avait admiré en connaisseur. Tant de rouerie, d'intelligence, de talent ne devait selon lui pas finir le cou serré dans une corde, et encore moins sur un bûcher de sorcière. Il avait fait des pieds et des mains, achetant, menaçant, convainquant. Aude était sortie d'accusation, lavée de tous soupçons. Elle avait été la seule incontinence de chair du prélat depuis qu'il avait abandonné le siècle. Il l'avait rejointe une semaine plus tard en l'hôtel particulier hérité du mari qu'elle avait poussé vers un monde réputé meilleur. Un instant, Honorius avait redouté qu'elle ne fût pas à la hauteur du manquement qu'il se préparait à commettre. Il avait grand tort. Comme il l'espérait en secret, elle n'avait vu dans ces quelques heures de draps, de peau et de sueur nul dédommagement, nulle obligation de dette. Elle lui avait fait l'honneur de se donner à un homme, sans jamais se céder à un créancier. Durant ces heures de parfaite folie, ils s'étaient trouvés, se humant en fauves de même stature. Ils avaient fait l'amour comme on scelle un pacte. À son instar, Aude jugeait que la fin justifiait les moyens. Ne lui avait-elle pas confié, au petit matin de cette nuit-là :

– Que voulez-vous mon cher, la vie est trop courte pour tolérer que des empêcheurs la gâchent. Si les gens étaient plus sages... je n'aurais pas besoin de les empoisonner. Je suis femme de parole et d'une dignité qui, certes, m'est personnelle. Ainsi, mon oncle qui crut avoir le droit de me dérober mon innocence et ma virginité... J'ai récupéré sa vie en échange. Je n'étais pas d'accord sur le marché initial qu'il avait conclu sur mon corps de fillette. Du coup, il m'a semblé que je n'avais pas à solliciter son avis concernant le reste... sa mort. Jurez-moi que vous êtes un homme sage, Honorius. Je détesterais que vous disparaissiez... Vous êtes trop exceptionnel et précieux pour manquer à ma vie.

La délicieuse menace lui avait arraché un fou rire. L'un de ses derniers vrais rires. La vie avait depuis dérapé pour devenir sinistre et laide. Au fond, la vitalité joyeuse d'Aude était sans doute le dernier souvenir qui lui permît de respirer à son besoin.

– Ce que je vais vous conter, ma radieuse Aude, reprit-il avant qu'elle ne l'interrompe d'une moue amusée :

– Reste entre nous ? Ah ça, m'auriez-vous oubliée à ce point, mon cher ?

Il exhala avec lenteur. Au fond, Aude n'était-elle pas le meilleur confesseur dont il pût rêver ? Le seul auquel il pût accorder sa confiance. Il ferma les yeux et commença avec peine :

– Aude, ma magnifique... Si vous saviez... Benoît est mort et je suis l'artisan de son agonie. Cette mort me blesse tant, elle me ronge du dedans, sans répit, pourtant, elle était inévitable.

– Pourquoi cela ? demanda-t-elle sans que cet aveu semble la troubler.

– Parce que Benoît était de ces purs dont l'obstination risque de saper les fondements de notre Église. Il s'était mis en tête une dangereuse chimère et s'accrochait à son idée de pureté évangélique, alors que nous sommes en danger, menacés de toutes parts. L'Orient chrétien est mort et je doute qu'il renaisse de ses cendres. Il nous faut maintenant, au contraire, consolider l'autorité de l'Église en Occident. Le dialogue, l'échange et l'ouverture ne sont plus de mise... Au demeurant, l'ont-ils jamais été ? Une réforme de l'Église, une sorte de mea culpa, nous serait fatale, j'en suis convaincu. Aude, nous sommes les garants d'un ordre, d'une fermeté sans lesquels les hommes ne peuvent survivre. En face de nous, des forces que je mesure mal œuvrent à défaire notre emprise. Nombre de souverains d'Europe souhaitent mettre en pièces notre autorité, dont Philippe le Bel, ma bien chère. Mais ceux-là ne constituent pas ma préoccupation majeure, nous parviendrons à les faire reculer. En revanche, je vous l'avoue, les autres me font peur.

– Les autres ? Quels autres ? s'enquit la magnifique jeune femme.

– Si je les connaissais, je n'aurais plus à m'en soucier. Je flaire leurs avancées partout, dans ces hérésies qui fleurissent, dans l'austérité exaltée de nombre de nos moines mendiants, dans l'amitié de la jeunesse noble et des bourgeois à leur endroit. Je cherche sans relâche leurs traces... L'espoir de la fraction la plus riche et la plus érudite se porte vers les réformateurs. Les autres, les pauvres, les suivront sous peu, grisés par leurs grotesques théories d'égalité. Nous avons contré et nous continuons de contrer les mouvements hérétiques, mais ils ne sont que la face exposée d'un courant profond de désamour pour nous, pour ce que nous représentons.

– L'Inquisition est pourtant bien active, souligna son invitée.

– L'Inquisition est un diable de papier que l'on agite pour faire peur. Des soulèvements ont eu lieu contre elle dans le passé, prouvant que le peuple, s'il trouve un... commandant, peut réagir. (Honorius hésita avant de poursuivre :) Un commandant ou un miracle. Imaginez, mon amie... Imaginez...

– Que tardez-vous à me révéler ? Je sens chez vous une crainte qui m'alarme.

La finesse de la jeune femme le convainquit d'aller jusqu'au bout de ses confidences :

– Je m'enlise dans un combat dont je redoute parfois qu'il soit vain. Me vient la terreur d'un échec que je sens proche de moi. Il suffirait d'un miracle... d'un convaincant miracle pour que tout bascule.

– Quel miracle ?

– Je l'ignore. Je doute que Benoît ait connu sa nature, pourtant, il était prêt à le protéger de sa vie, tout comme l'une de ses pièces maîtresses, ce chevalier Francesco de Leone, un hospitalier.

Il la fixa quelques instants avant de reprendre :

– Mes explications sont si floues, si incertaines... C'est que j'avance moi aussi dans le brouillard depuis des années. Un texte, une sorte de prophétie sacrée, nous est parvenu avant de redisparaître comme par enchantement. Deux thèmes astraux y étaient détaillés. Après des années de tâtonnements et de déceptions, l'existence d'un traité d'astronomie rédigé par un moine du monastère de Vallombroso fut portée à la connaissance de Boniface. La révolution que recelaient ses pages ne devait à aucun prix se répandre. J'y ai veillé. L'ouvrage était protégé dans notre bibliothèque privée. Nous avancions dans les calculs devant nous permettre d'élucider les deux thèmes lorsque le traité fut dérobé par un chambellan et vendu au plus offrant... Leone. Il n'en demeure pas moins que nous sommes parvenus à percer le secret du premier et à localiser, grâce à une éclipse de lune, la personne qu'il désignait, une certaine dame Agnès de Souarcy.

– Qui est-ce ?

– Une bâtarde reconnue, semée par un petit baron ordinaire français, Robert de Larnay.

L'incrédulité rida le joli front de madame de Neyrat.

– Cette histoire est insensée... Que vient faire une petite nobliaude de France au milieu de l'affrontement entre les forces réformatrices et conservatrices de l'Église ?

– Que voilà admirablement résumé le désordre dans lequel je me perds depuis des années.

– Une femme, de surcroît. Qui sont les femmes aux yeux d'un prélat ? Des saintes, des religieuses, des mères d'un côté, et de l'autre des catins, des dévoyées et des tentatrices. Quelle importance peut avoir une femme ?

Honorius avait serré les lèvres à cette énumération. Il était, cependant, assez lucide pour reconnaître sa justesse. Cela étant, quel autre rôle aurait pu tenir une femme ? Aude, cette adorable meurtrière, n'en était-elle pas une preuve éclatante ?

– Je suis si démuni, ma chère. Je ne sais rien de cette femme, si ce n'est qu'elle représente une effroyable menace dont j'ignore tout. Elle doit mourir, et vite.

– M'avez-vous fait mander afin de me confier son exécution ? insista madame de Neyrat en souriant.

– Non, j'y ai pourvu bien avant votre venue.

– Que souhaitez-vous de moi, cher Honorius ?

– Il me faut ce traité de Vallombroso. Il me le faut impérativement afin d'élucider le second thème et de devancer mes ennemis. Je me suis associé les services d'un nervi dont le manque d'efficacité m'inquiète et commence de m'exaspérer. J'avais compté sur sa rage, son aigreur, sur son besoin d'exiger de la vie un remboursement des injustices dont il s'imagine victime.

Un bref silence suivit ses aveux. Aude de Neyrat le rompit sans hâte, déclarant :

– Honorius, Honorius... Quelle erreur de faire confiance à la peur et à l'envie. Ce sont caractéristiques de pleutre et il n'est pire traître que les pleutres.

– Je n'avais que fort peu de possibilités, ma chère belle. M'aiderez-vous ?

– Je vous l'ai un jour affirmé : je suis femme de parole et de dignité. Je paye toujours mes dettes, monsieur, répondit-elle pour une fois sans l'ombre d'un sourire. D'autant que j'en ai contracté fort peu qui me viennent du cœur. Je vous aiderai... (Puis, jugeant son sérieux excessif, elle se rattrapa en plaisantant :) Et qui dit que je n'oblige pas ainsi le futur pape ?

Il hocha la tête avant de rétorquer :

– L'ombre me sied, ma chère. Je suis un homme de derrière la tenture, un homme qui attend désespérément celui qu'il servira mieux que lui-même. Benoît... Benoît que j'ai tant aimé n'était pas celui-ci.

– Et votre silhouette espionne ? Qu'en fais-je ?

– Au besoin, éliminez-la, elle m'a donné moult preuves de son incompétence.

– Quelle idée séduisante, mon cher Honorius.

Aude se leva, aussitôt imitée par le camerlingue qui lui serra les mains avant de les porter à ses lèvres. Elle murmura :

– Je reste jusqu'à deux jours à Rome afin de m'y reposer

un peu. S'il vous venait l'envie de me visiter, en discrétion, n'hésitez pas.

– Je ne le crois pas, ma chère tendre. Nous nous connaissons trop. Surtout, nous nous aimons trop.

Elle ferma les yeux, lui offrant son plus renversant sourire avant de chuchoter :

– Pourquoi aurais-je prononcé la même réponse, m'eussiez-vous devancée en cette leste proposition ?

– Parce que nous nous connaissons trop et que nous nous aimons trop, justement.

Maison de l'Inquisition, Alençon,
Perche, novembre 1304

Agnan, tassé derrière sa planche de travail poussée dans un coin du vestibule prolongeant le bureau de Nicolas Florin, le sut dès qu'il leva le regard sur lui. L'espace d'un fugace instant, le jeune clerc eut la vision d'une pure épée. Le miracle pour lequel il avait prié depuis des jours, cet improbable miracle qu'il avait imploré des nuits entières lui était accordé sous la forme de cet homme qui se tenait debout devant lui, le détaillant d'un intense regard bleu. Il y avait dans ses yeux qui viraient du saphir à la mer froide en fonction de la lumière qui s'y réfléchissait tant de choses secrètes, Agnan l'aurait parié. Des choses terribles mais nobles, des choses dont il ne connaissait rien et qui, pourtant, le bouleversaient, là, derrière sa petite planche.

– Me feriez-vous, je vous prie, le service d'annoncer Francesco de Leone, chevalier de justice et de grâce de l'ordre des hospitaliers de Saint-Jean de Jérusalem ? Je suis venu m'enquérir de madame de Souarcy.

Sans qu'il le veuille, sans qu'il sache très bien quelle force le poussait à cette imprudence, Agnan s'entendit murmurer :

– Sauvez-la, je vous en supplie.

L'autre le considéra un instant avant de froncer les sourcils :

– Serais-je si déchiffrable ? Vous m'inquiétez.

– Vous me rassurez tant, chevalier.

Le jeune clerc disparut, puis revint avec la célérité de l'éclair. Il se rapprocha de Leone pour murmurer :

– Il est plus vil et dangereux que le pire des incubes.

– Croyez-vous ? rétorqua Leone dans un sourire. L'avantage est que celui-là est mortel.

Florin se demandait depuis l'annonce de son clerc ce que venait fiche un hospitalier en la maison de l'Inquisition. Cette femelle Souarcy ne lui occasionnait que des difficultés. La Question débuterait tout à l'heure et se terminerait trop vite à son goût par le soulagement définitif de l'accusée. La mort. Quelques heures de souffrances infligées, de hurlements, le dédommageraient quand même un peu. Certes, il aurait pu l'étrangler dans sa cellule et prétendre qu'elle s'était pendue afin d'éviter son questionnement, la chose était fréquente. Non. Elle l'avait assez contré et excédé. La délivrance lui serait pénible.

Leone pénétra, à la suite d'Agnan, dans le petit bureau qu'occupait l'inquisiteur. Le jeune clerc les abandonna aussitôt. Contrairement à ce qu'il avait décidé, une sorte de force souleva Florin de son siège à l'entrée du chevalier. La saisissante beauté de l'homme et l'évidente puissance qui émanaient de lui le laissèrent pantois. L'idée incongrue mais insistante qu'il aurait adoré le séduire pour le réduire s'imposa à lui. Après tout, pourquoi pas ? Certes, il aimait la couche des filles, mais quelle magnifique démonstration de son pouvoir d'amener un si bel hospitalier à faillir. Après tout, le sexe ne lui servait qu'à cela : affirmer sa domination.

– Chevalier, quel honneur.

– L'honneur est mien, seigneur inquisiteur.

Une sorte de griserie envahit Leone, et il s'en sentit coupable. La griserie qui précède les combats les plus difficiles. Giotto Capella avait été un adversaire de faible résistance. Celui qui se tenait devant lui était des plus dangereux, des plus imprévisibles qu'il eut rencontrés. Giotto Capella était un homme déchu. Celui-là était un venin concentré. Il s'en voulut de l'espèce de perversité qu'il se sentait soudain : vaincre la vipère en usant de ses propres armes.

– Asseyez-vous chevalier, je vous en supplie. Mon clerc me dit que le sort de madame de Souarcy vous préoccupe ?

– Il ne s'agit pas de son sort, monsieur, car je ne doute pas qu'il soit entre les meilleures mains.

Le compliment flatta Florin, qui acquiesça d'un élégant mouvement de tête.

– Cela étant, la mère de madame de Souarcy était grande amie de ma tante. Traversant votre belle région afin de rejoindre Paris pour mon ordre, j'ai pensé que je pourrais lui apporter le confort d'une prière.

– Hum...

Florin n'était plus à la discussion. Il cherchait la meilleure stratégie pour séduire l'homme éblouissant qui lui parlait.

– Me concéderiez-vous la faveur de rencontrer madame de Souarcy, mon frère ? insista Leone d'un ton léger.

La requête dégrisa Florin d'un coup et un sourire forcé étira ses lèvres :

– Certes, chevalier, j'aurais grande peine à vous refuser cette modeste faveur. Je reconnais bien là l'infinie générosité des représentants de votre ordre.

Nicolas Florin fulminait de colère en dedans de lui. Que venait faire ce chevalier au milieu de son procès ? Nulle autorité ne le mandait. Il enrageait de devoir ployer. Cela étant, on ignorait toujours le grade d'un hospitalier, surtout chevalier de grâce et de justice, une fois hors de son antre : grand maître ou simple guerrier. Il convenait donc de rester prudent. Florin venait de franchir une étape cruciale dans son ascension vers le pouvoir mais n'ignorait pas que bien des échelons lui restaient à gravir. Ensuite, il serait au-dessus de tout, des hommes et des lois. Mieux valait ménager cet inconnu, prétendre recueillir son avis avec impartialité et une tendre humilité. Il reprit :

– Il s'agit, vous le comprenez, d'une faille à notre procédure, puisque vous n'êtes pas de la parentèle directe de l'accusée. Je vous demanderai donc de m'assurer de la brièveté de cette visite. Le procès de madame de Souarcy continue.

Leone se leva, le remerciant, plongeant son regard dans le velours sombre des yeux de l'inquisiteur. Celui-ci s'enquit, enjôleur :

– Me viendrez-vous saluer ensuite, chevalier ?

– En doutiez-vous, monsieur... je ne puis le croire... répondit Leone d'une voix suave.

Agnan s'empressa devant lui, bafouillant des phrases incompréhensibles de remerciement, trébuchant le long des marches qui menaient aux cellules. Il tremblait tant que Leone dut repousser le verrou à sa place.

– Allez maintenant et soyez béni, le remercia le chevalier. Je retrouverai mon chemin. Je ne dispose que de bien peu de temps, mais il me suffira... Pour le moment.

– Je vous ai tant appelé de mes prières, monsieur, bredouilla l'autre. Je...

– Allez, vous dis-je. Pressez-vous de remonter afin qu'il ne s'alarme pas.

Agnan disparut comme une ombre amie au détour d'un pilier.

Leone ne sentit rien de l'effroyable puanteur qui régnait

dans la geôle. Il ne vit pas la crasse, les cernes, la lividité malade de la femme qui se tenait à grand-peine debout devant lui. Elle était la force, l'infinie résistance des femmes. Ces iris gris-bleu qui le scrutaient le récompensaient de toutes ses douleurs, de tous ses épuisements. Il lui sembla qu'elle était lumière et qu'il avait attendu de la frôler du regard toute sa vie. Il se laissa tomber à genoux dans la vase répugnante, luttant pour retrouver le souffle que l'insoutenable émotion lui avait dévoré et murmura :

– Enfin... Vous, madame.

– Monsieur ?

L'épuisement lui avait ôté toute réaction. Agnès cherchait désespérément la raison de ce saisissant hommage, de la présence de cet homme dans son cachot. Rien n'avait plus de sens.

– Francesco de Leone, chevalier de grâce et de justice de l'ordre hospitalier de Saint-Jean de Jérusalem.

Elle le fixait en pleine incompréhension.

– Je suis venu de loin, pour vous sauver, madame.

Elle tenta d'humecter ses lèvres desséchées et s'éclaircit la gorge avant de demander :

– De grâce, relevez-vous, monsieur. Je ne comprends pas ce... Qui êtes-vous... Le comte d'Authon vous...

Ainsi, Artus d'Authon faisait partie de leurs amis. Cette révélation soulageait Leone.

– Non, madame. Je ne connais le comte que de nom et de belle réputation.

– Ils envoient parfois de charmants espions afin d'extorquer des aveux, déclara-t-elle d'un ton de confidence qui ne trompa pas Leone sur sa finesse.

– Éleusie de Beaufort, mère abbesse des Clairets, est ma tante, ou, plutôt, devrais-je dire, ma seconde mère puisqu'elle m'a élevé après le décès de sa sœur Claire, à Saint-Jean-d'Acre.

En dépit de son exténuation, un vague souvenir revint à Agnès. Jeanne d'Amblin lui avait en effet confié que l'abbesse avait recueilli un neveu après la sanglante défaite qui consacrait la chute de l'Orient chrétien. Elle se laissa enfin aller sur le bat-flanc, rassurée. Il ajouta :

– Nous n'avons que fort peu de temps, madame.

– Comment êtes-vous parvenu à convaincre cet être de mauvaiseté de vous accorder une visite ?

– En le prenant à son propre piège. Peu de possibilités s'offrent à nous, madame. Une récusation...

Elle l'interrompit :

– Allons, monsieur, vous savez comme moi que la récusation ne servira de rien. Les inquisiteurs ont l'habitude d'antidater leurs actes de sorte que la requête de récusation parvient à l'évêque bien après son terme. Et même en admettant qu'elle soit suivie d'effet, ce dont je doute, je serai morte avant qu'ils ne désignent un nouvel inquisiteur. Ajoutez à cela que celui-ci me prendra aussitôt en inimitié à cause de mes démarches contre l'un des siens.

Leone n'en doutait pas. Il n'avait évoqué cette feinte de droit que pour lui faire admettre ce qui allait suivre. Il la fixa à nouveau dans la pénombre, bouleversé jusqu'à l'âme par ce qu'il découvrait, ce qu'elle ignorait d'elle. Il rendit grâce à Dieu d'être celui dont la vie avait été choisie pour sauver celle de cette femme. Cette femme qui n'avait aucune prescience de son importance inouïe.

– La Question commencera sous peu, madame.

– Je le sais. Vous avouerai-je la terreur dans laquelle je me trouve ? J'ai entendu des journées entières leurs hurlements... Cet homme... Il est mort, je crois. Je me déteste de mon manque de courage. Je redoute de ne pas me conduire avec honneur, de me transformer en pantin hurlant prêt à avouer le pire pour que cessent mes tourments...

– Je ne doute pas de mon courage et pourtant, je le craindrais, moi aussi. Toutefois, c'est mal vous connaître et c'est mal me connaître... J'ai pour règle de ne rien abandonner au hasard des hommes... Il est le plus généralement ténébreux.

Elle voulut l'interrompre, le presser de s'expliquer, de l'éclairer sur le sens de cette dernière déclaration, mais il la coupa d'un geste de la main :

– Madame... il vous faut tenir la souffrance. Il vous faut tenir jusqu'à demain, pour l'amour de Dieu.

– Jusqu'à demain ? Pourquoi demain et pas aussitôt ?

Elle s'en voulut d'abord de cette phrase inspirée par la peur de la douleur à venir. Après tout, elle n'était qu'un être de chair, de sang et de nerfs.

– Parce que demain, Il aura jugé.

Elle ne fit pas même l'effort de chercher ce que signifiait cette phrase. Tout lui semblait si étrange, si irréel depuis quelques instants. Le chevalier reprit pourtant :

– Le jugement de Dieu pourra être invoqué, madame.

– Y croyez-vous encore ?

– Bien sûr... puisque je suis Son bras. Si Florin venait à disparaître avant le début de vos tourments sous la Question, il serait vite remplacé et le procès se poursuivrait, risquant de s'étendre à ceux de vos gens qui vous ont soutenue...

Agnès comprit l'allusion à Clément et ne s'étonna même pas que cet étrange chevalier connût l'existence de l'enfant. Elle hocha la tête en signe de refus.

– ... En revanche, si Dieu le frappe en punition de vos injustes souffrances endurées, nul ne souhaitera reprendre l'accusation ensuite... pas même Rome.

– Rome ?

– Le temps nous presse.

Il tira de son surcot un minuscule sachet de toile ocre et fit rouler dans sa paume la grosse bille d'un brun verdâtre qu'il contenait. Il la lui tendit.

– Mâchez cela juste avant le supplice. Mâchez, je vous en conjure. Vous sentirez à peine la morsure des lanières. Il s'agit d'une pâte qui me vient de Chine après bien des mésaventures. Cette résine est fort amère mais presque magique pour qui sait l'employer.

– Qui êtes-vous au juste ? Pourquoi risquer votre vie afin de m'aider ?

– Il est trop tôt pour discuter de cela...

Il ajouta, l'égarant davantage :

– ... La pureté ne se conçoit pas sans inflexibilité, à défaut de quoi elle mène au sacrifice, et il est trop tôt. Vous devez vivre. Mon honneur, ma foi et mon choix sont de vous protéger jusqu'à mon dernier souffle.

Un coup résonna derrière la sinistre porte. La voix d'Agnan leur parvint, déformée par l'épaisseur du panneau :

– Vite, de grâce ! Il s'énerve et descendra bientôt.

– Vivez, madame. Oh, mon Dieu ! vivez, je vous en conjure !

Agnès dissimula d'un geste rapide la boulette de pâte brune entre ses seins. Lorsque la porte se referma derrière l'homme, elle se demanda si elle n'avait pas été victime d'une hallucination. Elle dut frôler la bille prisonnière de sa robe pour se convaincre de la réalité de cette rencontre.

Elle s'allongea et ferma les yeux, refusant de rechercher plus avant la signification de cet échange. Elle n'était qu'un être de chair, de sang et de nerfs, et l'entrelacs complexe des desseins qu'elle commençait de pressentir au-dessus d'elle lui donnait le vertige.

Une voix claire comme une cascade résonna dans son esprit. Clémence. Clémence de Larnay.

Vis, ma toute belle. La fin de la bête hideuse approche. Vis pour nous, vis pour tes deux Clémence.

Je vais vivre, mon cher ange, murmura Agnès en s'assoupissant.

Abbaye de femmes des Clairets,
Perche, novembre 1304

Une ombre se glissa dans la pénombre de l'immense dortoir, guettant les souffles, surveillant les ronflements. Elle hésita. Son regard frôla les trois rangées d'alvéoles entourées de rideaux qui garantissaient aux sœurs un peu d'intimité pour se dévêtir. Au centre de chaque petite cellule de toile était planté le lit.

Des abeilles. Une ruche d'abeilles qui s'activaient on ne savait à quoi. Une multitude d'insectes dont l'existence ne faisait aucune différence. Un univers de rites, d'habitudes, d'ordres, toujours identiques. Une rancœur rageuse étouffa l'ombre. Elle les détestait. Toutes. Partir de ce lieu, fuir la médiocre monotonie de cette vie qui n'en était pas une. Exister enfin.

L'ombre avança de quelques pas. Ses pieds nus sur les grandes dalles glaciales ne produisaient aucun son.

Elle s'immobilisa, l'oreille aux aguets, puis écarta les voiles d'une des cellules.

Prime* venait de s'achever. Annelette se pencha au-dessus du corps tassé de Jeanne d'Amblin et écouta le souffle encore incertain qui s'échappait de sa poitrine. L'épuisement qui avait suivi sa lutte contre le poison clouait toujours la sœur tourière dans son lit. Pourtant, grâce aux bons soins dont l'entourait l'apothicaire et grâce aux prières de toutes, Jeanne avait réussi à avaler un peu de bouillon de poule hier au soir sans le dégurgiter aussitôt. Annelette tâta son pouls et le trouva plus serein.

– Jeanne, ma chère Jeanne, m'entendez-vous ?

Un murmure presque inaudible lui parvint :

– Oui... je vais mieux. Merci ma chère, merci tant de vos soins. Merci à vous toutes, mes sœurs.

– Le ventre vous brûle-t-il encore ?

– Il s'apaise.

Un soupir. Jeanne s'était rendormie et l'apothicaire songea que c'était pour le mieux. Dès qu'elle aurait recouvré un peu de forces, elle apprendrait la terrible nouvelle du décès d'Hedwige. Éleusie avait ordonné à toutes de le lui dissimuler en raison de la longue amitié qui unissait les deux femmes.

Un chagrin inattendu rattrapa la grande femme revêche. Adélaïde Condeau était morte, Hedwige du Thilay également. Il s'en était fallu d'un cheveu pour que Jeanne ne les suive dans la tombe, quant à Blanche de Blinot, elle ne devait sa survie qu'à son peu de goût pour la lavande. La pauvre doyenne battait de plus en plus la campagne et une sorte de terreur rétrospective ne la quittait plus. La peur figeait ses traits au point que son visage ressemblait à un masque mortuaire. Quant à Geneviève Fournier, la vie semblait l'avoir délaissée depuis l'affreux décès d'Hedwige pour laquelle elle semblait avoir eu plus de sympathie qu'Annelette ne l'avait jadis cru. De fait, toute l'énergie de la charmante gardienne des viviers et de la basse-cour avait été aspirée. Geneviève errait dans les couloirs, comme un petit fantôme affligé, apercevant à peine les sœurs qui lui offraient un sourire.

Étrangement, l'effroyable agonie de la sœur chevécière semblait avoir restitué à la mère abbesse la détermination qu'elle avait perdue depuis la venue de cet inquisiteur. Une sourde angoisse tenaillait Annelette : Éleusie de Beaufort s'était-elle décidée en elle-même au combat à outrance ? Avait-elle fait le stupide don de sa vie en échange de celle de l'autre, celle de la bête immonde qui les frappait en sournoiserie ? Il n'en irait pas de la sorte. L'abbesse ne mourrait pas, et Annelette était prête à tout pour s'en assurer.

Annelette Beaupré pénétra dans l'herbarium afin de se livrer à la première de ses inspections biquotidiennes. Tierce* venait de sonner et elle s'était dispensée d'office.

Elle s'immobilisa devant l'armoire d'apothicaire. Une sorte d'euphorie lui donna envie de crier de joie : elle avait eu raison ! La soupe de blanc d'œuf mêlée d'huile d'amande qu'elle préparait chaque soir venait d'opérer sa magie. Un fugitif regret traversa Annelette, tempérant la griserie du succès. Geneviève Fournier ne pestait plus contre ses volailles. Leur infidélité et la raréfaction des œufs qu'elle constatait chaque matin dans les nids de paille la laissaient maintenant indifférente.

Secoue-toi, ma fille, s'admonesta Annelette. Tu pleureras ensuite, quand tu auras défait cette vermine.

Des traces noirâtres de semelles s'étaient incrustées dans la pâte glaireuse. Ainsi, quelqu'un avait visité l'herbarium entre après complies hier au soir et ce matin. Quelqu'un qui n'avait rien à y faire et dont les justifications ne pouvaient être que malfaisantes.

L'apothicaire se rua au-dehors et fonça chez l'abbesse.

Éleusie l'écouta bouche entrouverte, la pressant du

regard. Lorsque Annelette lui eut relaté son piège et sa découverte, l'abbesse s'enquit :

– Certes, du blanc d'œuf... Et qu'en fait-on maintenant ?

– Exigez qu'elles se réunissent toutes au scriptorium, qu'elles se déchaussent sans intervertir leurs souliers et qu'une novice aille quérir deux bassinoires[1] bien fumantes.

– Deux bassinoires ? Vous voulez dire de celles dont on réchauffe les lits afin d'en dissiper l'humidité ?

– Celles-là mêmes. Je les veux dégueulantes de braises bien rouges. Ce sera plus rapide que de tout transporter en cuisine afin de s'y livrer à la révélation.

Une haie incertaine de robes blanches attendait. Les sœurs piétinaient dans leurs bas, leurs souliers poussés devant elles. Des murmures avaient enflé lorsque l'ordre étonnant avait résonné :

– Ôter nos chaussures ? Ai-je bien entendu ?

– Je ne comprends pas.

– Le sol est glacial...

– Je suis certaine qu'Annelette est derrière cette idée saugrenue...

– Pourquoi veulent-elles nos souliers... ?

– C'est que mes bas ne sont plus si propres. Nous ne les changeons qu'à la semaine échue...

– Je doute qu'il s'agisse d'une inspection d'hygiène.

– L'un des miens est troué, mon orteil passe au travers. Je n'ai pas trouvé le temps de le ravauder, quelle honte...

Éleusie les avait fait taire d'une réprimande, attendant les

1. Sorte de poêle fermé à long manche dans laquelle on entassait des braises afin de réchauffer les lits.

bassinoires demandées à une novice étonnée. Elles arrivèrent enfin des cuisines, fumantes des braises qu'elles abritaient.

Annelette, suivie de l'abbesse, s'approcha de la gauche de cette haie de femmes ahuries ou agacées. Elle ramassa la première paire de souliers et les caressa de la bassinoire surchauffée. Elle procéda de la sorte, remontant chaque sœur, ignorant les interrogations murmurées, les regards sidérés. Soudain, un léger grésillement se fit entendre, et une épouvantable odeur de dents cariées ou de putréfaction de marécages s'éleva d'une des semelles de Yolande de Fleury. Annelette promena encore la bassinoire jusqu'à ce que se forme sur le bois une pellicule sèche et blanche. La fureur crispa son visage, pourtant, elle se tint coite et poursuivit sa vérification jusqu'au bout du mur de robes. Nulle autre chaussure ne réagit à la chaleur des braises. Elle revint au pas de charge vers Yolande, décolorée jusqu'aux lèvres. Sa voix résonna avec tant de force que des sœurs en sautèrent d'effroi :

– Que faisiez-vous dans l'herbarium ?

– Mais je... Mais c'est faux...

– Cessez, à la fin ! rugit l'apothicaire.

Éleusie, qui redoutait un accès de violence de la part de la grande femme, intervint d'un ton altéré :

– Yolande, suivez-nous dans mon bureau. Vous autres, mes filles, vaquez à vos habituelles tâches.

Elles durent remorquer une Yolande récalcitrante, tentant de se justifier, jurant qu'elle n'avait pas mis un pied dans l'herbarium.

Annelette poussa la jeune femme dans le bureau de l'abbesse et referma brutalement la porte derrière elles. Elle se laissa aller contre le panneau comme si elle redoutait que Yolande de Fleury cherche à s'enfuir.

Éleusie rejoignit sa table de travail et demeura debout, les mains plaquées bien à plat sur la lourde plaque de chêne sombre. Annelette reconnut à peine le timbre de l'abbesse lorsqu'elle tempêta :

– Yolande, ma patience est échue ! Deux de mes filles sont mortes et deux autres ont réchappé de leur terme, cela en bien peu de temps. Les atermoiements et les politesses ne sont plus de mise, ils seraient même coupables de ma part. J'exige la vérité, et je la veux maintenant ! Si vous vous dérobiez à nouveau, et puisque je refuse de juger moi-même l'une de mes filles, je me verrais dans l'obligation de vous livrer au bras séculier de messire le grand bailli Monge de Brineux. J'ai réclamé la mort pour la coupable. J'ai réclamé qu'elle soit découverte jusqu'à la taille et flagellée en public.

En dépit de son apparente sévérité, la peine exigée était relativement complaisante pour les crimes d'enherbement. La torture suivie de la mort en étaient les habituelles punitions.

Yolande la fixa, le regard hagard, incapable de formuler un mot. Éleusie cria presque :

– J'attends la vérité ! L'absolue vérité ! Je vous somme de répondre à l'instant !

Yolande ne bougeait pas. Le sang avait fui de son visage et la cendre lui prenait les tempes. La tête baissée, elle dit :

– Je ne me suis pas rendue en l'herbarium. La dernière fois que j'ai approché de la bâtisse, Annelette m'a surprise et vous a rapporté mon escapade nocturne. Je ne m'en suis pas approchée depuis.

– Vous mentez, intervint Annelette. Que croyez-vous qu'était cette pellicule blanche et sèche sous vos semelles ? Du blanc d'œuf cuit. J'en avais enduit le sol devant l'armoire à poisons. D'où pensez-vous que provienne l'effroyable odeur qui s'en est élevée ? De l'essence de rue fétide que j'avais ajoutée à la préparation. J'ai remarqué ce matin des empreintes de pas dans le mélange... les vôtres.

Yolande se contenta de hocher la tête en signe de dénégation. Éleusie contourna son bureau et s'approcha d'elle à la frôler. D'un ton sans appel, elle énonça :

– Le temps file et il ne vous est pas propice, Yolande. J'ai formulé deux soupçons à votre égard. Entendez-les. Vous êtes la meurtrière et ma rage vous poursuivra par-delà la tombe. Vous ne connaîtrez nul repos. Ou... vous avez conçu une amitié excessive pour l'une de vos sœurs, amitié qui vous pousse à rechercher quelque intimité en dehors des murs du dortoir. Elle vaudra l'éloignement à l'une de vous deux, sans plus de sanction. J'attends. La confession de vos fautes peut encore vous sauver. Saisissez-la, ma fille, l'enfer est si épouvantable que vous n'en avez pas d'imagination. J'attends. Pressez-vous.

Yolande leva un grand regard noyé de larmes sur cette femme qu'elle avait tant admirée, qu'elle redoutait maintenant. Elle ferma les yeux et laissa échapper un long soupir.

– Mon fils...

– Pardon ?

– On me donne parfois des nouvelles de mon fils. (Un sourire éclaira le joli visage rond ravagé de chagrin. Elle poursuivit :) Il va bien. Il a dix ans. Mon père l'élève et le fait passer pour l'un de ses bâtards. Ainsi, il ne sera pas privé de notre nom. Mon sacrifice l'a sauvé. J'en remercie Dieu tous les jours, dans chacune de mes prières.

Un silence massif accueillit cet aveu si inattendu. Éleusie, perdue, murmura :

– Mais que...

– Vous vouliez l'absolue vérité, ma mère. Elles ne sont pas toutes bonnes à dévoiler. Mais il est trop tard pour reculer. J'avais quinze ans et je l'aimais si fort, ce bel et doux intendant. Ce qui devait arriver ne m'a pas épargnée. Je suis tombée enceinte d'un manant, hors le sacrement du mariage. Le prétendant que l'on me réservait s'est détourné de la fille déshonorée que j'étais devenue. Je n'avais nulle excuse, il est vrai, m'étant offerte moi-même avec une absolue passion. Mon amour a été roué de coups et chassé. Il n'a dû qu'à sa fuite de ne pas être émasculé et écartelé comme un violeur, ce qu'il ne fut jamais. Il était si tendre, si follement généreux de son amour. Mon père m'a cloîtrée pour les cinq derniers mois de ma grossesse. Nul ne devait la constater. On m'a retiré mon fils dès après la délivrance pour le confier à une nourrice humide. J'ai ensuite été logée dans les quartiers des servantes, au prétexte que je valais moins que les gueuses et devais être traitée comme elles. Et puis, mon petit Thibaut que j'apercevais parfois au détour d'un couloir est tombé malade, j'y ai vu le signe de la colère de Dieu. J'ai décidé de faire pénitence pour le restant de mes jours et de racheter ma faute. (Des larmes dévalaient le long de ses joues sans qu'elle paraisse les sentir. Elle serra les mains de bonheur en répétant :) J'ai été entendue, de cela je serai à jamais reconnaissante. Mon petit chéri est rayonnant de santé. Il monte maintenant à cheval comme un grand jeune homme et mon père l'aime comme son fils. Je prie également pour lui qui fut si féroce et impitoyable. Peut-être a-t-il retrouvé la douceur du cœur grâce à mon enfant. (Elle se redressa et conclut :) Vous savez l'absolue vérité, ma mère. Vous avez connu, vous aussi, la griserie des sens, l'amour du mari. Certes, je n'étais pas mariée devant les hommes, mais je vous jure que lorsque mon choisi me coucha pour la première fois, j'étais certaine que Dieu était témoin de nos épousailles. Je me suis trompée.

La révélation avait cloué Éleusie de Beaufort sur place. Le manque de confiance de Yolande la blessait comme une lame. Elle tenta de se justifier, consciente de l'inanité de son effort :

– Yolande, ma chère fille... L'Église admet parfaitement que ses pieux aient connu l'attrait, les plaisirs de la chair dans le mariage, parfois même en dehors, sous certaines conditions. Il leur suffit de faire vœu de les oublier à jamais lorsqu'ils décident de rejoindre un monastère. Ainsi, notre révéré saint Augustin...

– Vous ne comprenez pas ! hurla Yolande, soudain démontée. Jamais... Vous m'entendez, jamais, je n'aurais rejoint la fausse tranquillité de vos couvents, jamais je n'aurais accepté de me plier à vos règles ineptes si je n'avais craint pour la vie de mon fils, si j'avais pu épouser mon amour. Jamais !

Une crise de nerfs la secoua. Elle se rua vers le bureau, balayant de la main tous les papiers, les froissant avec rage, les déchirant, tapant de ses poings serrés contre la plaque de chêne, gémissant :

– Jamais, jamais... Je vous exècre ! Je ne survis parmi vous qu'en rêvant de Thibaut et de mon bel amour.

Elle se retourna vers l'abbesse, le visage méconnaissable. Elle leva ses mains en griffes, prête à lacérer la femme qu'elle avait tant estimée durant ces longues années de monastère, ces longues années qui n'avaient été à ses yeux qu'un emprisonnement moins épouvantable que d'autres puisque Thibaut survivait grâce à sa pénitence.

Annelette se jeta au-devant d'elle. Deux gifles brutales s'abattirent sur le visage de Yolande. La voix grave, impérieuse de la sœur apothicaire claqua :

– Calmez-vous ! Immédiatement !

Yolande la fixa, le regard fou, prête à sauter sur elle. Annelette la secoua et feula :

– Et que croyez-vous, pauvre folle ? Que je me trouve ici par dévotion ? Non, j'y suis venue parce que je n'avais d'autre solution pour exercer mon art. Croyez-vous que Berthe de Marchiennes ait choisi la robe par amour de la méditation ? Non, on ne voulait pas d'une autre fille dans sa famille. Croyez-vous qu'Éleusie de Beaufort aurait pris la direction de notre congrégation si elle ne s'était trouvée veuve ? Et Adélaïde Condeau ? Pensez-vous véritablement que si elle avait eu le privilège d'être bien née plutôt qu'abandonnée dans une forêt, elle aurait choisi d'être moniale ? Et toutes les autres ? Idiote ! La majorité d'entre nous s'est rabattue sur ce lieu pour éviter la rue ! Et alors ? Nous y vivons en compagnie de Dieu et, du moins, aurons-nous eu le privilège de ne pas échouer puterelle, louées à l'heure dans quelque bordel des villes pour finir rongées par une maladie et jetées à l'agonie dans un caniveau.

Cette tirade, son évidence, brisa net la crise nerveuse qui secouait Yolande. Elle souffla :

– Pardon. Je vous demande humblement pardon.

– Qui vous communique des renseignements au sujet de votre fils ?

Yolande pinça la bouche et asséna d'un ton sans appel :

– Je ne vous le révélerai pas. Vous pouvez me menacer du pire, je me tairai. J'ai commis assez d'erreurs, je ne porterai pas préjudice à un être qui n'a été que bonté et réconfort pour moi.

À sa voix, Annelette comprit qu'il était inutile d'insister. Elle vérifia pourtant ce qu'elle avait déduit :

– Et vous vous rencontriez à la nuit tombée devant l'herbarium, que l'on ne peut apercevoir des fenêtres des appartements de notre mère, ni de celles du dortoir, afin d'échanger des confidences.

– En effet. Je n'en dirai pas davantage.

La violence de la scène mais surtout la découverte d'une autre vie gâchée avaient atterré Éleusie. D'une voix que la lassitude assourdissait, elle ordonna :

– Ce sera tout, ma fille. Laissez-nous.

– Vos punitions seront...

– S'Il a tendu les mains vers Marie Madeleine, qui suis-je

pour vous tourner le dos ? Allez en paix, Yolande. Mon seul reproche, voyez-vous, demeurera le temps que vous avez mis à nous révéler la vérité.

Soudain affolée, Yolande bredouilla :

– Croyez-vous que... que si je m'étais confessée plus tôt, Hedwige aurait pu être...

Annelette répondit à la place de l'abbesse :

– Sauvée ? J'en doute. Sa mort ne vous souille pas l'âme. Je crois qu'elle et Jeanne ont inquiété la meurtrière, qui a décidé de les faire passer de vie à trépas. Si nous en découvrons la raison exacte, nous connaîtrons l'identité de l'enherbeuse... du moins, je prie pour que tel soit le cas.

Après le départ de Yolande de Fleury, les deux femmes demeurèrent face à face quelques instants. Éleusie de Beaufort rompit le silence la première :

– Je suis... est-ce vrai ?

– Quoi ?

– Que vous n'auriez jamais rejoint les ordres si vous aviez pu exercer la profession de médecin ou d'apothicaire dans le siècle ?

Annelette réprima un triste sourire avant d'avouer :

– Certes. Si votre doux époux n'avait succombé, seriez-vous parmi nous aujourd'hui ?

– Non, il est vrai. Cela étant, je n'ai jamais regretté ce choix.

– Moi non plus, mais il ne s'agissait que d'un choix de remplacement.

– Voyez-vous Annelette, en dépit des aigreurs qui courent un peu partout au sujet de l'Église, c'est un immense service fait aux femmes que ces couvents où nous pouvons vivre en paix, exercer, faire, décider.

Annelette hocha la tête en contestant :

– Non, c'est un service qui ne fait qu'entériner l'implacable réalité : nous ne jouissons que d'infimes droits à l'extérieur. Certaines, comme vous, plus fortunées que d'autres, eurent l'heur d'épouser un homme d'honneur, de respect et d'amour véritable. Et les autres ? Quels choix leur demeure-t-il ? Je vous concède que la liberté se paye, comme le reste. Toutefois, j'étais prête à en offrir bon prix pour l'obtenir. Mon avis n'avait que fort peu de valeur et nul, surtout pas mon père, ne l'a sollicité. Vieille fille sans beauté, ni héritage, il me restait la possibilité de m'occuper des enfants de mon frère, médecin... piètre médecin mais mâle, ou le couvent. J'ai opté pour le moins dépréciant.

– J'ai le regret d'être en accord avec Annelette, lâcha une voix haut perchée derrière elles.

Elles se tournèrent d'un bloc. Berthe de Marchiennes se tenait devant elles, mal à l'aise. Son arrogance semblait l'avoir désertée.

– Berthe...

– J'ai frappé, ma mère, à plusieurs reprises. Nulle ne m'a entendue, et je suis entrée. (Elle ajouta précipitamment :) Je n'ai surpris que la fin de votre échange.

Elle serrait les mains l'une contre l'autre et Annelette se fit la réflexion qu'elle ne l'avait jusque-là jamais vue dépouillée de sa morgue dévote.

– Que se passe-t-il, ma mère ? J'ai l'impression que le monde s'effrite autour de nous... Je ne comprends rien à ce qui se trame.

– Nous sommes dans la même incompréhension que vous, ma fille, rétorqua un peu trop sèchement l'abbesse.

Bouche entrouverte, la cellérière semblait chercher ses mots :

– Je sais que vous ne m'aimez guère, vous, ma mère, Annelette et les autres. Mon cœur en saigne et pourtant, je n'ignore pas que j'en suis fautive. J'ai... C'est si terrible d'admettre que l'on n'a jamais été voulue, souhaitée. À mon âge, j'ignore toujours ce qui est le plus épouvantable : l'admettre face aux autres ou l'admettre pour soi-même. Dieu a été mon réconfort de tous les instants. Lui m'accueillait. Les Clairets a été mon seul domicile, mon seul havre. J'avoue... J'ai été jalouse et aigre de votre nomination, ma mère. Je m'étais mise en tête que mon ancienneté, le service impeccable que j'avais effectué me destinaient à la charge d'abbesse, pis... qu'elle m'était due. Je découvre depuis quelques jours que je m'étais aveuglée au sujet de mes capacités. Je me sens si démunie, si pathétiquement faible face aux événements qui nous heurtent de plein fouet, et je vous suis infiniment reconnaissante, madame, d'être notre mère.

Cette étonnante preuve d'humilité avait dû coûter à Berthe de Marchiennes, et Éleusie tendit la main vers elle, mais l'autre la refusa d'un mouvement de tête. Elle s'humecta les lèvres de la langue et poursuivit :

– Je veux vous aider... il le faut. Je me doute de votre défiance à mon égard, je la sens. Je ne vous en tiens pas rigueur, je la mérite.

– Berthe, je...

– Laissez, ma mère, permettez-moi de terminer. Je la mérite car je me suis rendue coupable d'un peureux mensonge afin de ne pas... perdre la face. Je n'ai pas même l'excuse d'avoir craint de vous mécontenter. Non, seul l'orgueil m'a poussée.

Annelette se garda d'intervenir, comprenant que cette confession ne lui était pas destinée. La cellérière prit une pénible inspiration avant de poursuivre :

– Je... J'ai perdu durant quelques jours la clef de votre coffre que j'avais en garde. C'est du moins ce que j'ai cru sur le moment. J'ai vécu dans la terreur que vous me la réclamiez afin d'authentifier un acte. Je l'ai cherchée partout. Je ne comprenais pas comment ce long lien de cuir épais qui la retenait prisonnière avait pu m'échapper de la gorge. Je l'ai découverte quatre jours plus tard, au fond du petit nécessaire à reprises que je garde sous mon lit...

Les deux autres la fixaient, interdites.

– J'étais si soulagée que je ne me suis pas attardée sur l'incohérence de cette retrouvaille.

– Que voulez-vous dire ? demanda Éleusie, redoutant de connaître déjà la réponse.

– J'avais avant cela retourné à deux reprises le contenu de ma petite boîte sur mon lit, pensant que le lien s'était rompu et que la clef avait glissé. Le nœud de l'attache de cuir était intact. Je suis maintenant certaine qu'on me l'a dérobée durant mon sommeil pour la fourrer ensuite dans la première cachette venue.

– Une maladroite cachette puisque vous l'aviez fouillée déjà, commenta Annelette.

– Non... Que nenni, ma sœur. Une cachette idéale et qui prouve en quelle piètre estime la voleuse me tient. Elle devait se douter que j'avais retourné toute ma cellule, mon lit, ma boîte à ravaudage. Elle a tablé sur ma suffisance, certaine que je serais trop soulagée d'avoir récupéré la clef sans avoir à avouer mon incompétence. Je suis donc coupable d'orgueil... Cela étant, si ce monstre me croit lâche, elle s'est grandement trompée.

Maison de l'Inquisition, Alençon,
Perche, novembre 1304

Un engourdissement avait terrassé Agnès, peu après qu'elle eut mastiqué avec application la boulette amère, se contraignant à déglutir pour avaler la salive désagréable qui lui envahissait la gorge. Une sorte de rêve éveillé avait progressivement estompé le cauchemar contre lequel elle n'avait plus envie de se débattre. Elle s'était laissée couler le long du mur, retardant sa glissade de ses mains.

Tassée dans le coin du cachot sombre, humide et pestilentiel. Tassée à même le sol vaseux qui souillait d'une gangue verdâtre et malsaine le bas de sa robe trop légère, ses mollets, ses cuisses. Tassée, fouillant la pénombre, tentant de comprendre les sons qui lui parvenaient. Il y avait eu le claquement des ordres, des éclats de rire obscènes, des cris, puis des hurlements de souffrance. Ensuite, une sorte de silence de terreur s'était abattu. Pourtant, Agnès s'en sentait si loin. Elle avait l'impression que le mur l'absorbait peu à peu. Tassée, cherchant à se fondre dans la pierre, à s'y diluer pour y disparaître tout à fait. Des pas s'arrêtaient derrière l'épaisse porte basse. Une exclamation :

– Au moins, paraît qu'elle est appétissante et plaisante à regarder, la femelle !

– L'était. Elle virait à la gueuse quand j'l'ai redescendue de la chambre de procédure.

– Allez, faut la mener. Enfin, les femmes c'est toujours moins lourd à charrier que les gars quand faut les ramener dans les pommes.

Le bruit si reconnaissable du verrou que l'on poussait. Pourtant, elle ne fit pas un geste. Elle voguait, bercée par une sorte d'épais brouillard.

– Debout, femme de Souarcy ! beugla un des hommes, qui venait de pénétrer dans sa cellule. Debout, t'entends ?

Elle serait bien restée ainsi, assise dans la boue malodorante. Pourtant, une sorte d'instinct l'avertit qu'il lui fallait dissimuler la nature de son indifférence. Florin ne devait pas apprendre qu'elle avait le sentiment de flotter en dehors de sa chair depuis qu'elle avait avalé la boule bistre. Elle parvint à se mettre à quatre pattes et à se redresser. Elle titubait comme sous le coup de l'ivresse. L'un des hommes déclara, goguenard :

– Ben, t'en faut moins que la mienne pour t'envoyer au septième ciel.

L'autre manifesta son approbation par un rire gras qu'Agnès ne comprit pas. De quel ciel parlait-il ?

Une langueur confortable l'alourdissait, et ils durent la traîner dans le couloir.

L'autre garde, celui du rire, déclara :

– Y devraient pas les priver de la sorte... Après, c'est nous qu'on se coltine de les déménager. Regarde-moi ça, elle peut à peine avancer un pied devant l'autre. J'te dis qu'elle va passer dès la première demi-heure, diagnostiqua-t-il en faisant référence au rythme obligé des tortures.

La procédure exigeait en effet que les tourments ne

fussent infligés qu'une demi-heure par question posée. Étonnante et méticuleuse comptabilité de souffrance. Nombre d'inquisiteurs ne la respectaient pas. Il leur suffisait ensuite de prononcer un mea culpa pour être pardonné par un pair puisqu'ils pouvaient s'absoudre les uns les autres.

Ils la maintinrent par les aisselles le temps que s'ouvre le battant qui menait à la salle de Question. Ce qu'elle découvrit la glaça.

Une longue table, assez longue pour y allonger un être humain. Une longue table vernie de rouge sombre. Dessous, une rigole dans laquelle coagulaient d'étranges amas visqueux. Encore du sang. Du sang partout. Du sang sur le visage de Florin, du sang sur ses bras, jusqu'à ses manches retroussées aux coudes. Du sang sur le tablier de cuir du bourreau qui se tenait bras croisés dans un coin. Du sang sur les murs, du sang sur les sangles qui pendaient de la table. Une marée de sang humain.

Nicolas Florin glissa vers elle. La sueur lui trempait le visage et l'ivresse faisait briller ses pupilles. Agnès comprit aussitôt la nature de son extase : le sang, les hurlements, la souffrance infinie, les chairs déchirées, la mort.

Elle le fixa en déclarant d'une voix posée :

– Vous êtes maudit, au-delà de toute repentance.

Il se pencha vers elle et frôla ses lèvres en souriant :

– Croyez-vous ? murmura-t-il contre sa bouche.

Il se tourna, s'avançant d'un pas gracieux vers le bourreau en ordonnant :

– Allons, foin des bavardages. Le travail nous attend et il me brûle de l'entreprendre. L'habile jeu de mots !

Une main brutale arracha le haut de sa robe et la propulsa vers la table. Une autre la poussa violemment dans le dos. Elle s'affala. Le contact de son ventre avec le sang coagulé sur le bois de la table la fit sombrer vers un désespoir sans fin.

Elle baignait dans le sang d'un autre, dans le martyre d'un autre qui l'avait précédée en cet enfer. Elle sentit à peine la tension des sangles qui se rabattaient sur son dos.

Florin tordit la masse des cheveux dont le roux blond avait terni, puis les rejeta à regret sur le côté. Il se méprit sur les raisons du chagrin de sa victime et déclara en ronronnant :

– Allons, allons... Nous n'avons pas commencé. Un peu de nudité n'est finalement que peu de chose comparé au reste. Vous en jugerez vous-même sous peu. Agnès, Philippine, Claire de Souarcy, née Larnay, vous comparaissez aujourd'hui devant vos juges pour répondre des crimes de complicité d'hérésie et d'hérésie personnelle aggravée du culte de latrie, de séduction d'un homme de Dieu que nous entendrons plus tard, de sorcellerie avec invocation des démons. Une dernière fois, avouez-vous ?

Le sang sentait le fer. Peut-on reconnaître un homme à l'odeur de son sang ? Peut-on prier pour lui, la bouche collée dans la nappe rouge de sa vie répandue ?

– Vous n'avouez pas, commenta rapidement Florin, que l'inverse eut désespéré.

Une chaleur venait de s'accumuler le long de son bas-ventre et son membre se tendait. Il attendait cet instant depuis si longtemps. Il luttait contre la montée de la jouissance, contre ses paupières qui s'alourdissaient de plaisir. Il luttait contre l'envie de se ruer sur elle, de se vautrer sur son dos pour la mordre, lui arracher à pleines dents cette belle peau pâle, pour que le sang de sa magnifique proie ruisselle dans sa gorge.

– Notez, grapharius ! hurla Florin en direction de la lueur de lampe à huile qui semblait flotter à quelques centimètres au-dessus du sol de terre battue. Notez que madame de Souarcy refuse d'avouer et qu'elle se complaît dans un absolu silence, témoin de sa culpabilité.

Le très jeune homme assis en tailleur par terre hocha la tête et consigna le refus.

– Bourreau, les lanières, vite ! rugit Florin en tendant la main vers le grand homme au tablier de cuir. Grapharius, notez que nous respectons la procédure en infligeant d'abord à l'accusée la punition réservée aux femmes. Si notre magnanimité n'était récompensée par des aveux, nous envisagerions d'autres moyens de persuasion.

Florin tourna la tête vers le brasier ouvert au-dessus duquel rougissaient d'étroites lames de métal.

Lorsqu'elle entendit le sifflement du fouet qui se levait, Agnès se tendit. Il s'abattit avec violence contre son dos et elle gémit. Pourtant, la morsure des bandes de cuir épais lui parut supportable. Les coups plurent durant ce qui lui sembla une éternité. Son corps tressautait à chaque nouvelle vague meurtrissante. Elle sentit nettement sa peau se déchirer. Un tissu un peu douloureux. Quelque chose de très doux et de tiède coula de son dos vers ses flancs pour s'égoutter sur la table. La chair lui brûlait, pourtant, il s'agissait à peine de la sienne. Une seule idée lui vint, une consolation : son sang rejoignait celui de la pauvre âme qui l'avait précédée sur cette table. Elle sentit la main de son tortionnaire caresser sa chair à vif. Elle sentit la pluie de poudre que l'on versait sur ses plaies. Une douleur crucifiante la fit hurler malgré la bille marron. Du sel. Ce démoniaque versait du sel sur ses blessures.

Elle glissa vers le coma et l'appela de toutes ses forces. Les éructations hystériques de Florin lui parvenaient comme dans un cauchemar. Il bafouillait d'exaltation, il gloussait tout en lui commandant de confesser ses fautes. Il cria d'une voix tremblante d'excitation :

– Bourreau, cette sorcière résiste à Dieu... Le fer... Le fer et qu'il soit blanc de chaleur...

Des coups violents frappés. Un sanglot échappa à Agnès, juste avant la bienveillance de l'inconscience.

Jean de Rioux se tenait devant l'inquisiteur. Il se garda de regarder en direction de la suppliciée, prétendant l'indifférence.

Florin haletait, courbé, le visage en sueur, le regard vague. L'écœurement prit l'autre dominicain à la gorge, et il combattit l'impérieux désir d'éliminer l'inquisiteur sur-le-champ, dans cette cave qu'il avait transformée pour son plaisir en salle de jeux monstrueux. Mais les instructions de Leone étaient formelles : le jugement de Dieu. Il tendit, sans un mot, la missive au tortionnaire.

À la vue du sceau qui la fermait, le regard de l'inquisiteur reprit de sa netteté. Il murmura, étonné, séduit :

– Le sceau-sans-pape ?

Ce message ne pouvait donc émaner que d'un des deux camerlingues, et plus que certainement d'Honorius Benedetti en personne. Il décacheta la lettre en frémissant. Quel éblouissement. Son pouvoir s'étendait donc puisque le camerlingue lui adressait correspondance directe.

Il lut et relut l'ordre rédigé en latin :

« Il est fondamental que la stricte procédure soit appliquée à madame de Souarcy afin que le procès ne puisse être entaché d'erreur. Mes ennemis sont maintenant les vôtres, ce qui nous lie définitivement. Mon messager récupérera cette missive. H.B. »

Dégrisé, Florin leva le regard vers le grand homme sévère. Ainsi, il était bien un émissaire secret du camerlingue, ce qui expliquait son intervention contradictoire face à Mathilde de Souarcy. Sa mission était de s'assurer que nul vice de procédure ne sauverait madame de Souarcy. Que ne l'avait-il fait sentir plus tôt ? Si Florin l'avait compris, il ne lui aurait pas souhaité mille morts lorsqu'il avait exigé que soit récusé le témoignage de cette idiote de donzelle. Mais sans doute Jean de Rioux était-il contraint au plus grand secret.

« Mes ennemis sont maintenant les vôtres, ce qui nous lie définitivement. » Quelle magnifique insinuation... Rome, la grandeur, bientôt !

La voix de Jean de Rioux le fit presque sursauter.

– Gardes... Raccompagnez madame de Souarcy dans sa cellule. Que ses blessures soient nettoyées et qu'elles soient pansées.

Les gardes, interloqués, jetèrent un regard surpris en direction de Florin, qui les apostropha :

– Eh bien... Obéissez ! La demi-heure est écoulée. La Question reprendra demain. (Puis, se tournant vers le dominicain, il ajouta d'un ton doux :) Je vous raccompagne, mon frère en Jésus-Christ.

Abbaye de femmes des Clairets,
Perche, novembre 1304

Une femme gisait sur une table de Question, allongée sur le ventre. Le sang de son dos lacéré coulait avec lenteur vers le sol. La femme gémissait. Ses longs cheveux clairs étaient collés de sueur et de rouge. Une main frôlait la chair martyrisée et versait une poudre gris sale sur ses blessures. La femme se cabrait puis s'affaissait, évanouie.

Éleusie de Beaufort plaqua sa main sur ses lèvres pour étouffer le hurlement qui montait dans sa gorge. Un vertige la plia sur sa table de travail.

La même vision lui revenait. Elle avait cru être la suppliciée, elle s'était trompée. Ils torturaient Agnès, en ce moment même.

Elle tomba à genoux, suppliant :

– Mon Dieu... Mon Dieu... Francesco, mon doux chéri...

Une nausée la coucha sur les larges dalles noires et elle répéta sans parvenir à se calmer :

– La bête doit mourir, Francesco, il faut qu'elle meure ! La bête doit mourir, il faut qu'elle meure !

Assise sur le petit tabouret de l'herbarium, le dos collé aux pierres froides, les bras croisés sous ses seins, Annelette Beaupré réfléchissait. Les aveux de Berthe de Marchiennes ce matin même l'avaient d'abord assommée. Après le départ de la sœur cellérière, Éleusie de Beaufort et elle s'étaient consultées du regard, incapables de donner un sens à cette histoire. La mère abbesse était formelle : sa clef n'avait jamais bougé d'autour de son cou, et elle avait le sommeil trop fuyant pour que l'on parvienne à la subtiliser pour la replacer ensuite au cours de son repos. Pourquoi donc avoir restitué la clef gardée par Berthe si on ne se procurait pas les deux autres, nécessaires à l'ouverture du coffre du sceau ? Berthe avait-elle menti afin de garantir ses arrières ? Étrangement, et en dépit du peu d'affection qu'elle éprouvait pour la cellérière, Annelette ne croyait pas à cette hypothèse.

La réponse fusa dans son esprit : des doubles ! Quatre jours suffisaient amplement pour en faire réaliser par un orfèvre ou même un forgeron habile. Une inquiétude l'envahit aussitôt : et si Blanche de Blinot avait, elle aussi, dissimulé la perte temporaire de sa clef ? Si – étant entendu son délabrement intellectuel – elle ne s'était pas même aperçue de sa disparition ? Si un deuxième double avait été réalisé, celui de cette clef dont Annelette avait accepté la responsabilité au vu et su de toutes ? Elle tâta machinalement le haut de sa robe. Le léger renflement qu'elle sentit sous ses doigts ne la rassura pas.

La troisième et dernière clef était pendue au cou d'Éleusie. En admettant que la théorie des doubles soit fondée, Éleusie de Beaufort était hors de soupçon puisqu'elle pouvait à tout moment ouvrir le coffre afin d'y récupérer son sceau personnel. En revanche, elle devenait la prochaine victime puisque sa clef était la seule qui demeurât unique.

Quelque chose n'allait pas. Un détail fondamental manquait. Pourquoi continuer de s'acharner à récupérer un sceau quand trop d'entre elles savaient maintenant qu'il était la convoitise de la meurtrière ? Chaque acte, chaque missive serait scrupuleusement surveillé, vérifié à deux fois par l'abbesse. D'autant que si cette dernière décédait sous les coups de l'enherbeuse, son sceau serait aussitôt invalidé.

Tant de fils pendaient, sans nœud ni lien pour les unir. Toute la logique de cette effroyable histoire était bancale. Annelette ne parvenait pas à cerner la vérité. L'assassine était intelligente, infiniment rusée. Elle avait percé à jour les faiblesses ou les forces, les petites cachotteries, les mesquines vanités ou les grandes aigreurs de ses sœurs pour les utiliser à son profit. Le Thibaut de Yolande, la morgue d'apparat de Berthe, la sénilité de Blanche... Mais pourquoi avoir empoisonné Hedwige du Thilay et Jeanne d'Amblin ? Que venaient faire ces amies de longue date dans cette géométrie meurtrière ? Amies de longue date... Et si seulement l'une d'entre elles avait été visée, mais que leur gentille habitude de s'installer côte à côte aux repas ou de partager leurs tisanes avait entraîné la deuxième vers la tombe ? En ce cas, laquelle des deux devait mourir ? Hedwige ou Jeanne ? Hedwige du Thilay ? Existait-il un rapport avec sa fonction de chevécière ? L'intendante réglait la mense[1], surveillait et payait le maréchal-ferrant, les chanteurs, le vétérinaire... Bref, elle manipulait beaucoup d'argent. On avait vu par le passé des moines se constituer de véritables fortunes personnelles grâce à des actes falsifiés. Falsifiés grâce à un sceau d'abbé dérobé ou emprunté. Non... Non, elle s'égarait, elle le sentait. Annelette aurait mis sa main au feu que les mobiles de la meurtrière n'étaient pas d'ordre pécuniaire. Alors Jeanne d'Amblin, que

1. Revenu d'une abbaye.

seule sa bonne santé avait sauvée du poison ? Jeanne avait permission de sortir de l'abbaye pour effectuer ses tournées. Elle rencontrait nombre de donateurs, s'entretenant avec les uns et les autres, devenant bien souvent leur confidente. Avait-elle entendu ou vu quelque chose que redoutait l'enherbeuse ? Quelque chose dont, peut-être, la tourière n'aurait pas saisi toute l'importance sur le moment ? Réfléchir... La solution se trouvait à portée d'intelligence.

Thibaut !

Thibaut, le fils tant aimé de Yolande, celui pour lequel elle était prête à mentir. Annelette devait en apprendre davantage et requérir à cette fin l'aide de l'abbesse.

Soudain, Annelette avança d'un grand pas vers la solution. L'enherbeuse devait avoir appris que la sœur grainetière se faufilait à la nuit afin de rencontrer une informatrice non loin de l'herbarium. C'était pour cette raison qu'elle avait emprunté ses chaussures, afin de faire retomber les soupçons sur Yolande de Fleury. Annelette laissa échapper le premier juron de sa vie en tapant du pied d'énervement :

– Tudieu !

Cette hypothèse était absurde puisqu'elle sous-entendait que la criminelle se doutait qu'un piège l'attendait. Or, Annelette ne s'était ouverte de son plan à personne, pas même à l'abbesse.

Thibaut, Thibaut... La solution, elle l'aurait juré, était contenue dans le joli prénom d'un petit garçon bâtard.

Un écho répétitif la tira peu à peu de sa concentration : vêpres battait le rappel des sœurs.

Elle sortit de l'herbarium, plus décidée que jamais à ne rien avaler qu'elle ne soit elle-même allée préparer en cuisine. Car, si l'intelligence qu'elle concédait à son ennemie était justifiée, cette dernière comprendrait vite qu'Annelette était sa plus redoutable adversaire, et n'hésiterait pas à l'abattre.

Une silhouette se tassa derrière la haie de branches de châtaignier qui protégeaient le jardin médicinal des rigueurs venteuses.

« Annelette, Annelette, songea la silhouette. Que ton acharnement me pèse, qu'il m'ennuie. Que dirais-tu de mourir, chère sœur apothicaire ? Allez, fais un effort pour me contenter. Crève ! »

Éleusie de Beaufort considéra sa fille apothicaire en silence.

– Ce que vous me demandez, Annelette, est si étrange... Pensez-vous véritablement que ce petit garçon puisse nous aider dans notre enquête ?

– J'en suis certaine. Il suffit d'envoyer l'un de nos serviteurs laïcs. Le père de Yolande de Fleury vit sur ses terres, aux environs de Malassis, m'avez-vous dit. Ce n'est guère loin. Une bonne journée aller et retour à cheval.

– Et quelle sera sa mission ?

La grande femme soupira. Elle n'en avait pas la moindre idée. En revanche, une sorte d'instinct l'encourageait à insister.

– Je vous concède que mon esprit n'est pas clair à ce sujet.

– Annelette, je ne peux expédier l'un de nos gens, sans définir ce que j'attends de lui.

– J'en ai bien conscience, ma mère... J'aimerais avoir des nouvelles de ce petit Thibaut.

– Des nouvelles ? Et c'est tout ?

– C'est tout. Je rejoins le dortoir.

Une sorte d'obsession avait envahi Éleusie de Beaufort. Elle, qui jadis évitait de se rendre dans cette bibliothèque dangereuse, se sentait depuis quelque temps le besoin d'en vérifier le contenu chaque jour, plusieurs fois par jour. Une force la poussait, contre laquelle son raisonnement s'échouait : les plans étaient toujours serrés dans son coffre. La meurtrière, à moins d'être plus fine que le démon, ne pouvait en connaître l'existence. Cependant, l'abbesse finissait toujours par soulever la lourde tenture et pousser la porte qui conduisait en ce lieu qui la fascinait et la terrorisait tout à la fois.

Elle considéra la lampe à huile posée sur sa table de travail. Ce pauvre lumignon ne dispensait pas assez de clarté pour repousser les ombres qui s'attardaient, semblant s'accrocher aux meubles lourds de livres, pesants de révélations. Elle sortit rapidement dans le couloir et emprunta une des torches de résineux qui l'éclairaient. Il lui fallait une lumière puissante pour se résoudre à parcourir la multitude de titres concentrant d'inquiétantes vérités.

Éleusie souffla de lassitude. Allez, un peu de bravoure. Son inspection terminée, elle s'accorderait quelques heures de repos mérité.

Elle passa en revue les ouvrages, glissant sans hâte d'une étagère à l'autre, tenant haut et loin sa torche de peur d'en communiquer le feu à ces pages si précieuses et si redoutables.

La silhouette se rencogna, le regard braqué vers les hautes meurtrières horizontales qu'une fluctuante lueur distinguait depuis quelques minutes du reste du mur. Dans l'obscurité glacée des jardins intérieurs, un sourire de victoire illumina son visage. Ainsi, elle avait vu juste, et sa surveillance la récompensait enfin. Le camerlingue serait satisfait, et, elle l'espérait, se montrerait encore plus généreux. La bibliothèque secrète flanquait les appartements de l'abbesse. Les manuscrits tant convoités par Honorius Benedetti seraient bientôt à elle. Nul n'était plus besoin d'abattre Éleusie de

Beaufort pour récupérer la troisième clef du coffre, la seule à lui faire encore défaut. La grâce qu'elle accordait à l'abbesse la contentait assez. Non pas que sa mort brutale l'eût attristée. Mais Éleusie était un maillon obstiné. Elle appartenait à cette impalpable toile d'araignée qu'ils ne parvenaient pas à cerner. Leur mère pouvait dévoiler de précieux éléments. Enfin, si l'on parvenait à la convaincre de révéler ce qu'elle savait. Cependant, ils ne manquaient pas de moyens de persuasion !

Rue de l'Ange, Alençon, Perche, novembre 1304

La nuit tombait peu à peu rue de l'Ange. Fallait-il voir un signe dans ce nom, ou juste une nouvelle ironie du sort ?

Francesco de Leone se dissimula sous le porche de la belle demeure bourgeoise de feu Pierre Tubeuf, drapier, qui avait eu l'infortune de croiser la route de Florin. Il patienta encore, puis traversa la cour carrée vers l'imposante bâtisse. La lueur vacillante d'une chandelle passait parfois derrière les tentures tirées des fenêtres du premier étage, preuve que le beau Nicolas avait rejoint le domicile qu'il avait réquisitionné pour son confort.

Le chevalier s'était interdit tout plan, toute stratégie. Une sorte de superstition guidait ses actes. Il lui semblait crucial que Florin soit l'artisan de son propre châtiment, sans qu'il comprît très bien d'où lui venait cette certitude. Il ne s'agissait pas de la crainte d'un quelconque remords, et encore moins de pitié. Non... Il s'agissait plutôt d'une confuse prescience : rien de ce qui touchait ou approchait madame de Souarcy ne devait être enlaidi, souillé, pas même l'élimination de son tortionnaire.

Une humeur avait trempé les yeux de Leone lorsque Jean

de Rioux lui avait narré la cave, le corps allongé, ce dos pâle lacéré, le sang qui dégouttait de ses plaies. Il lui avait fallu un moment pour comprendre que ce qui lui gênait le regard était des larmes. Un miracle. Cette femme venait d'opérer pour lui un premier miracle. Depuis quand n'avait-il pas ressenti cette houle suffocante de chagrin qui atteste que l'on est humain, qui certifie que l'on a su préserver son âme de l'émiettement, de l'habitude du pire ? Tant constater. Patauger dans la mort et la souffrance jusqu'à finir par ne plus les voir. Le supplice d'Agnès venait de lui remettre crûment en mémoire les corps tordus ou calcinés, les bouches béantes, les cages thoraciques percées de flèches, les membres amputés, les yeux crevés. De cela, de ces souvenirs qui s'étaient avant elle tassés au point de former un indistinct magma, il lui était infiniment reconnaissant. Il ne voulait plus d'oubli, il refusait le subterfuge confortable de l'accoutumance à l'horreur.

Il gravit sans hâte les larges marches plates qui menaient à la double porte de l'ouvroir et frappa du plat de la main.

Il attendit, l'esprit vide.

La porte s'entrouvrit avec prudence puis largement. Nicolas Florin avait passé une somptueuse robe de nuit en soie chamarrée, rehaussée de broderies de fil d'or dont Leone fut certain qu'elle avait réchauffé au soir le sieur Tubeuf.

– Chevalier ? interrogea-t-il d'une voix de gorge.

– Je quitte bientôt Alençon et... l'idée de partir sans vous avoir salué m'a... peiné.

– Votre départ sans vous revoir m'eut également... peiné. Entrez, je vous en supplie. Un verre de vin ? La... Ma cave est bien fournie.

– Un verre de vin, donc.

– Cet ouvroir est glacial. Montez, chevalier. J'ai installé mes appartements à l'étage des maîtres. Je vous rejoins aussitôt.

La pièce de réception dans laquelle rugissait un feu était de magnifiques proportions. Une profusion de candélabres jetait une vive lumière harmonieuse, éclairant comme en plein jour. Les beaux coffres sculptés, les graciles guéridons importés d'Italie, les hauts miroirs biseautés et les épaisses tapisseries qui recouvraient les murs attestaient de la richesse des anciens propriétaires. Leone s'installa dans l'un des deux fauteuils poussés devant la vaste cheminée de pierre.

Florin reparut, porteur de deux verres de Venise, un luxe rare et délicat que l'on ne commençait d'apercevoir que sur la table des plus puissants princes.

Il tira l'autre fauteuil vers son invité et s'installa, ses genoux frôlant ceux de Leone, qui ne recula pas. Un délice d'un nouveau genre avait envahi l'inquisiteur. Il avait ferré le poisson, magnifique prise en vérité. S'il parvenait à séduire celui-là, qui pourrait lui résister ? Le jeu, sa difficulté, la subtilité dont il devrait faire preuve le grisèrent plus sûrement qu'un alcool. Il murmura d'une voix grave et tendre, une voix d'alcôve :

– Je suis si... j'allais dire honoré, mais que ce terme me déplaît à l'instant.

– Ému ? proposa Leone en se penchant légèrement vers lui.

– Ému, en effet.

– Quant à moi, je suis bouleversé, avoua Leone, et la sincérité qu'il perçut dans la voix du chevalier fit frissonner Florin puisqu'il se méprenait sur sa cause.

– Bouleversé ? répéta l'inquisiteur en faisant rouler le mot dans sa bouche à la façon d'une gourmandise. N'est-ce pas déroutant que nos chemins se soient croisés de la sorte ?

– Pas vraiment, rectifia Leone en plissant son regard si bleu. Croiriez-vous au destin ?

– Je crois au désir et à son assouvissement.

La longue main fine, responsable de tant de tortures, s'avança vers le visage du chevalier. Il la vit caresser l'air, sa transparence devenant rosée dans la lueur des flammes. Leone ferma les yeux un bref instant et un lent sourire étira ses lèvres. Il attrapa le poignet dans sa paume et se leva. L'inquisiteur l'imita et avança d'un pas vers lui, son torse s'appuyant avec légèreté contre celui de l'hospitalier.

Un soupir.

Les yeux si profonds de Florin s'élargirent et il ouvrit la bouche sans qu'un son n'en sorte. Il recula en trébuchant et son regard descendit pour s'arrêter sur le manche de la dague qui dépassait de son ventre. Il hoqueta :

– Mais pourquoi...

Leone ne le lâchait pas du regard. L'autre tira la lame qui le meurtrissait et un flot de sang trempa le devant de sa belle robe de nuit, avivant ses broderies au fil d'or.

– Pas pourquoi. Pour qui, plutôt. Pour la rose. Pour que vive la rose.

– Je ne... Vous disiez... bouleversé...

– Je suis bouleversé jusqu'au fond de mon âme. Elle m'a bouleversé à jamais. Je ne m'étais pas fourvoyé.

Florin se cramponnait des deux mains au dossier de son fauteuil afin de ne pas s'effondrer. Des idées s'entrechoquèrent dans sa tête sans qu'il parvînt à les ordonner.

– Agnès ?

– Qui d'autre ? Ne cherchez pas, vous êtes incapable de comprendre.

– Le camer...

– Vile ordure, impardonnable bourreau. Il n'y a jamais eu de missive du camerlingue. Les ordres que tu as reçus étaient tracés de la main de Jean de Rioux, clos grâce à un sceau décollé d'une très ancienne lettre qui se trouve, parmi d'autres, en la bibliothèque d'une abbaye voisine.

Une bulle de sang éclata à la commissure des lèvres de l'inquisiteur, puis une autre suivie d'un chapelet d'éphémères perles rouge vif. Il toussa, libérant un filet écarlate qui lui dégoulina le long du menton. Il grimaça sous la douleur qui lui ravageait le ventre et explosait maintenant dans toute sa férocité. Il geignit, butant sur ses mots :

– J'ai mal, terriblement mal.

– Tant de pauvres fantômes malmenés vont enfin reposer en paix, Florin. Tes victimes.

– Je... je vous en supplie... Je me vide de mon sang...

– Quoi ? T'achever ? De quelle pitié peux-tu te prévaloir pour mériter la mienne ? Une réponse, une seule, je n'en demande pas davantage pour t'épargner les affres de l'agonie.

La cendre commençait d'envahir le visage jadis si séduisant. Leone se demanda combien de femmes, d'hommes avaient succombé à ce parfait mirage pour découvrir ensuite le cauchemar qu'il dissimulait. Combien avaient expiré après un univers de douleur entre ses longues mains fines. Des vagissements d'enfant le ramenèrent à l'homme qui venait de s'écrouler devant la cheminée.

– J'ai mal... J'ai si atrocement mal... Je vais mourir, j'ai si peur... Pitié, chevalier.

Le grand regard gris bleu souligné d'ombres malades lui revint en mémoire. Pour elle, pour l'incomparable rose dont il avait tracé un jour les pétales dans un grand carnet, Leone ramassa la dague ensanglantée. Il se baissa vers le mourant, dégagea le col de sa robe et trancha d'un geste rapide la gorge pâle.

Un râle, un soupir. Le corps de Florin se détendit d'une brutale secousse.

Francesco de Leone considéra quelques instants le cadavre du tortionnaire, cherchant au fond de lui si cette exécution lui apportait quelque plaisir. Aucun, juste un éphémère répit. Une bête était morte, d'autres prendraient sa place, il n'en doutait pas.

Il récupéra son verre abandonné sur l'un des petits guéridons italiens et le posa avec délicatesse sur le manteau de la cheminée. Le deuxième s'était brisé sous la chute de Florin et le vin violine se mêlait au carmin du sang. Il se baissa pour retirer les bagues luxueuses qui ornaient les doigts de l'inquisiteur mort. Il bascula d'un coup de pied les deux fauteuils qui churent sur le flanc. Il entrouvrit ensuite la robe de nuit ensanglantée et dénuda le torse mince. Ainsi, l'on croirait à une rencontre galante ayant mal tourné ou à un vol sanglant. Leone considéra sa mise en scène puis retira son surcot souillé qu'il jeta dans l'âtre avant de rejoindre la nuit.

Dieu jugerait.

Quant aux hommes, le chevalier se fiait à leurs langues acerbes enfin déliées de la terreur qu'inspirait l'inquisiteur et à leur besoin de revanche.

Dieu jugerait.

Abbaye de femmes des Clairets,
Perche, novembre 1304

De la table juchée sur une estrade qui permettait de surveiller le réfectoire, Éleusie balayait du regard les sœurs attablées aux deux longues planches parallèles montées sur tréteaux, éclairées par la lumière incertaine des torches de résineux.

D'habitude, l'interminable salle bruissait de murmures inopportuns puisque les repas étaient censés se dérouler en silence. D'habitude, quelques petits gloussements malvenus s'échappaient toujours, méritant un rappel à l'ordre de l'abbesse. D'habitude, la doyenne, la cellérière et la chevécière soupaient à ses côtés. Mais Blanche de Blinot ne quittait plus son chauffoir et Hedwige du Thilay était morte. Ne demeurait que Berthe de Marchiennes, déshabillée de son arrogance passée, et qui ne ressemblait plus qu'à ce qu'elle était au fond : une femme vieillissante et pathétique.

Éleusie de Beaufort avait demandé à Annelette Beaupré d'occuper la place laissée vacante par Hedwige afin d'éviter un autre douloureux rappel à ses filles, mais l'apothicaire avait décliné l'offre. Elle pourrait bien mieux espionner les réactions de chacune de son bout de table, certaine que la meurtrière se méfierait davantage de la position surélevée occupée par la hiérarchie.

Annelette Beaupré ne quittait pas des yeux Geneviève Fournier. La sœur gardienne des viviers et de la basse-cour était livide, ses grands yeux noisette soulignés par des cernes d'un violet presque noir qui trahissaient le manque de sommeil et de nourriture puisqu'elle n'avait presque rien avalé depuis la mort atroce d'Hedwige du Thilay. Ce jeûne opiniâtre, que beaucoup avaient mis au compte de la sympathie qui unissait les deux femmes, intriguait l'apothicaire. Certes, elles s'entendaient bien, mais comme nombre d'autres et certainement pas au point de se laisser dépérir de la sorte. Le regard d'Annelette passa de place en place et un pincement lui serra le cœur lorsqu'il rencontra les quelques fleurs arrachées à l'automne qui signalaient la place orpheline d'Adélaïde Condeau et celle, toujours inoccupée, de Jeanne d'Amblin. Jeanne allait mieux mais sa faiblesse la tenait toujours allongée.

Annelette vit Geneviève porter son bol de soupe épaisse de raves, de fèves nouvelles et de lard vers ses lèvres pour le reposer d'un geste sec, d'une main tremblante. Sa sœur jeta un regard affolé autour d'elle et baissa ensuite le front vers la table, martyrisant du bout des doigts la mie foncée de son pain. Il n'en fallut pas davantage à l'apothicaire pour voir clair. Geneviève mourait de faim mais elle était terrorisée, en dépit des précautions qui avaient été prises en cuisine. Deux novices se postaient devant la porte, surveillant les lieux pendant que la nouvelle sœur pitancière, Elisaba Ferron, préparait les repas. Elisaba venait tout juste de terminer son noviciat et de prononcer ses vœux définitifs. La femme entre deux âges, veuve d'un gros commerçant de Nogent-le-Rotrou, avait reçu le soutien d'Annelette pour cette charge. Elle était de taille et d'épaules à assommer quiconque tenterait un vilain tour au-dessus de ses marmites. Quant à sa voix de stentor, elle en impressionnait plus d'une lorsqu'elle assénait, poings sur ses hanches rondes : « Mon nom est prédestiné. Il signifie : joie dans la maison de Dieu le Père. Ne l'oublions pas, Dieu est joie ! » Nulle n'aurait eu le peu de jugeote de la contredire car Elisaba, en dépit de sa générosité bruyante, avait le caractère bien trempé, ayant passé sa vie d'épouse à secouer des commis paresseux ou à rabrouer des clients indélicats.

Annelette surprit des regards inquiets, méfiants. Toutes se jaugeaient à la dérobée, cherchant quel visage familier, apprécié, dissimulait la bête malfaisante. Elle suivait les regards qui ricochaient de l'une vers l'autre, s'attardaient parfois, questionnaient en silence. Leur congrégation, jadis paisible et à peu près harmonieuse, survivrait-elle à cette maladie pernicieuse du soupçon ? Annelette n'en était pas certaine. De fait, si elle voulait être lucide, force était d'admettre que ce qui les avait tenues ensemble était avant tout la conviction que cette enceinte les protégeait de l'extérieur. Mais la mort avait sournoisement rampé vers elles, faisant voler en éclats les murs épais et leur certitude que la folie du monde ne pourrait jamais les atteindre en ces lieux. Au fond, que redoutaient la plupart d'entre elles ? Le poison ou se retrouver seules dehors, sans fortune, sans mesnie[1] désireuse de les accueillir ? Certes, la foi les avait guidées jusqu'ici, du moins presque toutes. Pourtant, s'y mêlait maintenant la certitude que cette abbaye demeurait leur unique refuge. Elle-même, la conquérante Annelette, que ferait-elle ? Elle préférait n'y pas songer. Nul ne l'attendait dehors. Nul ne se préoccupait d'elle. Sa seule existence, sa seule importance était concentrée entre ces murs. Cette troupe de femmes disparates, dont certaines l'agaçaient, d'autres l'amusaient, quelques rares l'intéres-

1. Maisonnée au sens large, du seigneur aux serviteurs logés.

saient, était devenue son unique famille. Il n'en existait plus d'autre ailleurs.

Le repas se termina dans un mutisme pénible. Le raclement des bancs sur le sol déchira le silence pesant. Annelette fut la dernière à se lever de table et emboîta le pas à Geneviève Fournier. La sœur gardienne des viviers bifurqua vers la gauche à la sortie du réfectoire, sans doute pour couper par l'hostellerie afin de traverser les jardins et aller vérifier ses élevages une dernière fois avant le coucher. Elle marchait d'un pas lent, tête basse, courbée vers l'avant, oublieuse de ce qui l'entourait. La nuit était tombée et Annelette la suivait à quelques toises, prenant garde de ne pas l'alerter. Geneviève traversa le cloître, puis contourna la salle des reliques. Elle longea les écuries et déboucha à l'entrée des vergers où se trouvaient les poulaillers. Elle s'immobilisa devant la barrière faite de minces planches et resta là, à contempler ses chères volailles. Une sorte de tendresse incongrue envahit Annelette, qui s'était arrêtée, elle aussi. À quoi pouvait penser sa sœur, figée ainsi dans la pénombre froide de ce début de nuit ? À Hedwige ? À la mort ? Enfin Annelette se décida. Elle rejoignit Geneviève en quelques enjambées et posa sa main sur son épaule. La sœur gardienne des viviers et de la basse-cour sursauta en étouffant un cri. Annelette lut une effroyable terreur dans son regard. Geneviève se reprit bien vite et força un petit rire peu convaincant :

– Quelle peureuse je fais. Vous m'avez surprise... Vous aérez-vous, chère Annelette ?

Celle-ci la considéra en silence quelques instants puis se décida :

– Ne croyez-vous pas qu'il est plus que temps ?

– Pardon ?

– Pourquoi craignez-vous tant d'être la suivante, au point que vous vous affamez ?

– Je n'entends rien à ce que vous insinuez, rétorqua d'un ton sec la jeune femme.

– Vous savez ou croyez connaître la raison du meurtre d'Hedwige et de l'empoisonnement presque fatal de Jeanne, et c'est pour cette raison que vous redoutez pour votre vie.

– Je ne...

– Taisez-vous ! Ne comprenez-vous pas que tant que vous vous tairez, la meurtrière souhaitera vous éliminer ? En revanche, si je... si plusieurs d'entre nous entrent dans la confidence, s'en prendre à vous n'aura plus d'objet.

Une grosse larme dévala le long de la joue de la sœur gardienne des viviers et de la basse-cour, qui bredouilla :

– Je suis à bout...

– Confiez-vous, c'est votre seule défense.

Geneviève la fixait, si désireuse de la croire et pourtant si apeurée.

– Je... Je vous ai vue dérober mes œufs, en grande quantité. J'étais d'abord si ulcérée que je me suis demandé si je n'allais pas en référer à notre mère. J'hésitais. J'ai pris l'avis d'Hedwige. Ce n'est qu'ensuite, lors de cette scène dans le scriptorium, lorsque vous passâtes les bassinoires sur nos semelles que j'ai compris que mes œufs étaient nécessaires à la fabrication de votre piège.

– Ainsi, Hedwige était informée de mon... emprunt à vos poules, et puisqu'elle était fort amie avec Jeanne, il est probable qu'elle lui en ait parlé.

Geneviève acquiesça d'un signe de tête nerveux et murmura d'un ton haché :

– C'est de ma faute... On les a empoisonnées à cause de moi.

– Certes pas. Ôtez-vous cette sornette de la tête. Il faut rentrer, Geneviève. Il faut rentrer et vous nourrir. Je vais rapporter notre entretien à notre mère. Je vous conseille... Je vous conseille de bavarder avec quelques sœurs, de propager vos inquiétudes.

– Mais l'enherbeuse... Je risque de me confier à elle.

– C'est ce que je souhaite. Si elle avait formé le projet de se débarrasser de vous pour vous empêcher de parler, elle saura qu'elle a été devancée et abandonnera son intention.

Le soulagement se lut sur le visage de la petite sœur, qui serra Annelette dans ses bras avec force. L'autre, embarrassée par cette effusion, se dégagea sans brusquerie et lui sourit en excuse :

– Je ne suis guère habituée aux marques amicales.

Geneviève hocha la tête et avoua :

– Je crois, chère Annelette, que nombre d'entre nous vous ont méjugée. C'est que, vous avez l'air féroce... ajouta-t-elle dans un soupir. Cependant, vous êtes, sans conteste, la femme la plus hardie que je connaisse, la plus intelligente aussi. Je tenais à vous le dire.

Elle disparut sur ces mots et rejoignit les bâtiments dont la lourde silhouette se détachait contre un ciel de lune.

Annelette resta là, contemplant les formes tassées des volailles endormies dans leur abri. Elle ne doutait pas une seconde que Geneviève lui eût raconté la vérité. Pourtant, cette histoire ne tenait décidément pas debout. De cela aussi elle était certaine. En admettant qu'Hedwige se soit ouverte à Jeanne des inquiétudes de Geneviève au sujet de ses œufs, il fallait bien que Jeanne ait rapporté à son tour cette information pour expliquer que les deux femmes aient été la cible de l'empoisonneuse. Sauf si elles avaient partagé un mets ou un breuvage destiné à Hedwige. L'apothicaire décida d'en avoir le cœur net avant le coucher. Elle remonta vers le dortoir encore désert avant complies et pénétra dans la petite cellule voilée qu'occupait Jeanne. La sœur tourière était assoupie. Le pied d'Annelette heurta un objet qui protesta dans un son creux.

Elle baissa le regard et découvrit un bol de soupe vidé de son contenu. Bien. Jeanne se réalimentait et reprendrait vite des forces. Elle ramassa le récipient et se rapprocha encore de la dormeuse. Son épaisse semelle de cuir crissa et elle craignit que le petit son désagréable ne réveillât sa sœur. Le brouhaha qui accompagnerait le retour des sœurs vers leurs cellules de toile après complies avait toute chance de la tirer du sommeil. Elle en profiterait pour s'entretenir avec elle.

Elle ressortit sans bruit et rabattit les voiles puis se dirigea vers les cuisines pour y déposer le bol. Un petit crincrin accompagnait alors ses pas. Elle regarda sous sa chaussure, certaine d'avoir ramassé un gravillon dans les jardins. Un minuscule éclat brillait dans la pénombre. Elle tenta de l'extraire et une douleur aiguë lui arracha une plainte. D'abord elle ne vit rien. Ce ne fut qu'en approchant des lumières de la cuisine qu'elle se rendit compte qu'elle saignait. Lorsqu'elle examina sa semelle de près, elle comprit que le gravillon n'était autre qu'une épaisse écharde de verre. Que venait-elle faire là ? Il y avait fort peu de vitres dans l'abbaye. Seules les fenêtres du scriptorium en étaient munies et, à sa connaissance, aucune n'avait été brisée. Elle passa son doigt sous l'eau d'un broc au-dessus de l'évier de pierre puis l'enduisit de la liqueur de thym, de romarin, de bouleau et de sauge[1] contenue dans la fiole qui ne quittait pas la ceinture de sa robe. Un toussotement discret la fit se retourner. Une novice timide murmura en se penchant vers elle :

– Notre mère vous fait mander. Elle vous attend dans son bureau.

La jeune femme disparut aussitôt et Annelette prit le

1. Plantes antiseptiques jadis utilisées avec le lys, le lierre grimpant, l'airelle, l'arnica, etc.

temps de panser la fine entaille d'un bout de toile avant de rejoindre le bureau de l'abbesse.

Éleusie se leva à son entrée, le visage fermé. Annelette l'interrogea d'un haussement de sourcils.

– On vient de me faire un invraisemblable rapport. J'en suis encore retournée. J'ai le sentiment que plus nous avançons, moins j'y vois clair.

Annelette patienta. Quelque chose dans l'attitude de l'abbesse l'intriguait, l'alarmait même. Éleusie passa sa longue main trop fine sur son front et soupira :

– L'enfant... ce petit Thibaut de Fleury est... décédé il y a presque deux ans, quelques mois seulement après son grand-père.

Annelette se sentit vaciller. Elle se laissa aller dans le fauteuil qui faisait face à la table de travail et souffla :

– Ah non... Mais...

– J'ai eu d'abord la même réaction que vous, ma fille. Nous nous heurtons à une accumulation d'invraisemblances. Car, en ce cas, pourquoi donne-t-on des nouvelles de sa bonne santé et de sa joyeuse enfance à sa mère ? Qui ose commettre une telle monstruosité ? Et puis, pourquoi n'a-t-elle pas reçu de courrier annonçant le décès de son père, puis de son fils ?

– Je m'y perds, avoua Annelette. Surtout, je ne sais que faire. Devons-nous prévenir Yolande de l'horrible farce dont elle est la victime ?

– Et risquer que le chagrin la tue ?

– Et risquer que le chagrin la tue... mais qu'elle nous livre le nom de son informatrice, rectifia l'apothicaire.

– Pensez-vous que la malveillance guide cette dernière, ou qu'elle se contente de relayer elle-même auprès de Yolande des informations qu'une tierce personne lui communique ?

– Je n'en sais rien, et la seule façon d'en juger est d'obtenir son identité.

Un nouveau silence s'installa. Annelette tentait d'ordonner le chaos de ses idées, de trouver un lien qui unisse tous ces éléments disparates, lesquels semblaient dépourvus de sens. Une lassitude sans fin engourdissait Éleusie de Beaufort. Elle se sentait glisser en dedans d'elle-même. Son univers se réduisait peu à peu en cendres et elle n'avait d'autre solution que d'en contempler la ruine. Au prix d'un prodigieux effort contre elle-même, elle ordonna :

– Allez quérir Yolande.

Annelette trouva la sœur grainetière aux étuves, occupée à plier le linge en compagnie de Thibaude de Gartempe, sœur hôtelière. Yolande la fixa sans aménité lorsqu'elle lui transmit la convocation de l'abbesse. La petite femme jadis si joyeuse n'avait pas pardonné ses soupçons à l'apothicaire. Elle la suivit sans un mot, sans même s'enquérir de ce qui motivait cette entrevue, pour le plus grand soulagement d'Annelette.

Éleusie se tenait debout, les reins appuyés contre sa table de travail comme si elle se préparait à résister à une charge. Au chagrin qui crispait son visage, Yolande comprit que quelque chose de grave se préparait.

– Ma mère ?

– Yolande... ma chère fille... Votre... père est décédé il y a un peu plus de deux ans.

Yolande baissa les yeux et murmura :

– Mon Dieu... paix à son âme. J'espère qu'il m'avait pardonné... (Soudain, elle s'enquit :) Mais... Et mon fils... Et Thibaut, qui veille sur lui, maintenant ? J'étais la seule descendante.

– Votre... informatrice ne vous l'avait donc pas appris ? intervint l'apothicaire.

Yolande se tourna vers elle, le visage dur et fermé avant de siffler entre ses dents :

– Je préférerais n'avoir pas à m'entretenir avec vous. Je ne vous ai jamais appréciée, toutefois, je n'aurais jamais cru devoir me méfier de vous. (Elle considéra l'abbesse et son ton se radoucit :) Ma mère, je vous en conjure, qui s'occupe de mon Thibaut ?

Ce fut au tour d'Éleusie de baisser les yeux. Annelette ne reconnut pas sa voix lorsqu'elle prononça les mots épouvantables :

– Il l'a rejoint peu après.

Yolande ne comprit pas ce que sa mère venait de lui dire. Elle insista, un peu perdue :

– Il l'a rejoint... comment cela ? Où ? Je...

– Il est mort, ma fille chérie.

Un sourire incongru flotta sur les lèvres de la sœur grainetière, qui pencha la tête vers la femme désolée en demandant :

– Je ne... Que dites-vous ?

Une douleur explosa dans la poitrine d'Éleusie, qui répéta d'un ton presque agressif :

– Thibaut est mort, Yolande. Votre fils est décédé il y aura bientôt deux ans, quelques mois après son grand-père.

Annelette eut le sentiment que Yolande se vidait de sa vie. Elle la vit se tasser sur elle-même. Un son étrange, comme l'haleine hachée d'une forge, envahit d'abord la pièce puis un gémissement de plus en plus puissant, qui explosa en hurlement. Yolande tourna sur elle-même, de plus en plus vite, se griffant les joues, incapable d'étouffer le cri aigu qui sortait de sa gorge sans paraître nécessiter de souffle pour envahir la pièce. Elle s'écroula à genoux, sanglotant comme si elle mourait. Annelette et Éleusie demeuraient figées, incapables d'un geste ou d'un mot. Combien de temps s'écoula-t-il, seulement empli par les larmes de dévastation d'une mère, par son râlement de bête agonisante ?

Soudain, le râle cassa net. Yolande les regarda, les yeux agrandis de folie, le visage ravagé de fureur. S'aidant de ses deux mains, elle se releva. Éleusie voulut se précipiter vers elle, la prendre dans ses bras. Mais Yolande fit un bond en arrière, et la pointa du doigt en feulant :

– Comment pouvez-vous... ? Mauvaise, traîtresse, vous n'êtes guère meilleure que votre sbire apothicaire. Deux folles méchantes et perverses.

Éleusie s'immobilisa à un pas de sa fille, interdite. Yolande éructa et Annelette se tint prête à intervenir, redoutant qu'elle se jette sur l'abbesse :

– Comment osez-vous formuler un mensonge odieux de cette nature ? Faut-il que vous soyez souillées jusqu'au fond de l'âme ! Croyez-vous avoir affaire à une simple d'esprit ? Vous m'annoncez cette monstruosité et espérez de la sorte obtenir le nom de la gentille amie qui me renseigne ? Jamais ! J'ai vu clair dans votre abject stratagème. Et savez-vous pourquoi ? Parce que je sens mon petit en moi chaque instant. Parce que, s'il était mort, je me serais éteinte aussitôt pour le rejoindre. Vils monstres ! Vous serez maudites pour cela ! (Elle s'interrompit, plaquant la main sur sa bouche pour contrôler le gloussement d'hilarité qui la secouait :) Je souhaite, ma mère, que vous demandiez sur-le-champ mon transfert vers une autre abbaye de notre ordre. Je tiens à quitter au plus vite les abysses méphitiques que vous et les vôtres avez creusés en ces lieux. Je ne serais sans doute pas la seule à exiger mon départ. D'autres ont percé l'ignominie de vos manigances.

Annelette songea que Yolande venait de basculer vers un univers de démence. Elle intervint, tentant de la calmer :

– Yolande, vous vous méprenez. Nous vous...

– Taisez-vous, sombre folle empoisonneuse ! Car vous croyez que je n'ai pas compris que vous étiez la coupable ? Oh, certes, vous êtes subtile et rusée. Mais il en faut davantage pour m'aveugler.

Cette accusation saisit l'apothicaire au point qu'elle n'y réagit même pas. Elle tenta néanmoins de raisonner sa sœur :

– Vous ne comprenez pas... Si j'ai vu juste, votre informatrice... eh bien je ne serais pas surprise qu'il s'agisse de l'enherbeuse que nous traquons. Si tel est le cas, votre vie est en danger.

L'autre siffla :

– L'habile manœuvre en vérité. Cependant, il faudra trouver mieux pour me convaincre ! Meurtrière !

Yolande s'enfuit du bureau de l'abbesse comme si le diable était à ses trousses.

Annelette se tourna vers Éleusie et murmura :

– Je crois qu'elle a perdu la raison.

Un sanglot sec échappa à l'abbesse qui gémit :

– Mon Dieu, qu'avons-nous fait !

Annelette lutta contre l'affolement. Pour la première fois de sa vie, la grande femme autoritaire doutait d'elle-même. Peu importait au fond les accusations lancées par la sœur grainetière sous le coup d'un chagrin qu'elle refusait d'admettre. Ce qui importait, c'était cette douleur crucifiante qu'elles lui avaient infligée. Ce qui importait, c'était ce plan qu'avait conçu Annelette pour la contraindre à avouer le nom de son informatrice. Une honte difficile à contenir l'envahit et elle s'entendit demander, supplier presque :

– Ma mère, pourrais-je, à titre exceptionnel, dormir dans

vos appartements ? Je me coucherai sur le tapis de votre bureau. Je sais que...

Le regard qui se liquéfiait, les mots qui tremblaient, le tic nerveux qui crispait le menton de son apothicaire renseignèrent Éleusie mieux qu'une déclaration. Elle accepta d'une voix altérée :

– Je n'osais vous le proposer. Nous sommes bien isolées ce soir. Pourtant, voyez-vous, Annelette, le combat fait rage à l'extérieur, et il s'agit d'un combat impitoyable. Je regrette du fond de mon âme la peine que nous avons causée à Yolande, mais de toute façon, il faudra bien qu'elle affronte l'épouvantable vérité. Thibaut est mort et son informatrice lui ment depuis deux ans pour des raisons qui me demeurent obscures. De surcroît... Et Dieu me pardonne ce qui n'est pas sécheresse de cœur, je vous l'assure, car le mien saigne pour cette pauvre mère meurtrie... Dieu me pardonne, mais nous sommes toutes menacées, et le deuil de Yolande n'y change rien. Ce pauvre petit garçon a rejoint la lumière de son Créateur depuis deux ans... nous, nous mourrons aujourd'hui, demain, peut-être. Nous pleurerons nos morts plus tard. La bête doit être défaite au plus vite.

Annelette soupira et s'avança vers sa mère, mains tendues, en chuchotant :

– Merci tant de dire ce que je n'osais plus penser.

Le froid réveilla Adèle de Vigneux, gardienne des grains. Sa maigre couverture avait glissé. Elle tâtonna dans l'obscurité, étouffa un bâillement et cligna des yeux, encore retenue par son sommeil. Le dortoir était paisible. Des souffles semblaient se répondre d'un bout à l'autre de l'immense salle glaciale. Parfois, un mouvement, un toussotement, rompait la monotonie de ce bruit rythmique. Un ronflement profond surnageait, celui de Blanche de Blinot. Adèle de Vigneux sourit. L'âge semblait protéger Blanche des rêves inquiétants.

La jeune gardienne des grains se recouvrit et se recroquevilla sous la couverture. Elle sombra à nouveau dans l'oubli, juste au moment où une ombre se détacha sur les voiles qui entouraient sa cellule.

La nuit luttait toujours contre l'aube lorsqu'elles se réveillèrent et se préparèrent pour laudes*. Adèle enfila sa robe et rajusta son voile, les yeux encore mi-clos. Elle tira les rideaux qui protégeaient son alvéole et s'étonna du calme qui régnait dans la cellule voisine. Yolande de Fleury n'était pas réveillée. Elle lui avait semblé si agitée la veille au soir qu'Adèle s'était enquise de son humeur pour se faire rabrouer vertement. La jeune femme n'avait pas insisté, l'autre paraissant tendue à l'extrême. Yolande avait juste craché :

– Si ces deux folles me croient idiotes, elles vont vite déchanter. J'aurais senti, comprenez-vous ? Ce sont des choses qu'une... Enfin, je veux dire qui sont inscrites dans votre sang. Bonsoir, Adèle. N'insistez pas, je vous en conjure. Je suis d'aigre humeur et m'en voudrais de m'en prendre à vous qui n'y êtes pour rien.

Adèle hésita. Peut-être la nuit avait-elle apaisé sa sœur. Elle tira doucement le voile et murmura :

– Yolande, chère Yolande... Il est temps de s'éveiller.

Aucune réponse. Elle avança de deux pas. Quelque chose dans la position de l'endormie l'étonna. Elle frôla la main posée sur la couverture.

Un hurlement explosa dans le dortoir. Toutes s'immobilisèrent, se consultant du regard. Berthe de Marchiennes fut la première à sortir de cette torpeur irréelle et fonça vers la cellule d'Adèle. La jeune femme répétait comme une litanie :

– Sa main est glacée... Sa main est glacée, ce n'est pas normal, elle est glacée, vous dis-je...

Berthe tira d'un geste sec la couverture. Yolande de Fleury gisait, bouche grande ouverte. Des griffures d'un rouge violacé enlaidissaient la peau pâle de son cou. Une de ses jambes pendait hors du lit.

La cellérière ferma les yeux de la défunte et se tourna vers Adèle de Vigneux en déclarant d'un ton très doux :

– Elle est morte. Veuillez aller quérir notre mère ainsi qu'Annelette Beaupré, je vous prie.

Adèle resta pétrifiée, son regard balayant tour à tour Berthe puis le cadavre glacé.

– C'est un ordre, Adèle. Courez prévenir notre mère, à l'instant.

La jeune femme parut sortir de son engourdissement et disparut. Berthe se laissa tomber assise sur le petit lit de Yolande. Elle serra les mains pour une prière confidentielle et supplia :

– Nous sommes vos humbles et infatigables servantes. Ne nous abandonnez pas.

Alençon, Perche, décembre 1304

Les montures étaient fourbues, quant aux cavaliers ils n'étaient guère plus fringants, lorsqu'ils parvinrent en ville d'Alençon au soir défaillant. Le destrier Ogier soufflait. Une buée de froid environnait les narines élargies, le poitrail soulevé par la suffocation et la tête nerveuse de l'étalon. La jument Sylvestre que montait Clément frémissait de fatigue et levait haut les jambes à chaque pas comme si elle craignait de trébucher. Artus flatta le col du magnifique animal qu'il montait, murmurant :

– Tout doux, mon valeureux. Nous sommes rendus. Une bonne écurie t'attend. Merci à toi, mon Ogier. Tu es encore plus hardi que lorsque je t'ai débourré.

Le cheval redressa la tête, secouant sa crinière d'un noir de nuit, plaquant les oreilles d'exténuation.

Clément sauta à bas de sa jument et lui caressa la bouche, la remerciant, elle aussi, de cette course folle contre le temps qui filait.

Le loueur de chevaux et d'écurie se précipita pour mener les bêtes épuisées vers leur pansage. Il tira trop brutalement le mors d'Ogier qui menaça de se cabrer.

– Oh là, manant ! Nul ne maltraite la bouche de mon compagnon ! cria Artus. Mène-le avec douceur ou il t'écrasera dès qu'il en trouvera l'occasion, et je ne lui donnerai pas tort. La jument n'est guère plus accommodante. Méfie-toi. On ne demande pas à des bêtes de se surpasser pour les traiter ensuite en esclave. Celles-ci se sont crevées pour nous mener à train d'enfer. Fais preuve des égards qu'elles méritent et pour lesquels je double le prix de ton louage, ou tu m'en répondras.

Le tenancier d'écuries se le tint pour dit et multiplia les amabilités avec les deux montures, les cajolant afin qu'elles daignent avancer à sa requête.

Clément suivit Artus d'Authon par les ruelles d'Alençon. Qu'il était grand cet homme, et que sa foulée était donc large, pensa l'enfant en trottinant derrière lui. Artus pila et Clément manqua s'affaler contre son dos.

– Il ne devrait pas tarder à sortir. Je te le désignerai. Tu le suivras ensuite. Lorsque tu sauras où il gîte, tu me rejoindras sans tergiverser dans cette taverne de la Jument-Rouge, précisa-t-il en désignant l'établissement d'un geste de la main. Tu ne dois rien tenter, m'entends-tu ?

– Oui, monseigneur.

– Clément... Ne t'avise pas de me désobéir et de commettre une folie. Tu n'es ni d'âge ni de taille contre lui, quel que soit ton courage. Moi si. Tu nuirais grandement à ta dame si tu contournais ma recommandation. S'il nous échappe ce soir, madame Agnès souffrira mille morts demain. Saisis-tu ?

– Oui, messire. Allez-vous le tuer ensuite ?

– Certes. Il ne m'en a pas laissé le choix. C'est de peu d'importance, au fond, et sans doute aurais-je dû m'y résoudre plus tôt. Je m'en veux de mon espoir de le convaincre.

Une stupéfiante agitation entourait la maison de l'Inquisition lorsqu'ils y parvinrent. Des clercs couraient, entraient, sortaient. Des gens d'armes à la mine renfrognée s'activaient on ne savait à quoi. Dans le désordre ambiant, le comte d'Authon flanqué de Clément s'approcha et pénétra dans l'ouvroir. Un jeune moine trop mince qu'Artus ne reconnut pas se précipita à leur rencontre.

– Monseigneur, monseigneur, bafouilla ce dernier en se cassant dans un salut. Il est mort. Dieu soit loué, Il a fait justice. La vilaine bête est morte.

Sentant l'incompréhension du comte, il précisa :

– Agnan, je suis, j'étais le premier clerc de ce damné d'inquisiteur. Je vous ai vu lorsque vous vîntes tenter de le raisonner. C'était en pure perte, je le savais. Quelle importance, maintenant. Il est mort comme il a péché, comme une vile charogne. (Agnan cria presque :) Dieu a jugé ! Son ineffable sentence est tombée pour nous éclairer. Madame de Souarcy, pauvre colombe, est libre. D'autres aussi, victimes de Nicolas Florin. Tous les procès qu'il intentait sont clos, définitivement et sans appel, comme l'exige le jugement de Dieu.

– Comment est-il mort, quand ?

– Hier à la nuit, sans doute sous les coups d'un ivrogne de passage qu'il fit monter chez lui, dans cette maison qu'il extorqua à un pauvre homme après l'avoir tourmenté tout son saoul, au point de le faire passer. Il y a eu lutte et vol, mais ce démon n'a pas eu le dessus. Monsieur... Nous sommes tous témoins d'un miracle... Dieu est intervenu afin de sauver madame de Souarcy, et voyez-vous... Je ne m'en étonne pas. J'ai croisé le regard de cette femme, sa main m'a frôlé et j'ai compris...

– Qu'avez-vous compris ? demanda d'une voix douce Artus que le monologue exalté du jeune homme troublait.

– J'ai compris qu'elle était... autre. J'ai compris que cette femme était... au-delà. Les mots me manquent, monseigneur, et vous devez me croire bien fol. Mais je sais. Je sais qu'une perfection m'a frôlé et que jamais je ne serai plus le même. Il savait aussi. Il est ressorti de sa geôle, le cœur bouleversé, l'indicible lumière dans les yeux.

– Qui cela ? le pressa Artus, certain que le jeune homme n'avait pas perdu la raison, certain qu'une vérité fondamentale se cachait dans la confusion de ses phrases.

– Mais... le chevalier, bien sûr. Ce chevalier hospitalier.

– Qui ? hurla presque le comte d'Authon.

– Je le croyais de vos amis... je ne peux rien dire. N'insistez pas, monsieur, avec tout le respect qui est le mien. Nul homme n'a le droit, le pouvoir de disséquer un miracle. Madame de Souarcy vous attend en notre infirmerie. Elle est très éprouvée, mais son courage n'eut d'égal que sa pureté. Ah, quel bonheur est le vôtre de pouvoir l'approcher. Quel bonheur... Quel bonheur fut le mien. Pensez... Elle m'a frôlé, elle m'a regardé droit dans les yeux.

Il évita la main d'Artus qui tentait de le retenir et disparut en courant, laissant Artus et Clément stupéfaits.

Agnès divaguait mais le frère infirmier les rassura sur son état. Les blessures abandonnées par le fouet guériraient vite. Madame de Souarcy souffrait en revanche d'une fièvre qui exigeait qu'elle demeurât quelques jours alitée, objet des meilleurs traitements. Clément et Artus la veillèrent. Elle murmurait parfois d'incompréhensibles paroles puis sombrait dans une sorte d'inconscience. Elle ouvrit soudain les yeux, se redressa en criant :

– Clément... non, jamais !

– Je suis là, madame, juste à vos côtés. Oh, madame, je

vous en supplie, remettez-vous, sanglota l'enfant, le front collé à sa main.

Le cœur remonta dans la gorge d'Artus. Il était déchiré au plus profond de lui, se réjouissant qu'un prétendu ivrogne dont il était certain qu'il s'agissait de cet hospitalier ait abattu Florin, et pourtant désespéré à l'idée que ce chevalier l'avait devancé. Quoi, abruti qu'il était ! Il avait tenté de négocier, d'acheter, quand il fallait tirer son épée sans plus d'atermoiements. Il n'avait pas sauvé Agnès, il n'avait pas mérité sa reconnaissance, de cela, il s'en voulait mortellement. Il aurait donné sa vie pour elle, sans hésitation. Il en voulait à ce chevalier tout en le remerciant du fond de son âme. Quelques heures, rien de plus. L'autre sauveur ne l'avait précédé que de quelques minuscules heures qui faisaient un monde de différence. Et cet Agnan dont il n'avait pas compris un traître mot. Cet Agnan, ce jeune religieux, dont la vie s'était illuminée parce qu'Agnès avait frôlé sa main ou son visage. Et Artus comprit. Artus comprit que cette femme splendide qui lui avait ravi le cœur et l'âme était autre, ainsi que l'avait qualifiée le jeune clerc. Il comprit que l'intelligence, la valeur, le charme, la beauté qui l'avaient séduit n'étaient qu'une surface. Pourtant, alors qu'il tenait la longue main fine entre les siennes, il buta sur une simple question : qui était-elle au juste ? Tous les êtres qui croisaient son existence s'en trouvaient transformés au-delà de l'amour : Agnan, Clément, ce chevalier et lui, pour ceux qu'il connaissait. Qui était-elle vraiment ?

Dans les jours qui suivirent, les langues se délièrent. Artus et Clément avaient trouvé acceptable logis à l'auberge de la Jument-Rouge. Tous relataient, clabaudaient, supputaient. Les rues n'étaient qu'un bruissement de confidences ou de ragots. S'y mêlaient le certain et l'improbable, chacun y allant, pour étayer ses dires, des révélations d'un cousin ou de celles du fournier ou du potier du coin. Les exactions de Nicolas Florin, ses abus, sa perversité, et son goût du lucre s'étalaient maintenant en place publique. On l'accusait aussi de sorcellerie, d'avoir assuré son pouvoir en vendant son âme au malin. On le soupçonnait d'avoir célébré moult messes noires. Le petit peuple se répandait sur cet homme qu'il avait d'abord adoré pour le craindre et le haïr plus tard. L'épiscopat, qui avait jusque-là fermé les yeux, intervint enfin en décidant que la dépouille du seigneur inquisiteur ne serait pas enterrée en terre consacrée. Cette annonce calma la populace qui, la veille, saluait bas Florin et fermait les yeux sur ses trafics notoires mais se trouvait aujourd'hui bien décidée à se soulever puisqu'elle ne redoutait plus de représailles.

Les blessures d'Agnès cicatrisèrent, aidées en cela par les soins constants dont elle était entourée. Lorsque, quelques jours après la mort de son bourreau, elle put se lever et marcher, Clément la gronda de sa précipitation, Artus la supplia de se ménager.

– Allons, mes doux messieurs, je ne suis pas de verre. Il en faut plus pour venir à bout d'une femme de ma sorte. Si j'en doutais, j'en suis maintenant certaine.

Contrairement aux suppliques d'Artus, qui voulait plus que tout qu'elle acceptât l'hospitalité de sa demeure, elle décida de rentrer au plus vite en son manoir, afin de rassurer ses gens et de vaquer aux occupations qu'on l'avait contrainte à délaisser.

Château de Larnay, Perche, décembre 1304

La fille recula, affolée. La joue lui cuisait et la fureur d'Eudes lui faisait craindre pour sa vie. Une autre gifle l'envoya s'effondrer contre le chambranle de la porte et elle sentit le sang couler de son nez. Elle supplia :

– Mon maître... j'ai rien fait... mon bon maître.

– Hors de ma vue, putain ! Vous êtes toutes d'odieuses putains ! hurla Eudes en froissant la missive que la servante venait de lui porter.

L'adolescente s'enfuit de la pièce, courant à perdre haleine afin de mettre le plus d'espace entre elle et les coups de ce fou.

Une rage meurtrière secouait Eudes de Larnay et il regretta d'avoir donné son congé à cette fille. La battre davantage l'eut soulagé un peu.

Les demeurés, tous des demeurés !

Cette racaille de Florin, incapable de mener à bien un procès qu'on lui avait taillé sur mesure. L'abruti se faisait navrer[1] par une brute, compagnon de beuverie et peut-être

1. Transpercer gravement.

d'orgie qu'il avait ramassé dans la rigole ou dans un bouge quelconque. Sa gourde de nièce, qui ne savait mieux faire que de papillonner des paupières et de jouer avec ses oripeaux, si malhabile et sotte qu'elle n'était même pas fichue de répéter ce qu'on lui avait entré dans la tête à grands efforts. Cette gueuse de Mabile qui l'avait mené, le grugeant comme un benêt, l'extorquant, lui mentant. Toute sa maisonnée, inepte, couarde, stupide !

Une peine fulgurante dissipa d'un coup sa colère.

Agnès... ma magnifique conquérante. Pourquoi faut-il que tu me détestes tant ? Agnès, je te hais. Je ne cesse de penser à toi. Tu me hantes, tu envahis mes jours, mes nuits. Je te voudrais morte. Pourtant, que me restera-t-il si tu meurs ? Il ravala le sanglot qui l'étouffait et ferma les yeux. Agnès, je t'aime tant. Agnès, tu es ma plaie purulente et mon seul remède. Je te hais, je te hais infiniment.

Il récupéra le cruchon posé sur la table et le but sans même se préoccuper de remplir son godet. Le vin dégoulina sur son doublet de cendal[1] égayé de fines rayures. L'alcool lui ravagea l'estomac, lui rappelant qu'il n'avait rien mangé depuis la veille. Pourtant, l'ivresse amena bien vite son réconfort.

Je n'en ai pas fini avec toi, ma belle.

Il trouverait autre chose. Il le fallait, au-delà de sa rancœur et de ce désir qui refusait l'étouffement. Il le fallait, sa propre survie était à ce prix.

1. Soie.

Abbaye de femmes des Clairets,
Perche, décembre 1304

Yolande de Fleury reposait en terre. Éleusie allait tous les jours se recueillir sur sa tombe. Une bien faible lueur éclairait sa peine. Après quelques interminables secondes d'enfer, la douce Yolande s'était vite ressaisie : son Thibaut ne pouvait être mort. Du moins l'abbesse espérait-elle que Yolande avait persisté à le croire jusqu'au bout.

Annelette avait vu juste, Éleusie de Beaufort en aurait juré. La sœur grainetière avait dû narrer à son informatrice la scène violente qui s'était déroulée dans le bureau de l'abbesse. Elle avait dû l'assurer qu'on n'était pas parvenu à lui arracher son nom. Pas le moindre doute ne l'avait effleurée quant au fait que l'aimable porteuse de bonnes nouvelles n'était autre que la meurtrière. Yolande n'avait pas eu le plus mince soupçon que sa confidence signait son arrêt de mort, car l'autre ne prendrait pas le risque d'être dénoncée.

Pauvre petit ange qui venait de rejoindre son fils. Le jour où la terre avait plu sur le cercueil de Yolande, Éleusie s'était fait une promesse. Elle trouverait qui avait ainsi menti à Yolande, et elle trouverait pourquoi. Il lui semblait que sa fille ne pourrait reposer sans cela. Il lui semblait que ce petit Thibaut qu'elle n'avait jamais connu le lui réclamait, pour sa mère et pour lui. Être l'infime artisan de Dieu, se lever et se tenir droite pour faire barrage à l'ignominie lui paraissait soudain plus crucial que tout le reste. L'informatrice de Yolande de Fleury n'était autre que la meurtrière d'Adélaïde, d'Hedwige, de Jeanne, et des messagers du pape. Pourtant, étrangement, les mensonges grâce auxquels cette damnée avait leurré la petite sœur grainetière, la berçant de fables ignobles sur la santé de son fils, devenaient aux yeux d'Éleusie l'emblème d'un impardonnable péché. L'abbesse avait d'abord souhaité éliminer le danger, le bouter hors les murs de l'abbaye, faire justice ensuite, si elle le pouvait. Maintenant, elle exigeait que soient payées les fautes. Au juste prix. La mort et rien d'autre.

Le givre matinal crissait sous ses pas lorsqu'elle s'en retourna vers les bâtiments. Avant, une éternité plus tôt, elle avait aimé l'arrogance paisible de l'hiver. Elle avait souri de ce silence de neige qui semblait engloutir chaque son. Il lui avait semblé que ce froid-là n'était pas si méchant puisque l'on pouvait lutter contre lui en se blottissant près d'une cheminée ou en avalant un plein bol de soupe chaude. Ce matin, le froid mortifère rampait sous sa peau et ne la quittait plus. Elle songea à tous ces morts, à toutes les petites créatures des forêts qui les environnaient et qui ne survivraient pas jusqu'aux jours meilleurs. La mort. La mort coulait, s'infiltrait, s'insinuait partout. Sa vie était devenue un cimetière et nulle vie n'y changerait jamais plus rien. Elle était la dernière survivante de la nécropole qui s'était installée dans son esprit.

Quelques flocons épars lui piquèrent les mains avant de disparaître en fondant et elle hésita. Rejoindre Annelette à l'herbarium ? Elle n'en avait pas le courage. Non, son bureau, pour hostile qu'il lui fut devenu depuis cette épouvantable scène avec Yolande, était encore le seul endroit où elle parvenait à réfléchir.

La cloche de l'église Notre-Dame sonna à la volée. Des

cris soudains et une odeur âcre lui firent tourner la tête vers l'hostellerie. Elle courut dans cette direction. Des flammes s'élevaient d'une des meurtrières, et le rugissement profond de l'incendie lui parvenait. Le feu. Une nuée de sœurs s'activaient sous les ordres d'Annelette, charriant des seaux lourds d'eau. Une chaîne humaine se forma bientôt. Les seaux, les cuvettes, tous les récipients passaient de mains en mains. Annelette aperçut enfin l'abbesse et se précipita vers elle en criant :

– C'est un subterfuge, je le jurerais ! Elle tente de détourner notre attention, mais j'ignore de quels méfaits.

Éleusie comprit aussitôt : la bibliothèque secrète. Elle fonça en sens inverse, courant aussi vite qu'elle le pouvait.

Lorsqu'elle en poussa la porte, lorsqu'elle avança d'un pas dans la pièce glaciale, elle sentit que quelque chose d'anormal s'y déroulait. Son regard tomba sur l'épaisse tapisserie qui dissimulait le court passage et la porte conduisant au lieu confidentiel. Une respiration semblait lui donner vie, gonflant par instants la scène biblique.

Qui ? Qui avait découvert son secret ? Qui s'y était introduit ? Mon Dieu, les livres interdits, le carnet d'Eustache de Rioux et de Francesco ! Ils ne devaient à aucun prix tomber entre des mains ennemies. Ainsi, elle avait vu juste. Le seul mobile de l'empoisonneuse était de parvenir jusqu'à ces ouvrages.

Elle chercha comme une folle une arme, n'importe laquelle. Son regard tomba sur le long stylet qui lui servait à découper le papier afin de l'économiser. Elle s'en saisit et se rua vers la porte dérobée. Une silhouette, lourdement engoncée dans une robe de moine. Elle se tourna vers la mère abbesse, sa capuche baissée la protégeant de toute reconnaissance. La silhouette bondit vers la porte qui menait au couloir. Éleusie, brandissant sa lame, tenta de la rejoindre. L'autre lui asséna un coup de coude en pleine gorge qui la suffoqua. L'abbesse tenta de lutter, d'arracher les volumes coincés sous son aisselle, en vain. Pliée, cherchant son souffle, Éleusie vit disparaître l'ombre au bout du couloir. Une énergie qu'elle ne pensait plus posséder la souleva et elle fonça à l'extérieur, courant comme si sa vie en dépendait. Elle hurla à toutes celles qu'elle croisait et qui rejoignaient l'incendie afin de prêter main-forte à leurs sœurs :

– Que l'on ordonne aux portières[1] de ne laisser sortir quiconque, sous aucun prétexte. Tout manquement sera durement puni. À l'instant ! Nulle ne doit s'échapper de l'abbaye. C'est un ordre !

Elle-même se rua vers la porte principale et secoua la portière, exigeant qu'elle verrouille aussitôt les lourds panneaux. Affolée, l'autre s'exécuta.

Éleusie soupira, enfonçant ses doigts dans son flanc afin de dissiper le point de côté qui la martyrisait. Un fou rire de nerfs la plia et elle hoqueta :

– Tu ne sortiras pas, scélérate ! Tu t'es crue plus intelligente que nous, n'est-ce pas, vaurienne ? Je te tiens. Je t'écraserai comme le mérite une vermine ! (Se tournant vers la portière blême, elle ordonna :) La clôture stricte est rétablie, pour toutes. Nulle ne sortira sans un ordre écrit de ma main et de nulle autre. Chaque, je dis bien *chaque,* sœur autorisée par moi à sortir par nécessité sera fouillée au corps, ses ballots ou son chariot également, de fond en comble. Nulle exception.

Éleusie tourna soudain les talons et fonça vers ses filles qui combattaient l'incendie en feulant pour elle-même :

– Les manuscrits resteront en l'abbaye. Cache-les... cache-les aussi bien que tu le pourras, je les retrouverai ! Il faudra me passer sur le corps pour en disposer.

1. Religieuses ou laïques chargées de l'ouverture et de la fermeture des portes d'enceinte ou des bâtiments.

Manoir de Souarcy-en-Perche, décembre 1304

Agnès, encore pâle et faible, considéra Clément et demanda :

– Que me dis-tu là ?

– Il nous faut nous rendre à la Haute-Gravière, si du moins votre santé le permet.

– Ma santé permettra si j'en décide ainsi. Cesse de tourner autour de moi comme une mère poule agitée.

Un sourire de bonheur détendit fugacement le visage de l'adolescent :

– C'est qu'alors vous êtes mon poussin, madame.

Agnès rit en lui ébouriffant les cheveux. Dieu qu'elle l'aimait. Elle n'aurait jamais survécu si sa pensée constante ne l'avait soutenue dans sa geôle d'Alençon.

– Grosse poussine, en vérité ! (Redevenant sérieuse, elle insista :) Nous n'y connaissons goutte, mon Clément.

– Si fait, madame, j'ai appris avec mon remarquable maître, le docteur Joseph de Bologne.

– Joseph, encore Joseph, plaisanta Agnès. Sais-tu que je vais finir par jalouser cet homme ?

– Ah, madame, si vous le connaissiez... Vous seriez conquise, à l'instant. Il sait tout et de tant de choses.

– Fichtre, quel élogieux portrait. Il te manque, n'est-ce pas ?

Clément rougit et avoua :

– Jamais lorsque je suis à vos côtés, car c'est là que je veux rester toujours. (Elle sentit qu'il luttait contre les larmes.) J'ai eu si peur, madame, si terriblement peur de vous perdre, de ne vous retrouver plus jamais. J'ai cru mourir de chagrin mille fois. Alors non, s'il faut choisir, je veux demeurer là, auprès de vous. (Il hésita et acheva :) Cela étant, l'enseignement de messire Joseph est à nul autre pareil. Madame, cet homme a fouillé le monde de son intelligence. Il a accumulé tant de science. N'était-il pas merveilleux et invraisemblable qu'il m'ait jugé digne de la recevoir et réponde à tant de mes questions. Et... il sait.

– Que sait-il ? demanda Agnès, alertée par la soudaine gravité de Clément.

– Que je ne suis... Enfin, que je suis une fille.

– Le lui as-tu révélé ?

– Certes pas. Il l'a découvert. Il prétend que les yeux d'une femme se lisent déjà dans ceux d'une enfante et qu'il faut être bien fol pour les confondre avec ceux d'un homme.

L'inquiétude gagna Agnès.

– Le confiera-t-il au comte, selon toi ?

– Non. Il a grande estime et reconnaissance pour son seigneur. Cependant, il m'a donné sa parole de se taire. Et voyez-vous, madame, la vôtre et la sienne sont les deux seules auxquelles j'accorde absolue foi.

Le soulagement égaya Agnès qui rétorqua :

– Ne le déclare pas trop haut. Tu mécontenterais bien des gens.

– Quelle importance si je vous contente. Pour en revenir

à la Haute-Gravière, qui appartient à votre douaire, il y pousse foison d'orties.

– Il n'y profite que cela, acquiesça en soupirant la dame. Nous ne pouvons même pas y mener paître des bœufs, au point que j'envisage d'acheter quelques chèvres lors d'une prochaine foire à bestiaux. Du moins ferons-nous du fromage de leur lait.

– Les orties sont friandes de terre ferreuse.

Agnès comprit aussitôt où l'adolescent voulait la conduire :

– Que dis-tu ? Maître Joseph en est-il certain ?

– Si fait. Selon lui, une telle profusion d'orties indique un sol riche en ce métal. Il nous faut le vérifier, madame. S'agit-il d'une composition de terre, ou cette végétation parasite signale-t-elle une mine ?

– Comment procède-t-on ? À quoi reconnaît-on un minerai de fer ?

Clément tira de son épaisse tunique d'hiver une sorte de pierre à affûter, d'un gris sombre, et déclara :

– Grâce à ceci qui est une grande merveille et une inestimable rareté et que m'a confié messire Joseph afin de vous servir.

– Qu'est ce caillou taillé ?

– Une magnétite, madame.

– Une magnétite ?

– Une pierre fort habile qui provient d'une région d'Asie Mineure baptisée Magnesia[1].

– À quoi peut-elle nous servir, mon Clément ?

– Ce petit bloc que vous voyez possède la propriété

1. Qui donna son nom au magnétisme. Les Grecs connaissaient les aimants, qui ne parvinrent en Europe qu'aux XIIe et XIIIe siècles.

aimantine d'attirer vers lui le fer, ou la terre contenant du fer. Ils se collent à lui sans que l'on sache pourquoi.

Agnès se leva de son banc et ordonna :

– Que l'on selle un cheval ! Tu monteras en croupe. Allons, tu as raison. Il nous faut le vérifier à l'instant.

Clément disparut aussitôt. Un sourire étira les lèvres d'Agnès, qui murmura pour elle-même :

– Je te tiens, Eudes. Si Dieu veut qu'il s'agisse d'une mine de fer, tu vas me payer bien vite le mal que tu m'as fait.

Elle chassa les images qui tentaient de s'imposer dans son esprit. Mathilde. Ses minuscules ongles de bébé qui se refermaient sur son doigt. Ses courses folles dans les couloirs de Souarcy, ses cris lorsqu'une oie s'approchait d'elle en battant des ailes.

Ne plus penser à ces si jolis souvenirs qui la blessaient comme une lame.

Où avait disparu cet être étrange et beau, ce chevalier hospitalier qui l'avait sauvée, car elle doutait que la mort de Florin ait été fortuite ? Si la fable d'une mauvaise rencontre de beuverie ou d'orgie avait séduit ceux qui souhaitaient mettre en pièces la réputation déjà sulfureuse de l'inquisiteur, elle laissait Agnès sceptique. Elle avait repensé des heures durant à leur bref échange, cherchant à en reconstituer chaque détail, chaque mot prononcé. Elle avait la déroutante certitude d'avoir frôlé un mystère qui s'était ensuite vite dérobé à sa compréhension. Éleusie de Beaufort. Francesco de Leone était son neveu, mieux, son fils adoptif. L'abbesse accepterait-elle de la renseigner, de l'éclairer à son sujet ?

Si Mathilde était restée aux Clairets, son oncle serait-il parvenu à la pervertir de la sorte ? Avait-elle fauté, elle qui n'avait cherché qu'à protéger sa fille ?

Cesser avec cela !

Mathilde. Son regard de glace, ses jolis doigts semés des bagues de madame Apolline. Ses mensonges qui envoyaient sa mère au bûcher, qui poussaient Clément vers le supplice.

Non. Elle ne pleurerait pas. Elle était au-delà des larmes.

BRÈVE ANNEXE HISTORIQUE

Benoît XI, Nicolas Boccasini, 1240-1304, pape. On sait relativement peu de chose de lui. Issu d'une famille très pauvre, ce dominicain reste humble toute sa vie. Une des rares anecdotes qui nous soit parvenue le démontre : lorsque sa mère lui rend visite après son élection, elle se fait belle pour voir son fils. Il lui explique gentiment que sa mise est trop riche et qu'il la préfère en femme simple. Réputé pour son tempérament conciliant, cet ancien évêque d'Ostie tente d'apaiser les querelles qui opposent l'Église et Philippe le Bel, tout en se montrant sévère vis-à-vis de Guillaume de Nogaret et des frères Colonna. Il décède après huit mois de pontificat, le 7 juillet 1304, empoisonné par des figues ou des dattes.

Boniface VIII, Benedetto Caetani, vers 1235-1303. Cardinal et légat en France, puis pape. Il est le virulent défenseur de la théocratie pontificale, laquelle s'oppose au droit moderne de l'État. L'hostilité ouverte qui l'opposera à Philippe le Bel commence dès 1296. L'escalade ne faiblira pas, même après sa mort, la France tentant de faire ouvrir un procès contre sa mémoire.

Chrétien de Troyes, vers 1140-vers 1190. On sait assez peu de choses de ce Champenois. Grand voyageur, peut-être clerc, il est un passionné d'Ovide. Il traduit son *Art d'aimer* et renouvelle le roman courtois, auquel il insuffle une profondeur psychologique. Jouant de symboles et tissant avec subtilité ses intrigues, il recourt parfois au merveilleux comme dans *Cligès*. On lui doit entre autres : *Lancelot ou le Chevalier à la charrette*, *Yvain ou le Chevalier au lion, Érec et Énide,* et, sans doute le plus connu, *Perceval ou le Conte du Graal*.

Clairets (abbaye de femmes des), Orne. Située en bordure de la forêt des Clairets, sur le territoire de la paroisse de Masle, sa construction, décidée par charte en juillet 1204 par Geoffroy III, comte du Perche, et son épouse Mathilde de Brunswick, sœur de l'empereur Othon IV, dure sept ans, pour se terminer en 1212. Sa dédicace est cosignée par un commandeur templier, Guillaume d'Arville, dont on ne sait pas grand-chose. L'abbaye est réservée aux moniales de l'ordre de Cîteaux, les bernardines, qui ont droit de haute, moyenne et basse justice.

Délicieux (Bernard). Franciscain, adversaire farouche des dominicains et de leur Inquisition. Son indépendance d'esprit lui vaut son succès auprès des foules. Il organise une manifestation de protestation lors de la venue de Philippe le Bel à Carcassonne en août 1303. Il va jusqu'à participer à un complot destiné à soulever le Languedoc contre le roi. Arrêté à plusieurs reprises, il finit ses jours en prison en 1320.

Got (Bernard de), vers 1270-1314. Il est d'abord chanoine et conseiller du roi d'Angleterre. Ses réelles qualités de diplomate lui permettent de ne pas se fâcher avec Philippe le Bel durant la guerre franco-anglaise. Il devient archevêque de Bordeaux en 1299 puis succède à Benoît XI en 1305 en prenant le nom de Clément V. Redoutant d'être confronté à la situation italienne qu'il connaît mal, il s'installe à Avignon en 1309. Il temporise avec Philippe le Bel dans les deux grandes affaires qui les opposent : le procès contre la mémoire de Boniface VIII et la suppression de l'ordre du Temple. Il parvient à apaiser la hargne du souverain dans le premier cas et se débrouille pour circonscrire le second.

Inquisition médiévale. Il convient de distinguer l'Inquisition médiévale de la Sainte Inquisition espagnole. Dans ce dernier cas, la répression et l'intolérance furent d'une violence qui n'a rien de comparable avec ce que connut la France. Ainsi, plus de deux mille morts sont recensés en Espagne durant le seul mandat de Tomás de Torquemada.

L'Inquisition médiévale est d'abord exercée par l'évêque. Le pape Innocent III (1160-1216) pose les règles de la procédure inquisitoire par la bulle *Vergentis in senium* en 1199. Son projet n'est pas l'extermination d'individus. Pour preuve le concile de Latran IV, un an avant sa mort, soulignant l'interdiction que l'on applique l'ordalie[1] aux dissidents. Le souverain pontife vise l'éradication des

1. Épreuve physique (fer rouge, immersion dans l'eau glacée, duel judiciaire, etc.), destinée à démontrer l'innocence ou la culpabilité. Il s'agit d'un jugement de Dieu qui sortira d'usage au XIe siècle et sera condamné par le concile de Latran IV en 1215.

hérésies qui menacent les fondements de l'Église en brandissant, entre autres, la pauvreté du Christ comme modèle de vie – modèle peu prisé si l'on en juge par l'extrême richesse foncière de la plupart des monastères. Elle devient ensuite une Inquisition pontificale sous Grégoire IX, qui la confie en 1232 aux dominicains et, dans une moindre mesure, aux franciscains. Les mobiles de ce pape sont encore plus politiques lorsqu'il renforce les pouvoirs de l'institution pour la placer sous sa seule autorité. Il lui faut éviter à tout prix que l'empereur Frédéric II ne s'engage lui-même dans cette voie pour des motifs qui dépassent largement le cadre spirituel. C'est Innocent IV qui franchit l'étape ultime en autorisant le recours à la torture dans sa bulle *Ad extirpanda*, le 15 mai 1252. La sorcellerie sera ensuite assimilée à la chasse contre les hérétiques.

On a exagéré l'impact réel de l'Inquisition qui, étant entendu le faible nombre d'inquisiteurs sur le territoire du royaume de France, n'aurait eu que peu de poids si elle n'avait reçu l'aide des puissants laïcs et bénéficié de nombreuses délations. Cela étant, grâce à leur possibilité de se relever entre eux de leurs fautes, quelles qu'elles fussent, certains inquisiteurs se révélèrent coupables d'effarantes monstruosités qui provoquèrent parfois des émeutes ou des réactions scandalisées de plusieurs prélats.

En mars 2000, soit environ huit siècles après les débuts de l'Inquisition, Jean-Paul II demande pardon à Dieu pour les crimes et les horreurs qu'elle a commis.

Lais de Marie de France. Douze lais attribués le plus généralement à une certaine Marie, originaire de France mais vivant à la cour d'Angleterre. Certains historiens pensent qu'il s'agit de la fille de Louis VII ou de celle du comte de Meulan. Les lais sont écrits avant 1167 et les fables vers 1180. Marie de France est également l'auteur d'un roman, *Le Purgatoire Saint-Patrice*.

Nogaret (Guillaume de), vers 1270-1313. Docteur en droit civil, il enseigne à Montpellier puis rejoint le Conseil de Philippe le Bel en 1295. Ses responsabilités prennent vite en ampleur. Il participe, d'abord de façon plus ou moins occulte, aux grandes affaires religieuses qui agitent la France. Nogaret sort ensuite de l'ombre et joue un rôle déterminant dans l'affaire des templiers et dans la lutte du roi contre Boniface VIII. Nogaret est un homme d'une vaste intelligence et d'une foi inébranlable. Son but est de sauver à la fois la France et l'Église. Il deviendra chancelier du roi pour être ensuite écarté au profit d'Enguerran de Marigny, avant de reprendre le sceau en 1311.

Occupation. Voir prostitution.

Peña (Francisco). Souhaitant utiliser cette citation, l'auteur a commis un anachronisme voulu. Francisco Peña est le canoniste chargé par le Saint-Siège au XVIe siècle de la réédition du *Manuel des inquisiteurs* de Nicolau Eymerich.

Philippe IV le Bel, 1268-1314. Fils de Philippe III le Hardi et d'Isabelle d'Aragon. Il a trois fils de Jeanne de Navarre, les futurs rois : Louis X le Hutin, Philippe V le Long et Charles IV le Bel, ainsi qu'une fille, Isabelle, mariée à Édouard II d'Angleterre. Courageux, excellent chef de guerre, il est également inflexible et dur. Il convient de tempérer ce portrait puisque des témoignages contemporains de Philippe le Bel le décrivent comme manipulé par ses conseillers qui « le flattaient et le chambraient ».

L'histoire retiendra surtout de lui son rôle majeur dans l'affaire des templiers, mais Philippe le Bel est avant tout un roi réformateur dont l'un des objectifs est de se débarrasser de l'ingérence pontificale dans la politique du royaume.

Procédure inquisitoire. La conduite du procès, ainsi que les questions de doctrine posées à l'accusée, sont tirées et adaptées de Eymeric Nicolau (1320-1399) et Peña Francisco, *Le Manuel des inquisiteurs*.

Prostitution. Elle est assez bien tolérée pourvu qu'elle reste dans les limites imposées par le pouvoir et la religion. Les canonistes du XIIIe siècle concèdent que cette « occupation » n'est pas immorale sous certaines conditions, dont celle imposant que la femme « ne l'exerce que par nécessité et sans y trouver aucun plaisir ». En ville, les « filles de joie » doivent demeurer dans certains quartiers et leurs vêtements doivent les signaler sans ambiguïté. L'attitude vis-à-vis de la prostitution pourrait paraître contradictoire. À tort, lorsqu'on prend en compte la mentalité de l'époque. Il s'agit d'une société dans laquelle les hommes ont des droits bien supérieurs à ceux des femmes, mais qui comprend – sans l'admettre publiquement – que les prostituées ne le sont que par manque d'autres possibilités. Si les « fillettes » sont considérées comme des pécheresses, l'Église déclare que les épouser est un acte méritoire et se porte au crédit de l'homme qui les épouse. Elles peuvent donc être « lavées » de leur ancienne vie si elles se marient ou rejoignent un couvent. Le viol d'une prostituée est considéré comme un crime et puni comme tel.

Saint-Jean de Jérusalem (ordre hospitalier de). Reconnu en 1113 par le pape Pascal II. Contrairement aux autres ordres soldats, la fonction initiale de l'ordre de l'Hôpital est charitable. Il n'assume que plus tard une fonction militaire. Après la chute d'Acre, l'Hôpital se replie sur Chypre puis sur Rhodes, et enfin Malte. L'ordre est gouverné par le grand maître, élu par le chapitre général constitué des dignitaires. Il est subdivisé en « langues » ou provinces gouvernées à leur tour par des grands prieurs. Contrairement au Temple et en dépit de sa grande richesse, l'Hôpital jouira toujours d'une réputation très favorable, sans doute en raison du rôle charitable qu'il n'abandonnera jamais et de l'humilité de ses membres.

Temple (ordre du). Créé à Jérusalem, vers 1118, par le chevalier Hugues de Payns et quelques chevaliers de Champagne et de Bourgogne. Il est définitivement organisé par le concile de Troyes en 1128, sa règle étant inspirée – voire rédigée – par saint Bernard. L'ordre est dirigé par le grand maître dont l'autorité est encadrée par les dignitaires. Les possessions de l'ordre sont considérables (3 450 châteaux, forteresses et maisons en 1257). Avec son système de transfert d'argent jusqu'en Terre sainte, l'ordre figure au XIIIe siècle comme l'un des principaux banquiers de la chrétienté. Après la chute d'Acre – qui, au fond, lui est fatale –, le Temple se replie majoritairement vers l'Occident. L'opinion publique finit par considérer ses membres comme des profiteurs et des paresseux. Diverses expressions de l'époque en témoignent. Ainsi, « on va au Temple », lorsqu'on va au bordel. Jacques de Molay, grand maître, ayant refusé la fusion de son ordre avec celui de l'Hôpital, les templiers sont arrêtés le 13 octobre 1307. Suivent des enquêtes, des aveux (dans le cas de Jacques de Molay, certains historiens pensent qu'ils n'ont pas été obtenus sous la torture), des rétractations. Clément V, qui redoute Philippe le Bel pour d'autres motifs, décrète la suppression de l'ordre le 22 mars 1312. Jacques de Molay revient à nouveau sur ses aveux et est envoyé au bûcher, avec d'autres, le 18 mars 1314. Il semble acquis que les enquêtes sur les templiers, la saisie de leurs biens et leur redistribution aux hospitaliers coûtèrent davantage d'argent à Philippe le Bel qu'elles ne lui en rapportèrent.

Valois (Charles de), 1270-1325. Seul frère germain de Philippe le Bel. Le roi lui montre toute sa vie une vive affection et lui confiera des missions sans doute au-dessus des possibilités politiques de cet excellent chef de guerre. Charles de Valois, père, fils, frère, beau-frère, oncle et gendre de rois et de reines, rêvera toute sa vie d'une couronne qu'il n'obtiendra jamais.

GLOSSAIRE

Offices liturgiques

(Il s'agit d'indications approximatives puisque l'heure des offices variait en fonction des saisons.)

Outre la messe – et bien qu'elle n'en fasse pas partie au sens strict –, l'office divin, constitué au VIe siècle par la règle de Saint-Benoît, comprend plusieurs offices quotidiens. Ils réglaient le rythme de la journée. Ainsi, les moines et les moniales ne pouvaient-ils souper avant que la nuit ne soit tombée, c'est-à-dire après vêpres.

Si l'office divin est largement célébré jusqu'au XIe siècle, il sera ensuite réduit afin de permettre aux moines et aux moniales de consacrer davantage de temps à la lecture et au travail manuel.

Vigiles ou matines : vers 2 h 30 ou 3 heures.

Laudes : avant l'aube, entre 5 et 6 heures.

Prime : vers 7 h 30, premier office de la journée, sitôt après le lever du soleil, juste avant la messe.

Tierce : vers 9 heures.

Sexte : vers midi.

None : entre 14 et 15 heures.

Vêpres : à la fin de l'après-midi, vers 16 h 30-17 heures, au couchant.

Complies : après vêpres, dernier office du soir, vers 18-20 heures.

Mesures de longueur

La traduction en mesures actuelles est un peu ardue puisqu'elles variaient souvent en fonction des régions.

Arpent : de 160 à 400 toises carrées, soit de 720 m^2 à 2 800 m^2.

Lieue : 4 kilomètres environ.

Toise : de 4,5 m à 7 mètres.

Aune : de 1,2 m à Paris à 0,7 m à Arras.

Pied : équivaut environ à 34-35 centimètres.

Mesures de poids

Calibrées d'abord pour évaluer le poids de l'or et de l'argent, donc celui des monnaies, elles varient également en fonction des époques, des régions mais également des denrées pesées. Ainsi une livre de poids de table est-elle différente d'une livre de poids de soie, une livre carnassière (de boucher) n'a pas non plus la même valeur qu'une livre d'apothicaire. La livre variait de 306 à 734 grammes. Nous avons pris comme référence le poids du marc de Troyes utilisé à Paris et au centre du royaume.

Livre, soit deux marcs : 489,5 g.

Marc : 244,75 g.

Once : 30,60 g.

Gros : 3,82 g.

Esterlin : 1,53 g.

Maille : 0,764 g.

Denier : 1,27 g.

Grain : 0,053 g.

Mesures de capacité

Pinte : un peu moins de 1 litre.

Pot : 2 pintes, un peu moins de 2 litres.

Setier : 8 pintes.

Monnaies

Il s'agit d'un véritable casse-tête puisqu'elles diffèrent souvent selon les règnes et les régions. En fonction des époques, elles sont – ou non – évaluées selon leur poids réel en or ou en argent et surévaluées ou dévaluées.

Livre : unité de compte. Une livre valait 20 sous ou 240 deniers d'argent ou encore 2 petits royal d'or (monnaie royale sous Philippe le Bel).

Denier tournois (de Tours) : il remplace progressivement le denier parisis de la capitale. Douze deniers tournois représentent un sou.

BIBLIOGRAPHIE

Ouvrages le plus souvent consultés

BLOND Georges et Germaine, *Histoire pittoresque de notre alimentation*, Paris, Fayard, 1960.

BRUNETON Jean, *Pharmacognosie, phytochimie et plantes médicinales,* Paris-Londres-New York, Tex et Doc-Lavoisier, 1993.

BURGUIÈRE André, KLAPISCH-ZUBER Christiane, SEGALEN Martine, ZONABEND Françoise, *Histoire de la famille*, tome II, *Les Temps médiévaux, Orient et Occident*, Paris, Le Livre de poche, 1994.

CAHEN Claude, *Orient et Occident au temps des croisades*, Paris, Aubier, 1983.

DELORT Robert, *La Vie au Moyen Âge*, Paris, Seuil, 1982.

DEMURGER Alain, *Vie et Mort de l'ordre du Temple*, Paris, Seuil, 1989.

–, *Chevaliers du Christ, les ordres religieux au Moyen Âge, XIe-XVIe siècle*, Paris, Seuil, 2002.

DUBY Georges, *Le Moyen Âge*, Paris, Hachette Littératures, 1998.

ECO Umberto, *Art et Beauté dans l'esthétique médiévale*, Paris, Grasset, 1997.

EYMERIC Nicolau et PEÑA Francisco, *Le Manuel des inquisiteurs*, Paris, Albin Michel, 2001.

FAVIER Jean, *Histoire de France*, tome II, *Le Temps des principautés*, Paris, Le Livre de poche, 1992.
–, *Dictionnaire de la France médiévale*, Paris, Fayard, 1993.
FLORI Jean, *Les Croisades*, Paris, Jean-Paul Gisserot, 2001.
FOURNIER Sylvie, *Brève histoire du parchemin et de l'enluminure*, Gavaudin, Fragile, 1995.
GAUVARD Claude, LIBERA Alain de, ZINK Michel (sous la direction de), *Dictionnaire du Moyen Âge*, Paris, PUF, 2002.
GAUVARD Claude, *La France au Moyen Âge du Ve au XVe siècle*, Paris, PUF, 2004.
GIMPEL Jean, DELATOUCHE Raymond, *Le Moyen Âge pour quoi faire ?*, Paris, Stock, 1986.
JERPHAGNON Lucien, *Histoire de la pensée, Antiquité et Moyen Âge*, Paris, Le Livre de poche, 1993.
LIBERA Alain de, *Penser au Moyen Âge*, Paris, Seuil, 1991.
PERNOUD Régine, *La Femme au temps des cathédrales*, Paris, Stock, 2001.
–, *Pour en finir avec le Moyen Âge*, Paris, Seuil, 1979.
REDON Odile, SABBAN Françoise, SERVENTI Silvano, *La Gastronomie au Moyen Âge*, Paris, Stock, 1991.
RICHARD Jean, *Histoire des croisades*, Paris, Fayard, 1996.
SIGURET Philippe, *Histoire du Perche*, Céton, éd. Fédération des amis du Perche, 2000.
VINCENT Catherine, *Introduction à l'histoire de l'Occident médiéval*, Paris, Le Livre de poche, 1995.

Photocomposition *CMB* Graphic
70, boulevard Marcel-Paul
44800 Saint-Herblain

Achevé d'imprimer en avril 2006
par la Société Nouvelle Firmin-Didot
(Mesnil-sur-l'Estrée)
pour le compte des Éditions Calmann-Lévy
31, rue de Fleurus 75006 Paris

N° d'éditeur : 14089/01
N° d'imprimeur : 79326
Dépôt légal : mai 2006

Imprimé en France